不連続な四つの謎
『このミステリーがすごい！』大賞作家 傑作アンソロジー

海堂 尊　中山七里　乾 緑郎　安生 正

宝島社
文庫

宝島社

不連続な四つの謎

『このミステリーがすごい!』大賞作家　傑作アンソロジー

不連続な四つの謎
『このミステリーがすごい!』大賞作家　傑作アンソロジー

目　次

残された
センリツ

中山七里

中山七里　なかやま・しちり

1961年、岐阜県生まれ。第8回『このミステリーがすごい！』大賞を受賞し、『さよならドビュッシー』にて2010年デビュー。著書に、累計138万部突破“音楽ミステリー”シリーズ、『ドクター・デスの遺産』『護られなかった者たちへ』『帝都地下迷宮』『夜がどれほど暗くても』『合唱　岬洋介の帰還』『カインの傲慢』ほか多数。

1

最初の一小節を聴いて、真由の背筋に衝撃が走った。続いて地を這うような低音が轟き、急速に跳ね上がる。

アンコールの曲を知らされていなかった真由は信じられなかった。このイントロは間違いなくリストの〈超絶技巧練習曲第4番　マゼッパ〉だ。

カン！

楔のような強烈な打鍵がホールの壁に、天井に、観客の耳に、そして胸に突き刺さる。最初の主題で狂おしいほどの熱情が噴き上がる。その熱量に観客たちは息をするのも忘れているようだ。メロディは暴れ馬が猛るように駆け上がり、身悶え、疾駆する。聴く者の心臓を直接刺激するリズム。ステージ上の多岐川玲は奏でるというより鍵盤を刻んでいる。

何度もこの曲を練習していた真由には、鍵盤の上で十本の指がどう動いているかが手に取るように分かる。右手が突き刺さる主題を、左手が壮麗な伴奏を弾いているが、この部分から既に超絶技巧となっている。左手の4と2を二回、次に右手の4と2を二回、そしてまた左手の4と2を二回、これを高速で弾くのだ。指の動きが速すぎて目にも止まらない。しかもこの動きが五分以上も続く。八分ほどの演奏時間だが、技巧と体力の極限を求められノーミスで弾き果すことはプロでも困難と言われる。だから練達のピアニストもコンサートでこの曲を披露することは皆無といってよかった。

それだけに最後の最後にこの曲を持ってくることは予想もしていなかった。いくら演奏効果が抜群とはいえ、疲労の溜まった状態で弾くなど無謀以外の何物でもない。いや、自殺行為ですらある。だが真由の母親——玲は兵士のような表情で戦端を切り拓いていく。

旋律は大きくうねり、ステージ袖の真由を含めた観客全員を呑み込む。ここからでも見える。誰一人として音の網から逃れることができず、玲の一挙手一投足から目が離せないでいる。それは音がいったん落ち、ゆるゆると安寧の海に漂う場面になっても同様だった。

哀愁を帯びた流麗さ。だが、後に続く悲劇を否応なく予感させる。次第に音調は低くなるが、逆に狂おしさに拍車が掛かる。どろどろと低音が這い回った後、俄に旋律が立ち上がり再び荒野に放たれる。

いつしか真由は祈るように手を合わせていた。玲の指が最後まで保ってくれるように、玲の集中力が最後まで途切れないように。その一方で大きな期待が膨らむ。アンコールでの〈マゼッパ〉の完奏はピアニストの快挙だ。玲は今、その快挙に向かって驀進している。母親の玲ではなく、尊敬するピアニスト多岐川玲が渾身の力でリストを御している。

そこからは怒濤だった。

荒れ狂う旋律が制御不能の情動を伴って、ホールを席巻する。猛る不協和音が判断力を破壊し、理性を駆逐する。もう観客は己の五感を玲の叩き出す音に委ねるしかない。

真由のうなじに汗が滲む。心拍が旋律と同期して波打つ。

暴走していた馬がいったん立ち止まり、逡巡する。方向を定めるように辺りを窺う。

そして最後の疾走、玲の打鍵はいよいよ激しくなりコーダに突入する。

腕が千切れるような連打。

玲の飛び散る汗がライトに反射する。

真由の昂奮が最高潮に達する。

最後の一打。

音は末期の嘶きのように長く長く棚引き、やがて静寂が訪れる。

次の瞬間、ホール全体を揺るがすほどの喝采が湧き起こった。

「ブラッボーッ！」

大歓声とスタンディング・オベーション。

真由もまた現実に引き戻されてステージを見る。玲は疲労困憊といった表情だったが、それでもようやく立ち上がり、観客の声援に応えていた。

ノーミス、しかもかつてないほど会心の演奏。

真由はありったけの力で手を叩く。できることならステージ中央まで駆けて行き、母親を抱き締めてあげたいと思った。

やはり多岐川玲は音楽の神に選ばれた者だ。自分が生涯の目標とすべきピアニストだ。

今日ほど母親を誇りに思えたことはない。休憩時間が過ぎたら控室に飛んでいき、思いきり称賛してあげよう。

だが、真由の願いは聞き届けられなかった。

終演直後の控室で玲は死体となって発見されたからだ。

＊

事件発生の報せを受け、多治見警察署強行犯係の河原崎は市民文化センターに直行した。既に鑑識は現場を総浚いし、仕事を終えた後だった。

青いシートが敷かれた通行帯を辿ると、出演者控室に続いている。部屋の中には女の死体の枕元に屈み込む徳村検視官の姿があった。

　死体となって床に転がっているのは多岐川玲。地元出身の有名ピアニストで、コンサート終了後、ここに倒れているのが発見された。もっとも有名というのはセンターの関係者から聞いたことであり、クラシック音楽に興味のない河原崎にとっては意味のない話だった。

「おそらくシアン化カリウム（青酸カリ）だと思われます」

　徳村は死体の口を開けて鼻を近づけていた。

シアン化カリウムを摂取すると胃酸と結合してシアン化水素となり、臓器を壊死させる。胃酸と結合した際にはアーモンド臭がするので見当がつきやすい。

「さっき鑑識が持って行きましたが、メイク台に置いてあったコーヒーのペットボトルの中に毒物が混入されていたようです」

「ペットボトルですか。つまり人一人殺せる分の量は入っていたということですか」

「５００ミリリットル入りのペットボトルにこの濃度でしたら、三分の一も飲めば充分に致死量に達しますよ」

　徳村は腰を上げながら言う。

「種類はブラックの無糖。それならコーヒーの苦味にシアン化カリウムの味も殺されてしまう」

河原崎は玲の死体を見下ろす。苦悶の痕はあるが概して綺麗な死に顔だ。メイク台の傍に転がり、足元には椅子が倒れている。床に楽譜が広がっており、玲の手がページを押さえている格好だ。

メイク台にはノートパソコンが置かれている。スクリーンセイバーを解除すると、ワードの画面に簡潔な文章が現れた。

〈これ以上の演奏はできません。わたし多岐川玲は自らの手でピアニスト人生に終止符を打ちます〉

遺書であることは明らかだった。

「そのパソコンは本人の持ち物で、彼女以外の指紋は検出されなかったようです」

「遺書を打ち込んだ後、自殺しようと毒物の入ったコーヒーを呷った瞬間、悶絶して椅子から転げ落ちた——そんなところですか」

河原崎が探りを入れるが徳村は何も答えない。この男の沈黙は消極的な肯定を意味する。次に室内を見回してみる。所狭しと置かれた花輪と花束。花輪一台で五万から十万とすると、かなりの人気を博していたと推察できる。先に到着した警官の話では、テーブルの上には被害者の物らしきバッグが一つあったきりと言う。争った形跡もなく、室内にいたのは被害者だけと思われる。

「服毒死であることは間違いないでしょう。遺書も残されていることから現時点では自殺の可能性が濃厚のようですが、断定はしかねますね」

徳村は言外に司法解剖の要請を促す。河原崎もそれには異存がない。多治見署の予算も潤沢ではないが、この状況下では解剖が必要だろう。被害者が有名人であれば尚更だ。

検視が終わり、死体が搬送される。それを遠巻きに見守っているのはおそらく関係者たちだろう。顔を蒼白（そうはく）にして今にも倒れそうな娘は、顔立ちが似ているので近親者と思える。

河原崎は関係者の一人一人から事情を訊（き）くことにした。最初は死体の第一発見者でもあるマネージャーの安住鷹久（あずみたかひさ）だ。安住は実直なビジネスマンといった風貌で、音楽の世界は派手で煌（きら）びやかだという河原崎の先入観を軽く裏切った。担当しているピアニストを亡くした動揺が震える指先に現れている。

「最初に発見されたということですが、鍵は掛かっていたのですか」

「いいえ。施錠はされていませんでした。ただ、多岐川は終演から二十分間は一人きりの時間を欲していたので、その時間にはわたしも家族の方も入室しない決まりになっていました」

「死体を発見したのもその二十分間の後だったんですね」

「ええ。後援者への挨拶がありましたので呼びに来たんです」

終演から二十分間というと午後八時三十分から五十分までということになる。その間、事情を知る関係者は控室に出入りをしない。つまり玲にとって、それは孤独を約束された二十分間だったということになる。自殺するには都合のいい設定だ。

「メイク台にペットボトルのコーヒーが置いてありましたが、あれは多岐川さんが普段から飲んでいる銘柄だったんですか」

「ブラックの無糖ですよね。ええ、多岐川はコンサートが終わると、まずそれを口にするのが習慣でした。コーヒーに限らず普段の生活でも糖分は控えていましたね」

仮にコーヒーに毒物を混入させたのが本人ではなかったとしたら、シアン化カリウムの味を消す飲み物だったのが犯人に幸いしたことになる。それとも、被害者の嗜好や習慣を知悉していた者がそれを利用したのか。

「最近の多岐川さんはどんな様子でしたか。その、たとえばひどく思い詰めていたとか」

「自殺の原因になるような、ですか」

少し苛立たしげな口調だった。

「思い詰める、ということでしたら彼女に限らず一流の演奏家は皆そうです。演奏にミスがあれば悔やみ続ける。ミスがなくても何か足りないものがあったのじゃないかと悩む。会心の出来なら出来で、どうしたら次もその演奏を再現できるのかをまた悩む。過去の演奏を引き摺らないと断言する演奏家もいますが、裏を返せばそれだけ気にしている証拠です」

躍起になって抗弁している様子が気になった。

「では、思い詰めていた事実はあったということですね」

「今、言ったように、それは誰にでもあることで……」

「具体的に多岐川さんはどうだったんですか？」

「彼女はその……完璧主義者でしたから」

つまり最近は完璧ではない演奏が続いていたということだ。それなら遺書の前半である〈これ以上の演奏はできません〉という文言が理解できる。

「多岐川さんはプロになってからは長かったんですか」

「もう二十年以上になります」

「ほう、大ベテランという訳だ。そんなベテランが思い詰めるほど、完璧からは程遠い状態だったと」

河原崎をひと睨みし、しばらく安住は沈黙していたが、隠しきれるものではないと悟ったのかぽつりぽつりと語り始めた。

「ここ二年ほどは本番でミスが目立つようになりました。いや、もちろん聴くに堪えない演奏というのではありませんが、往年の玲を知るファンにとっては物足りない部分があったのも確かです」

「ミスが多くなったのは、何かの衰えだったのですか」

「一つは体力的なものでしょう。コンサートとなれば一時間半から二時間、時にはそれ以上ぶっ続けで弾き続けるのですから、生半な体力では務まりません。二十代の頃にできたことが四十代になってできなくなることは往々にしてあります」

「一つは、ということは他にもあるのでしょう？」

「死んだ人間についてあまり口にすることでは……」

「ことによれば殺人の可能性もあります。マネージャーであるあなたにしか証言できないこともあるでしょう」

「ピアニスト自身にしか分からないこともある。それを当て推量で言ったところで」

「あなたが言うことは、それほど当て推量なのですか？」

音楽業界に身を置く者のほとんどは、かつて演奏者を目指した者だと聞いたことがある。それでなくとも担当の音楽家に四六時中寄り添うのだ。素人と同様に扱っていいはずがない。

自尊心も呼応したのだろう。安住は渋面のまま言葉を継いだ。

「一流のピアニストには桁外れの体力以外にも反射神経が要求されます。間断なく十指を動かすには必須の能力でしょう。最盛期の多岐川は、それこそ針のように鋭い反射神経を誇っていました。多少、ピアノのコンディションが悪くても運指で相殺してしまうような対応力です。しかし、最近はその輝きにも翳りが見えていました」

安住の言葉を纏めれば、被害者はピアニストに必要な体力も反射神経も衰えていたことになる。

「率直にお伺いしますが、そうした衰えを自覚した時、多岐川さんはさぞかし絶望されたのではありませんか」

「彼女に限って、それはあり得ません」

安住は憤慨したように言う。

「ピアニストに限った話じゃない。アスリートたちだって衰えは避けて通れない問題です。事実、多岐川もこれまでに何度も膝を屈した。しかしその度に鍛錬を積み重ね、工夫し、衰えを乗り越えてきた。刑事さんはウラディミール・ホロヴィッツというピアニストをご存じですか」

河原崎は黙って首を横に振る。クラシック界では著名な人物なのだろうが、強行犯係の刑事には全く無縁の名前だった。

「八十の齢を越えて尚、ヴィルトゥオーゾと称された天才でした。晩年には年齢からくる体力の衰えから三度に一度はミスタッチをした。罅割れた骨董などと揶揄されながら、それでも独自の技巧と演出でピアノを見事に歌わせた。多岐川はそんな巨匠を信奉していました。だから挫けることがなかった。壁にぶち当たった時にはホロヴィッツの演奏を繰り返し聴いて、自分自身を克服してきた。だから、彼女が絶望のうちに自死したなどと、わたしには到底思えません」

安住を退かせ、次に事情を訊いたのは専属スタッフの一人で瀧本亮という男だった。

こちらは安住に比べればシャツにジャケットを羽織っただけの軽快な服装で、自身をコンサート・チューナーと紹介した。

「コンサート・チューナー？」

「平たく言えばピアニスト専属の調律師です」

これまた門外漢の河原崎は本人からの説明を黙って拝聴するしかない。

「日常的なピアノ調律だけじゃなく、コンサートやレコーディングの際、ピアニストの要望に合わせて音作りをする……そういう説明で分かってもらえますかね」

「チューニングというのはコンサートの度ごとに必要なものなのですか」

「もちろんですよ」と、瀧本は当たり前のように言う。

「ピアノの音は湿度と温度によってころころ変わります。それはホールの形状、客の入りによって随時変化するものだし、その時々のピアニストのコンディションによっても変わってきます。楽器というのは一種の生き物ですからね。絶えず様子を見てやらないと、本来のスペックを発揮できません」

「ピアニストのコンディションまで考慮するのですか」

「当然です。ピアノの潜在能力を引き出すと共に、ピアニストの能力も最大限に引き出す。たとえばピアニストが強い打鍵を求めているのなら、鍵盤を体力に応じて軽くする。ただ弦やハンマーを調節するくらいだったら誰でもできることですから」

瀧本は刹那、感情を堪えるように唇を締めた。

「多岐川玲のコンサート・チューナーを務めることは、僕にとっては仕事以上の意味があった。一流のピアニストがピアノという筐体にどうやって意思を伝達し、どう表現するのか。ハンマーのフェルト部分の摩耗具合、弦の疲労度合いを見れば一目瞭然だ。まるで名のある書家の墨痕のように演奏の跡が残っている。それを見れば、演奏者が必要としているタッチ、ペダルの強弱、弦の張り方まで全て分かる。もし多岐川玲と出逢わなければ、僕は未だにメーカー勤めの調律師を続けていたかも知れない。あれほど調律に文句の多いピアニストもいないけど、それ以上にフィードバックされるものは大きかった」

語尾が微かに震えていた。

「彼女が無理難題を要求する度に僕は腕を上げた。そして僕の調律技術が上がれば、彼女の演奏は更に艶やかになった。まだまだ学びたいことがあった。まだまだ僕がしてやれることがあった。それなのに……それなのに……畜生。何で死んじまうんだ」

見かけによらず感情が外に出るタイプらしい。河原崎は瀧本が落ち着くのを待って質問を再開した。

「ピアニスト専属と仰いましたね。すると瀧本さんはずっと多岐川さんのコンサート・チューナーを？」

「ええ。彼女とはもう五年来の付き合いです」

「五年。つまり、それだけ長く多岐川さんの体調をチェックされ続けたという訳だ」

「そう言っても過言ではないでしょうね」

「ここ最近、多岐川さんに目立った変化はありませんでしたか。肉体的なことでも演奏上のことでも、何でも構いません。彼女が死ぬほどに思い悩むようなことに覚えはありませんか」

瀧本はしばらく考え込んでから口を開いた。

「打鍵が若干弱くなった印象はあります。彼女の打鍵は男勝りの強靭さが特長でした。最近はここぞという場面でのフォルテシッシモの連打が心許ない部分も見受けられました。それだけに、今日の〈マゼッパ〉は文句なしに素晴らしかった。多岐川玲ここにありと見せつけられた思いでした」

「その曲では以前と比べても遜色はなかった訳ですね」

「遜色がないどころか会心の演奏でした。一時でも彼女が衰えたと考えた自分が恥ずかしくなるくらいに」

俯き加減の顔に、ほんの少しだけ赤みが差す。

「〈マゼッパ〉という曲はあまりにも体力を酷使し、あまりにもテクニックを要求する曲です。老練な弾き手でもノーミスで弾き果すことは難しい。演奏の優劣を競うコンクールでもない限り、演目に加えるのは大抵のピアニストが敬遠する。ところが彼女は二時間に及ぶプログラムの最終にこの難曲を持ってきた。それだけでも向こう見ずなのに、眠っていた者を張り飛ばすような演奏を聴かせてくれた。あんなの、迷った人間の演奏じゃない。だから体力やテクニックの劣化に彼女が死ぬほど悩んでいたなんて、僕にはとても考えられません」

つまり自殺説の否定という訳だ。確かにそれほどの難曲を弾きこなしたという話であれば己の腕を悲観する必要はない。しかし、逆にこの証言もまた〈これ以上の演奏はできません〉という文言を裏付けてしまう。

「では、彼女を殺したいほど憎んでいた人物に心当たりはありませんか」

「思い当たりませんね。ただ単に彼女を煙たく思う者ならいたかも知れません」

瀧本の歯切れが悪くなった。

「音楽については確固たる信念を持っていましたから、同業者や評論家に少なからず敵はいました」

「ほう」

「評論家なんて、自分では弾けもしないのに演奏者をこき下ろすのが仕事だと思っているのが多くて。海外でまだ充分に評価されていない多岐川さんのようなピアニストには殊のほか辛辣でした。これが外国のコンクールで優勝した途端に挙って絶賛するんですから、風見鶏もいいところだ。多岐川さんはそういう評論家に対しても、聴力よりも感性が不自由だとか印象だけで評論を書いているど素人だとか容赦ありませんでした」

評論する以上、評者はどうしても対象を上からの目線で見てしまう。それが常態となっているのに、いきなり対象から逆襲され、素人呼ばわりされれば確かにいい気はしないだろう。自尊心の強い者なら憎悪もする。

「特に黒岩隆行という評論家とは誌上で一騎打ち、みたいな企画がありましてね。結果的に黒岩さんがヨーロッパの音楽事情には半可通であったことが露見しちゃって、それ以来不倶戴天の敵みたいに思われているようです」

河原崎はいったん黒岩隆行という名前を記憶の抽斗に仕舞い込む。剖検と鑑識の報告待ちだが、殺人の線が濃厚になれば本人に会うなりアリバイを確認するなりの作業が必要になるかも知れない。

三番目に顔を合わせたのは多岐川真由。玲の一人娘で、音楽高校の三年だという。

先刻よりも顔に赤みが戻っているが、それでも誰かが支えていなければ倒れてしまいそうな風情だ。

「真由さん、でしたね。他に家族の方は？」

「いません。家族はあたしと母だけです」

「え」

「父は十年前に事故で亡くなりました」

真由は訥々と父の死について語り始める。当時、玲の夫はレコード会社のディレクターだったのだが、徹夜仕事が続き、自身の運転するクルマが電柱に衝突した。完全な自損事故でクルマは大破、夫も救急病院に搬送されたがほぼ即死だった。

賠償金の類は発生しなかったものの、夫を亡くした玲の痛手は予想以上に大きく、あまりの心痛から一時はピアノの世界から引退することまで考えたのだという。だが、マネージャーの安住ほかスタッフの熱意と誠意がそれを押し留めた。

「それに、あたしはまだ八歳でしたから。女手一つで育てていくためにも、ピアノを続けるしかなかったんだと思います」と、真由は大人びた口調で言った。話の内容でその他の親族からは疎遠になっている事情が垣間見える。

「お母さんは何かに悩んでいる様子でしたか。その、たとえばかなり深刻に」

スタッフたち仕事仲間には見せない顔も、一人娘にだけは晒している可能性がある。

しかし、真由はゆるゆると首を横に振るだけだった。

「『悩まない表現者はいない』」

「……え」

「母がいつも言っていたことです。モーツァルトみたいな天才はともかく、ピアニストという人種はいつも悩んでいる。その悩みを一つ一つ克服しながら成長していく。だから逆に悩まない音楽家は大成しないって。母はピアノのことに関しては、家の中でも悩み抜いていました。家事はあたしに任せて朝から晩までずっとピアノと格闘していました」

悩んでいたのは日常茶飯事なので、取り立てて言うほどのことではないという理屈だった。確かに年がら年中悩んでいたのが、今日突然自殺する気になったというのも妙な話だ。

後で確認する必要があるが、玲の親族が真由だけだとしたら、財産を巡るトラブルというのも考え難い。他殺の線で捜査する場合は金銭以外の動機を考慮すべきかも知れない。

その時、真由が音楽高校の生徒である事実を思い出し、ふと疑問が浮かんだ。

「あなたもピアノを専攻しているんですか」

「はい」

「すると家の中には、いつもピアノ教師がいたことになりますね」

嫌な顔をするかと思ったが、予想に反して真由は誇らしげに答えた。

「あたしも、ピアニストを目指してるんです。母親兼ピアノ教師というのはあたしにとってこの上ない環境でした」

凛とした視線で射抜かれそうになった。

「多岐川玲というピアニストを母に持って、あたしは幸せだったと思っています。他の家庭の母子がどんな風なのかは知らないけど、母はあたしの誇りで、そして目標でした。あれだけピアノに命がけで、あれだけ苦難に剛い人を他に見たことがありません」

そして河原崎を直視したまま、こう断言した。

「刑事さんが何を考えているか想像つきますけど、母は自分で闘いを放棄するような弱い人間じゃありませんでした。だから自殺したなんて、あたしには到底思えないんです」

２

コンサートが始まれば、控室に近づけるのは演奏者とスタッフ、親族、そして主催者に限られる。最後の関係者は主催者の美能忠邦(みのうただくに)だった。

美能が差し出した名刺には美能リサイクル代表取締役とある。頭はすっかり白くなっているが、頬肉の削(そ)げ落ちた顔と眼光は年齢を全く感じさせない。

「美能リサイクルというと、確か産廃リサイクルの会社でしたね」

地元ではテレビＣＭも流している有名企業だ。河原崎も何度か目にしたことがある。

ただし有名なのはＣＭのせいばかりではない。

「リサイクルの会社が何故ピアノコンサートの主催を？」

「言うまでもない。地方文化の発展に寄与できればという思いからです」

美能はさも当然という口ぶりだった。

「多岐川さんは地元出身の世界的なピアニスト。本来であればこんな地方都市でコンサートをするような演奏家ではないが、地方文化の発展という点でわたしと意見が一致した。そこでコンサートの開催にまでこぎつけた。彼女にしてみれば凱旋(がいせん)公演、瑞浪(みずなみ)市にしてみれば一流アーティストの招聘(しょうへい)という訳です」

「以前から被害者とは面識があったんですか」

「とんでもない。もちろんわたしは彼女のファンだったが、今回のコンサートは彼女が地元での演奏会を企画していると聞いてスポンサーの名乗りを上げたのだ。今回が初対面だった」

「ほう、ファンでいらっしゃいましたか。因みにお好きな曲は何です」

門外漢にも拘わらず河原崎がこんな質問をしたのは引っ掛けに過ぎない。案の定、美能の顔には困惑の色が浮かんだが、それをあからさまな嘘で糊塗するような姑息さはないようだった。

「まあ、彼女のピアノ全般と言っておこうか。下手な誤魔化しはしない主義だから言ってしまうが、わたしは彼女の演奏よりは名前の方が重要だと思っている。何と言っても多岐川玲だ。わたしのような人間が知っている名前なら、大抵の者も知っていよう。そういう芸術家ならこの程度のホールを満員にすることも可能だろう。あんたも地元の人間なら知っているかも知れんが、元々このホールは例のハコモノ行政の遺産でね。潤ったのはホール建設を請け負った業者と不動産屋、そして地元選出の議員だけ。後は年間数億円の赤字を生み続ける文字通り負の遺産だ」

クラシックファンの仮面をあっさり脱ぎ捨てると、美能は傲慢な企業家の顔を露わにしたが、その豹変ぶりはいっそ清々しくさえあった。偽善者の虚言ほど聞いていて苛々するものはない。

ホールが赤字続きであることは、つい最近も報じられたばかりだった。施設の維持費と人件費に対してホールの収益がまるで釣り合わない。集客の見込めない地方のホールでは著名な演奏者を招くことができず、二流どころを集めるからやはり収益が上がらない。少しでもホールを活用しようとしてフラワーアレンジメントや怪しげなセミナーの会場にも提供するが、内輪しか集まらないから経費だけが更に嵩む。思い切って潰してしまえばまだ負担が少なくなるはずなのだが、館長ポストは文科省官僚の天下り先になっているのでそれも叶わず、閉館すればしたで、その後の利用方法を見出せないので指を咥えて見ているしかないのだ。

「従って、このホールに多岐川玲を呼ぶことにはホールの収益を改善するという目的もある。さすれば市の負担、延いては市民が将来的に負う税負担を軽減することにも繋がろう。わたしはいち経営者の単視眼的な目的で文化事業に手を染めている訳ではないのだよ」

「多岐川さんはこのコンサートには乗り気だったんですか」

「それは乗り気だったに違いない。わたしのスポンサード申し入れに一も二にもなく承諾したからね。所詮、芸事は金喰い虫だ。彼女にしても演奏場所を提供してくれる者がいなければ、路上でギターをかき鳴らす馬鹿どもとそれほど立場は変わらん」

なるほど、それが本音か。

訊いているうちに内情が薄ぼんやりと透けてきた。収益の確保に難儀しているホールの足元を見て使用料を安く叩く。その上で世界的に名の知れた多岐川玲を呼んでホールを満員にする。チケット代も相応の高値に設定してプレミア感を煽（あお）る。かくて主催者である美能リサイクルは文化事業の名の下、結構な額の営業外利益を獲得するという寸法だ。

「まあ、あんたが何を考えとるのかは大体分かるが」

そう言われて、河原崎は思わず手で口元を隠す。さっきも真由に同じことを指摘された。もしかすると自分の表情は他人に読まれやすいのだろうか。

「社員とその家族の生活を抱えておる身分では酔狂なパトロンごっこもできん。今はどこも内実は火の車だからな。だがな、刑事さん。ピアノなど一分も聴いていれば欠伸（あくび）の堪（こら）えきれんわたしが、彼女の最後の曲にだけは心を打たれた。あれだけは予想外だった」

美能はふと遠い目をした。

「彼女が直後に死んだから余計にそう思うのかも知れんが、あの十分にも満たない曲を聴いた刹那、鳥肌が立った。意外だった。クラシックなぞ第九ぐらいしか知らんはずなのに、音の一つ一つが直接胸を刺すようだった。正直、ピアノの音に自分がこれほど突き動かされるとはな。遅まきながら多岐川玲のファンになったよ。これは本当だ」

関係者からの事情聴取をひと通り終えて多治見署に戻ると、刑事課長の柴田が待ち構えていた。

「死んでいたのは、あの多岐川玲だったって？　今回だけはお前さんが羨ましい」

「え」

「鑑識からの報告が上がった」

無造作に渡されたファイルの束に目を走らせる。残留指紋に毛髪、そして足跡。現場から採取された証拠物件はいずれも玲本人と関係者のもので、不明指紋の類は検出されていない。

問題のペットボトルからは徳村の推察通りシアン化カリウムが検出されている。致死量の三倍以上が混入されているから、これも徳村の見立て通りということになる。そして、こちらからも玲以外の指紋は見つからなかった。

「本人の指紋しか残っていない。遺書も残されている。自殺の可能性は限りなく高い。技術の衰えというだけでも、完璧主義の演奏者には立派な自殺動機となり得る」

「課長は多岐川玲をご存じなんですか」

「ファンだよ。それに加えて地元の名士だ。知らんヤツの方が少ない」

では河原崎は少数派ということか。

「控室に入ることのできた人間は特定できるのか」

「関係者以外立入禁止というのが建前ですが、特に警備員が配置されていた訳ではないそうです。今まで控室にファンが押し寄せるようなコンサートがなかったので、警備体制はひどくお座なりになっていました」

「つまり、誰でも近づけた訳か」

「ええ。ただ控室は現場以外にも二室あって、どの部屋が多岐川玲の控室なのかを知っていたのは関係者だけです」

「多岐川玲が死んで、誰か得をする者はいるのか」

これは河原崎も考えてみた。別働隊の報告では玲は自分の意思で生命保険に加入しているが、死亡保険金は三千万円。月々の掛け金も妥当な金額であり、そこに不自然さはない。保険金の受取人は娘の真由だが、まさか三千万円欲しさに十八歳の少女が母親を毒殺したとは考えにくい。第一、母親が現役のピアニストなら保険金の受け取りを急ぐ必要など、どこにもない。

カネ目当てでないとすれば次に思いつくのは感情の縺れだ。事情聴取した限りでは調律師の瀧本が一番感情的だった。音楽の世界に身を置く者なら、自分よりも才能のある人間、演奏者として成功した人間に向ける感情は称賛だけとは限るまい。妬みもあれば嫉みもある。ただでさえ、玲は瀧本の調律に対して無理な注文を続けたと言うではないか。その負の感情がいつしか殺意に転化したとしても、何の不思議もない。

もちろん瀧本が洩らした評論家の黒岩についても疑う余地はある。もしコンサート会場にいたのであれば犯人の可能性もある。

いや、可能性ならマネージャーの安住にもある。二十年以上に亘る付き合いだったということだが、そこに男女関係は果たして皆無だったのか。関係者の証言から浮かび上がった多岐川玲の人物像は芸術家にありがちな激情家だ。そんな女を相手にしていれば、いつか愛情も憎悪に変わるかも知れない。

ただし、これらはいずれも他殺の動機として薄弱に過ぎる。技術の衰えを動機とした自殺と考えた方が妥当だ。

「現状で、得をする人物というのは見当たりません」

「じゃあ自殺で決まりか」

「いえ……」

「何かあるのか」

「どうも自殺と断定するのは少し早いような気がします。確かに他殺の線は薄いですが、多岐川玲が自殺する理由も充分には納得しづらいものがあります」

「多岐川玲は完璧主義で有名だった。そんなピアニストが自身の衰えを自覚したら絶望のしかたも半端じゃないぞ。芸術家の心理は凡人には理解不能なところがある」

「確かにここ数年は体力の衰えに悩んでいたのは事実かも知れませんが、娘の話を聞く限りでは、悩んだからと言って自殺を選択するような人間でもないと」

そしてまた、音楽家の玲がどこからシアン化カリウムを調達したのかという疑問も残る。どうせ自殺するのなら毒物などに頼らずとも、もっと楽な方法がいくらでもある。

「徳村さんに聞いたんですが、青酸カリでの自殺というのは大層苦痛を伴うそうです。胃酸と結合したガスが器官を壊死させるから、それこそ大の大人が悶絶するような苦しみらしい。どうにも女の自殺には不似合いだと思うんです」

「だが多岐川玲は激情家としても知られていた。激情家ならいちいち自殺の方法を選択するようなこともするまい。第一、遺書が残っていたんだろ」

「死体が発見される前に、誰かが控室に侵入し、パソコンに打ち込んでいたかも知れません。文章は簡潔に過ぎ、彼女自身が打ち込んだという証拠はありません」

「それも単なる可能性だろ？　ああ、そうだ。頼まれてた記事、拾っておいたぞ」

これも無造作に差し出されたA4サイズの紙片を受け取る。内容は地元新聞の縮小コピーだ。『リサイクル会社　不法投棄で摘発』の大文字が躍る。日付は五年前の八月五日、美能リサイクルが多治見署と岐阜県警の生活環境課に検挙された事件だった。

美能リサイクルはリサイクルの過程で廃棄物の処理も行っているが、そのうち圧力計などの計器・水銀付着スレートなどの廃材・その他キレート樹脂には水銀が多く含有されている。美能リサイクルはこれら水銀含有の廃棄物を瑞浪市郊外の山林に不法投棄していたのだ。もちろん水銀もリサイクル可能な資源ではあるものの、再利用にはいったん廃棄物を燃焼気化させ、精製濃縮する作業が必要であり、再生コストが非常に大きい。それよりは廃棄した方がよほど手間もカネもかからない。

警察の調べによれば不法投棄は少なくとも十年来行われており、投棄場所周辺の汚染は相当に進んでいた。周辺だけではない。水銀は土壌から地下水にまで滲み込み、山林から流れる水脈に紛れてしまったのだ。

山林の麓に流れる川を生活用水に利用していた住民には、既に水銀中毒の症状が顕れていた。四肢の震え、歩行障害、視野狭窄。警察の検挙で美能リサイクルの不法投棄が明らかになると、患者たちは弁護団を立てて集団訴訟に踏み切る。だが、美能リサイクルの顧問弁護士が企業訴訟のベテランであることも手伝い、患者側の主張はすんなりと通らなかった。

そして二十回以上に亘る公判で、遂に原告側は不法投棄と水銀中毒の関連性を実証することができず、集団訴訟は敗訴に終わった。

しかし美能リサイクルも決して無傷では済まなかった。裁判に勝ちはしたものの会社の評判はがた落ちとなり、関わりを怖れた企業は取引を停止、メインの銀行も融資を引き揚げたのだ。美能の個人資産が潤沢であったことから倒産は免れたものの、会社としては未だ気息奄々の状態にある。美能が玲のコンサートを主催したのも、少しでも会社のイメージアップを図ろうとしているからだろうと思われる。

「それにしても、あの美能リサイクルが選りに選って文化事業の主催者とはな。そろそろカネだけじゃなく、勲章も欲しくなってきたか」

皮肉混じりに柴田が言うが、その辺りは美能に限った話ではないと河原崎は思う。音楽にしてもスポーツにしても後援に名立たる企業が名を連ねるのは、もちろん宣伝効果を考えてのことだ。収益が悪化すれば、当然のように企業は後援活動から手を引く。善意と熱意だけの後援など存在しないのだ。

それより気になることがある。

河原崎は鑑識報告にあるファイルに目を落とす。最前からその中の一枚に目が釘づけになっていた。

玲が押さえていた楽譜のアップ。

リストの〈超絶技巧練習曲第4番　マゼッパ〉。玲が死の寸前に弾いた、いわば白鳥の歌ともいうべき曲だ。

人差し指が楽譜上の記号を指していた。

〈staccato〉（スタッカート）。指の先端は明確にsの部分に向けられている。

「課長はこれ、どう思われますか」

どれ、と柴田が隣から覗き込む。しばらく眺めてから今度は河原崎に視線を移した。

「お前はどう思う。他人に意見を求めるのは、大抵自分で何かを思いついた時だ」

逆に振られると少し返答に困った。柴田の指摘は図星だが、口にするには憚られる思いつきだったからだ。

「さっき言った通り、青酸カリを摂取すれば悶絶するような苦しみに襲われます。事実、被害者は苦悶のあまり椅子から転げ落ちているくらいです。なのに手はしっかりと楽譜を押さえ、そればかりか任意の場所を指差している。つまり、これは……」

「死者からのメッセージ、とでも言うつもりか」

柴田は茶化す口調でも責める口調でもない。河原崎の指摘に半信半疑といったところか。自信がないので河原崎も明確な返答ができない。

「しかし、それならどうしてsなんだ。このページには他にも〈allegro〉（アレグロ）や〈tremolo〉（トレモロ）や〈mezzo forte〉（メゾ・フォルテ）、それから〈rubato〉（ルバート）なんて記号がある。安住を示すa、瀧本を示すt、美能を示すm、下の名の亮を示すrも揃っている。犯人の名を示すなら、そのうちどれかだろう。それともその三人以外に、誰かsで始まる関係者がいると言うのか」

河原崎も当然、その点には思い至っていた。だからこそ確信が持てずにいるのだ。しかし、苦悶の中でわざわざ任意の文字を指し続けながら死んだという事実に、死者の告発を感じてならないのもまた確かだった。

では、どうしてsなのか。

玲に特別凝った趣向があったとは思えない。何と言っても死ぬ間際、しかも苦悶のさ中だ。そんな目に遭ったことはないが、おそらく意識も拡散し、思考も纏まらない状態だろう。何かの意思を伝えようとするなら至極単純なメッセージになるはずだ。

まさか〈s〉ではなく〈staccato〉（スタッカート）の方に意味があるのか。

楽語など知るはずもなく、スマートフォンで該当のサイトを検索しようとすると、横から柴田が「スタッカートというのは、音を切ってという意味だ」と口を挟んできた。

音を切って。駄目だ。ますます意味が繋がらない。

そして、やっと気づいた。

「課長。そう言えばさっき楽語をあっさり読んでましたよね。多岐川玲のファンとも言っていたし。ひょっとしたらピアノの経験者ですか」

すると柴田は居心地悪そうに顔を顰（しか）めた。

「……つい最近まで弾いてた」

「はい？」

「ほれ、今流行りの大人の家庭教師ってあるだろ。娘に半分強要されて始めた。ショパンが目標だったんだが、一年経ってもチェルニーの練習曲すら弾けなかったから挫折した」

その顔でショパンかよ。噴き出しそうになるのを慌てて堪えた。柴田はそれを横目でじろりと睨む。

「それでも楽譜は読めるようになった。見ろ。ちゃんと役に立ってるじゃないか」

楽譜が読めるだけでも大したものだ。つまり河原崎よりはよっぽどピアノに詳しいという意味だ。

「課長を見込んで、一緒に見ていただきたいものがあります」

河原崎は先刻ホールから借りてきたＤＶＤを取り出した。

「多岐川玲の最後の演奏が収録されたもので、何かの参考になるかも知れないと思って一枚焼いてもらいました」

瞬間、柴田の顔が輝いた。

「それは眼福だな。しかし俺に演奏見せてどうしようって言うんだ」

「音楽の分かる人間が見たら、何か別の発見があるんじゃないかと思いまして」

卓上のパソコンにＤＶＤを挿入する。瀧本の不安を払拭し、門外漢の美能に鳥肌を立たせたという演奏。玲の死が自殺にしろ他殺にしろ、その類稀（たぐいまれ）な演奏内容が関係していた可能性は無視できない。自分が見て何も感じられなくても、鍵盤に触れたことのある柴田には感知できるものがあるのではないか――。

大間違いだった。

最初の旋律が荒々しく跳ね上がる小節で、柴田はうわ、と洩らした。

だが、驚いたのは河原崎も同様だった。貧弱な内蔵スピーカーから放たれた一音が楔のように突き刺さる。たかが四十インチのモニター越しなのに玲の執念が胸に迫ってくる。

カメラは演奏する玲の姿を正面と俯瞰（ふかん）から捉えている。まだ序盤だというのに運指は目にも止まらない。指と指の間を別の指が潜（くぐ）る。ポジションが水平移動しても、その動きが途切れることは一瞬もない。振り上げる腕はまるでピアノを破壊するかのような勢いだ。

旋律が激しく上下向を繰り返す中で、河原崎は己の鼓動もわずかに昂揚していることを知る。玲の弾き出すテンポに自分の鼓動が同調しようとしているのを否定できなかった。

正面のカメラが玲の横顔をアップで捉える。

飛び散る汗と跳ね上がる髪。

両目は鍵盤を燃やし尽くすように見開かれている。その表情は自分の思いの全てを演奏に転化しようとしているように見える。

曲に込められた作曲者の想いを届けずにはいられない。

今、己を燃焼させずにはいられない。

それは演奏家の執念だった。

意志の剛さに河原崎は畏怖さえ覚える。

狂おしさに戦慄さえ覚える。

河原崎は不意に確信した。

こんな演奏をする人間が直後に自殺する？

しかも体力やテクニックの衰えを気に病んで？

とんでもない話だと思った。自殺というのは結局のところ逃避行動だ。これほど意志の強靭な人間が逃避などするものか。

河原崎と柴田はしばらく打ちのめされたように、画面に見入っていた。

3

　音楽評論家黒岩隆行の自宅は東京都内にあった。河原崎が通された書斎は書架にずらりと音楽関係の専門書やＣＤが並ぶ一方、楽器の類は一つも置いていない。評論家の書斎と言われれば、なるほどと思わせる部屋だった。

「アリバイ、ですか」

　黒岩は太い眉を掻きながら物憂げに言う。

「彼女のコンサートがあった日は、都内で雑誌社の編集者と打ち合わせをしていました。お疑いでしたら、どうぞ確認してください」

　東京と岐阜。場所も離れており、証人も存在する。アリバイとしてはこの上なく堅牢なものだ。

　だが今回、アリバイはそれほど重要ではない。犯人が服毒死という手段を採っているのなら、玲はいつどこで死んでも構わなかったという理屈になる。その場合に重要なのは、容疑者のアリバイではなく、玲に毒入りのコーヒーを手渡す機会があったかどうかということになる。

「最近、彼女と会ったことですか。いやあ、直接会ったのは一昨年、音楽雑誌で対談したきりです。元々、演奏者と評論家が会うことはあまりありませんしね」

「雑誌の対談というと、多岐川さんと激しくやり合ったこれですか」

河原崎はカバンから雑誌を取り出した。ここに来る前、雑誌社から取り寄せていたバックナンバーだった。

黒岩は表紙を見るなり苦い顔をした。

「やっぱりその話はご存じでしたか。まあ、その記事があったからわたしに目をつけられたのでしょうが」

記事の内容は、河原崎も事前に読んで把握していた。クラシックの世界においてヨーロッパの演奏家が活躍しているのに日本の演奏家たちが目立たないのは何故か、という設問に対し、玲は日本の音楽教育に原因があるとし、黒岩は個々の力量の問題であると主張している。

「記事を拝見すると、かなり激しい応酬が交わされていますね」

「それだってずいぶん編集して緩和された方です。ＩＣレコーダーを再生したら、双方ともっと口汚かった。最後には彼女の方が一方的に席を蹴って退出しましたからね」

「そんなに怒っていましたか」

「ひどく嫌われたみたいですな。その対談以降は、事あるごとにわたしを悪し様に言っていたようですから」

　この部分は瀧本の証言とも一致する。

「彼女は日本の音楽教育のレベルがあまりに低いと嘆いていました。彼女の論を完全に否定するものではないが、やはり個人の力量差というのは歴然と存在する。もちろん、持って生まれた才能もそうだし、その才能を維持し発展させる努力にも差異がある」

「記事の中で黒岩さんは、演奏者に鍛錬が足りないと仰っていますね」

「ええ。これは特にピアニストに顕著な傾向ですが、三歳頃からピアノを習い始めると指先や手首が柔軟であることも手伝って、所謂神童や天才児といった早熟な才能が生まれ易くなる。海外のコンクールでも上位入賞を果たすようになる。一躍、日本クラシック界の寵児となる。しかし年齢を経るに従って指は強張り、手首は回らなくなる。それを克服するためには練習に練習を積み重ねるばかりではなく、自分のスタイルを変容させていかなければならないのに、過去の栄光に縋ることしかしないので、どんどん輝きを失っていく」

「しかし、よく分かりませんね。単なる認識の違いにしか聞こえないのですが、どうしてそれほどまでに多岐川さんが腹を立てるのか」

「その部分も編集で削除しているからです。実際の対談では、彼女自身の練習不足についてわたしが言及しているんですよ」

黒岩は目を伏せて言う。

「国内でくすぶっている他の演奏者と同様に、あなたも研鑽を怠っているんじゃないのか。わたしは彼女に面と向かってそう言いました」

「それは非常に……その、直截な意見でしたね」

「どうしても言わずにはおられなかったのですよ」

そんなに玲を毛嫌いしていたのか。

思ったことが顔に出たのか、黒岩は慌てた様子で手を振った。

「いや、誤解しないでください。わたしは別に多岐川玲のアンチという訳じゃありません。むしろ彼女がデビューした頃からの大ファンなんです」

「……どういうことですか」

「これでも音楽評論で飯を食って二十年ですからね。そこらの評論家みたいに印象批評でお茶を濁すような真似はしていません」

黒岩はラックの中からひと抱えほどもあるＣＤやＤＶＤを取ってきた。タイトルを見れば、いずれも玲のアルバムやコンサートビデオだ。

「彼女の出したＣＤとＤＶＤは全部揃えています。無論、国内未発売のものは海外版で網羅しています」

なるほど、ファンを自称するに相応しい量ではある。

「ビデオもただ鑑賞しているだけじゃない。パソコンに取り込んだ上でクローズ・アップし、コマ単位で運指のチェックをしています。わたしの評論が理論的だと称される所以です」

黒岩は卓上のパソコンを立ち上げる。表示されたアイコンには演奏曲と収録日が入っている。

「多岐川玲のピアニズムをひと言で表すなら激情です。やや過剰とも言える感情表現と強烈な打鍵。それを支えているのは桁外れの握力とスタミナ。往年のアルゲリッチに勝るとも劣らない。わたしだけじゃない。彼女のファンは皆、その激烈さの虜にされてしまう。彼女のピアノを聴いてしまったら、他のピアニストが貧弱に思えたものだ。だからこそ、ここ二年ほどの演奏には我慢がならなかった。タッチはひ弱で瞬発力にも欠けていた」

「ははあ、同様なことを関係者からも伺いましたよ。やはり年齢からくる技術的な衰えには勝てなかったんだろうと」

「年齢からくる衰えですって。いいえ、違いますね」

黒岩は挑発的な目で河原崎を見据えた。

「指のアップを具に観察していれば分かる。第一、彼女はまだ五十前なのですよ。老化を云々するような齢じゃない。最近の演奏で目立ったミスというのは、ほとんどが運指の遅れであって違うキーを叩いた訳じゃない。本来ならアレグロで弾くべき部分をアンダンテで済ましているのも激烈さの後退した一因でしょう。こんなのは技術的な衰えじゃありません。単なる練習不足ですよ」

「練習不足、ですか」

「だからこそ余計に腹立たしかったんです。本人を前にして悪態を吐いてしまったのも、彼女に以前の輝きを取り戻して欲しかったからです。多岐川玲ほどのピアニストがそんなミスをするのは、怠惰以外に考えられない。その事実がわたしから批評家としての冷静さを奪いました」

そこまで言って、黒岩は少し神妙になった。

「ただ、わたしも一応は名の通った評論家ですからね。公表されていませんが、対談の席上では彼女もひどく辛辣な物言いでした。およそ評論家という連中は自分で演奏できない僻みを文章にしているだけだ。芸術家の作品に頼って生活している癖に、何を高所から偉そうにモノを言っているんだ、とね。そこまで言われたら、わたしだって頭を下げ難い。結局、それが彼女と最初で最後の邂逅になってしまった。あの時、握手をして別れていればわたしたちはずっと幸せだったでしょうに。今となれば悔やんでも悔やみきれない」

「それ以降は一度も？」

「ええ、一度も」

そして黒岩は口調を変えた。

「ところで彼女が最後に弾いた曲は〈マゼッパ〉で、しかもノーミスの完璧な演奏だったらしいですね」

「ええ。わたしはクラシックには門外漢の人間ですが、それでも十二分に感動しましたよ」

「それは……よかった」

そして長い溜息（ためいき）を吐く。

「本当によかった。自殺か他殺かはともかく、きっと音楽の神様が最後のチャンスに微笑んでくれたのでしょう。ああ、できることならその〈マゼッパ〉を是非とも客席で聴きたかった」

黒岩からはこれ以上、有意義な話を聞けそうになかった。河原崎は半ば形式化した質問を最後にぶつけてみた。

「仮にこれが殺人だったとして、多岐川さんに殺意を持つ人物に心当たりはありますか」

「一人、います」

「誰ですか」

「かく言う、このわたしですよ」

その言葉に悪びれた響きはなかった。

「これ以上、多岐川玲の凋落を見たくない信奉者であれば、絶頂期のピアノに魅入られた者であれば、殺意を抱いたと思います。最後にそんな見事な〈マゼッパ〉を弾いたというのなら尚更でしょう。最高の多岐川玲、最高の〈マゼッパ〉を永く記憶に留めるためにも、演奏直後の彼女を躊躇いなく殺すでしょう。わたしはそのくらい、彼女のピアノに心酔していたのです。絶対安全な場所に立っているので言えることですが、そのコンサート会場にいれば、わたしが犯人であっても全く不思議じゃない」

東京から多治見署に戻ると死体検案書が届いていた。死体検案書を一瞥すると、死体所見も死因についての言及も徳村のそれと大差なく、新たな切り口は期待できない。しばらく考えてから、河原崎は死体検案書を握って柴田のデスクに向かった。

「もう一度、司法解剖してくれだとお」

柴田の語尾が跳ね上がった。

「いったいどういう了見だ」

「この検案書じゃ納得いかないんですよ。これ、担当がG大の能瀬教授ですよね。俺としてはN医大の草間教授にお願いしたいんです」

「草間教授？　あの人は愛知県の法医認定医じゃないか」

「ええ。法医学の西の権威と言われています」

「能瀬教授の何が不満だ」

「俺の知りたいことを調べてくれてないようです」

「おい、自分を何様だと思っている。好みの結果が出るまで医者をハシゴするっていうのか」

「医者と弁護士と会計士は優秀な人材を選ぶべきです」

　監察医制度のあるところでさえ、担当医個々の知見によって所見の内容に差異がある。経験と知識に裏打ちされた作業では避けられない傾向だ。そして口外するのは憚られるが、監察医制度のない地方では、その差異が更に顕著となる。

「警察が解剖医の選り好みしてどうする。県警本部の管轄もあるし、能瀬教授の顔に泥を塗ることになる。次からどんな顔して検案要請入れるつもりだ」

「それはそうですが……死因以外の所見を知りたいんですよ」

　しつこく食い下がると、柴田は河原崎を凝視した。こういう時こそ日頃の行いがモノを言う。この男の下で働いて三年。少なくとも気紛れや当てずっぽうで捜査方針に口を挟むような刑事には思われていないはずだった。もちろん信頼されるに足る実績も上げているつもりだ。

果たして柴田は値踏みをするような目でこちらを見た。

「何か嗅ぎつけたのか」

「嗅ぎつけたってほどでもないんですが……自殺にしろ他殺にしろ、今いち動機がはっきりしないんですよ」

「以前よりも演奏の技術が落ちた、というだけでは納得できないか。何度も言うようだが多岐川玲は完璧主義者で」

「しかし、コンサートの最後の曲は課長だってお聴きになったでしょう。あんな演奏をするピアニストが技術の劣化に悩んで自殺するなんて、辻褄が合わない」

「つまり、お前の見立てでは他殺の線が濃厚という意見か」

「その線は固いと思いますね」

「理由を聞こうか」

「もし服毒自殺だったとしたら、コーヒーに青酸カリを混入させたりしません。青酸カリだけを一気に呷る方がずっと簡単ですからね。ブラックコーヒーに混入したのはあくまで味を誤魔化すためです。死を覚悟した人間が最期の一杯で口当たりを気にしたりはしないでしょう」

「同意しよう」

「次に他殺と考えた場合、やはり動機がはっきりしません。市内に立派な邸宅もあり貯えもある。遺産があるといっても相続人は娘一人だから争いが起こる可能性はない。表面上、憎しみ合っていたという人物もいない。もちろん、度を越したファンが演奏技術の凋落ぶりに怒って殺害を企てたという線も皆無じゃないが、すると毒入りのコーヒーをどんなタイミングで渡したかが問題になる。でも彼女の飲む銘柄はいつも決まっていた。それを部外者が知っていたとは考え難いし、花を贈った者はいても飲食物を贈った者はいない。これは会場の関係者から聴取済みです」

「それも同意しよう」

「話が袋小路に陥ってしまうのは与えられている材料が足りないからです。新しい材料があれば、必ず別の道が拓けてくる」

「それで隠された動機という訳か。しかし、その動機を司法解剖の結果に求めるのは何故だ」

たちまち河原崎は返事に窮する。ここからの話は理屈ではなくて勘だ。

「知っての通り、本部からは経費削減を通達されている。人件費を削る訳にはいかんから、勢い他の費用を抑える必要がある。年度内にウチがあとどれくらい司法解剖に費用を回せるか、知っているか」

被害者遺族がこれを聞いたらどう思うことか。不審死の全てが解剖手続きに回される訳ではない。岐阜県の場合、死体取扱数に対する司法解剖の数は三パーセントに満たない。医師と設備が不足しているという事情もあるが、最大の理由は予算の少なさにある。

二〇〇七年、犬山市の相撲部屋宿舎で起きた力士暴行死事件で駆けつけた消防本部は不審死の疑いを報告したが、犬山署は事故として処理してしまった。当時、警察の職務怠慢を責める声は多かったが、現場の捜査員にしてみれば、もし司法解剖に回せる予算が潤沢であったらという思いがある。三パーセントという数値が示す通り死因不明死体の数に対する解剖の予算はあまりにも少なく、検視医もそれを知っているからよほど犯罪性が明確な事案以外は事故死で済まそうとする意識が働く。

公務員の給料を下げろ、公官庁の予算を縮小しろという声が強まっている反面、犯罪捜査の網をも縮小してしまっている。

だから死因に納得がいかないのなら、遺族は自己資金で解剖を要請しなければならないのが実情であり、結局死んだ後も経済的な格差は存在している。まさに地獄の沙汰もカネ次第という訳だ。

そして部下を信用しているからという理由だけで予算を無視してしまえるほど、柴田の権限は大きくない。再度の司法解剖を実施するには、勘以外で会計課長を納得させる理由が必要だった。

さて、どうしたものか――考えあぐねていると死体検案書の下に鑑識報告が重なっているのを見つけた。どうやら机上にあったものを一緒に持ってきてしまったらしい。何気なく開いたページの一項目に目が留まる。ペットボトルから検出された青酸カリの分析表だった。

・シアン化カリウム　　９８・７％
・マーキュロクロム　　０１・２％
・チメロサール　　　　００・１％

つまり、シアン化カリウム以外にも不純物が配合されているという報告だ。

頭の中に電光が走った。

「課長、これは突破口になり得ます」

柴田は鑑識報告をひったくるように受け取る。

「こいつは犯人の残した指紋です」

「物的証拠があるというのに、それでも司法解剖をやり直す必要があるのか」

「ええ。彼女の身体の中には殺害の動機が隠されています」

最後のひと言ははったりに近かった。しかし、その前段階に物的証拠を掘り起こしている。再度の司法解剖はそれを補完するために必要とまくし立てれば、財布の紐が緩む可能性は充分にある。

果たして柴田は刑事の顔と中間管理職の顔がせめぎ合っているようだった。

美能リサイクルの本社工場は瑞浪市郊外にあった。休耕地跡に建てられたため、周囲は田畑に囲まれている。自然の中に巨大で無機質な工場が聳える様は、妙に落ち着かない気分にさせる。

河原崎が応接室で待っていると、五分もしないうちに美能が姿を見せた。社内マニュアルでもあるのか、今日はシャツの上に作業着を着込んでいる。

「いや、お待たせしました。こんな辺鄙な場所までご足労いただいて申し訳ありませんな」

辺鄙な場所、と強調しているところが鼻につく。

「事情聴取の続きという訳ですな。しかし最初に申し上げましたが、わたしと多岐川さんは今回が初対面です。あまり語れることは多くない」

「前回と同じことを訊くようですが、美能さんが多岐川玲のスポンサーになろうとしたそもそものきっかけは何だったのですか」

「いや、それは彼女が瑞浪市でコンサートを開催する計画があると聞いたので」

「誰から、ですか。計画段階では彼女の事務所しか知らない事項のはずですよ」

「その辺はあまりよく憶えていないな。スポンサー探しというのは地元の企業に打診するものだから、商工会から話を聞いたのかも知れん」

「商工会から漏れ聞いた話に反応したと？　クラシックには全く興味のなかったあなたが、知名度だけでスポンサードを決心したと？」

「言ったはずです。彼女のピアノは聴かずとも名前だけは知っておったと」

「ホールの使用料、チラシ等広告費、多岐川玲へのギャランティ。それだけ見積もっても大した金額になります。しかも会場となる市民文化センターは赤字続きのハコ。仮にもいち企業の代表取締役がただ知名度だけで、それほどの費用を捻出するとはあまりに無計画過ぎやしませんか。第一、あなたは今の今まで文化事業には一円だって後援していなかった。いくらあなたが言い張ったところで、どうしても唐突な印象は否めない」

「そんなことはわたしの勝手でしょう」

「美能さん。後援はあなたから言い出したことじゃなく、多岐川玲からの要求じゃなかったんですか」

最初の切り札を出した瞬間、美能の顔が強張った。

「これは郵便記録が残っていました。まだコンサートの予定がアナウンスされる一カ月も前に、多岐川玲からあなた宛てに簡易書留で文書が発送されている。事務所に確認したところ、地元での開催が企画されるより前の日付でした。これは彼女の働きかけにあなたが応じたという見方が、一番しっくりくるのですがね」

美能はしばらくの間、眉間に深い皺を刻んだまま、河原崎を睨み据えていた。おそらく今までの対戦相手はそのひと睨みで尻尾を巻いたのだろうが、生憎と肝の据わった犯罪者を相手にした数では河原崎も引けを取らない。

「文書はワープロ書きだったのではありませんか。多岐川玲のパソコンを解析してみれば、過去に作成した文書履歴は全て再生できますよ」

本人のパソコンを渡したままで、まだ鑑識から結果は知らされていなかったが、このくらいは許容範囲だろう。目論見通り美能は悔しさを滲ませて浅く頷いた。

「あいつは女狐だった」

「その手紙一通であなたはコンサートの後援を引き受けざるを得なかった。つまり手紙の内容は恐喝だったんですね」

「根も葉もない言いがかりだった。自分は病気を患っているが、その原因は美能リサイクルにあるから責任を取れ。そういう内容だった」

「病気というのは具体的に何と」

美能は再び口を噤む。こちらがカードを開くまではコールしないという魂胆か。

では新しいカードを切るまでだ。

「どの世界でもそうなのでしょうが、第一人者とか権威という人物が存在します。司法解剖の分野も同様でしてね、一回目の解剖で満足できなかったわたしたちはその道の権威に二度目の解剖を依頼しました。N医大の草間教授という方ですが、やはり瞠目(どうもく)すべきものがありますね。教授は多岐川玲の腎臓から微量ながら水銀の残存を指摘しました」

美能は微動だにしない。

「以前、水銀汚染で集団訴訟を起こされた美能さんならご存じでしょうが、水銀というのは分解できないので体内で蓄積されていく毒物です。多岐川玲は自分が水銀中毒症だと訴えたのではありませんか」

「何の根拠で」

「ここ二年ほどの彼女の演奏技術です。コンサート・チューナーである瀧本さんと音楽評論家の黒岩さんがいみじくも同じことを指摘しました。瞬発力の不足、運指の遅れ、打鍵の弱さ。それらは全て水銀中毒の症状である末端神経の麻痺(まひ)に起因するものです。黒岩さんは単に練習不足なのだと断定しましたが、一方同居している真由さんは彼女が一日中鍵盤を叩いていたと証言している。練習不足などではなかった。多岐川玲は水銀に侵されて指先の俊敏さを失っていたのです。五年前、あなたの会社が水銀汚染を疑われた時、不法投棄された山林の麓に被害者たちの集落がありました。そしてその住人の中に多岐川玲もいました。彼女の場合、水銀中毒の症状が遅れて発症したのです」

「医学的に因果関係が立証できる訳じゃない。それは前の裁判で明らかにされたはずだ。言いがかりであることに違いはない」

「それなのにあなたは彼女の要求を聞き入れた。それは何故ですか」

「因果関係がなくとも風評被害はあるからね。昨今、マスコミの野放図な報道のお蔭でどれだけ良心的な企業が迷惑を蒙っているか、あんたも知らん訳じゃあるまい。たとえ根も葉もない言いがかりだとしても、そこら中に吹聴されるよりはスポンサーになった方がまだマシだった。少し調べさせたら案外客を呼べそうなピアノ弾きだったからな。所謂、経営者判断というヤツだよ」

「訴える人間が無名の主婦ならともかく、相手は世界に名を知られたピアニストですからね。アナウンス効果は抜群で、彼女がその気になればまたぞろ汚染疑惑が再燃する……そういうことですか」

美能が深く頷いた瞬間を突いて、河原崎は「それだけじゃありませんよね」と、追撃を放つ。

「恐喝者は獲物が朽ち果てるまで満足しないというのが定理でしてね。多岐川玲はコンサート前にもあなたを脅していたのではないですか。このコンサートが成功しようが失敗しようが、今後も自分を金銭面でサポートするようにと。いや、そればかりではなく口止め料として多額の金銭を要求でもされましたか」

「何を言い出すかと思えば。それこそ根も葉もない邪推だ」

「実業家であるあなたはコンサートという興行が水ものであることを承知していた。そんな博打(ばくち)のような話に未来永劫(えいごう)付き合うつもりなどなかった。口止め料などもってのほかだ。ただでさえ銀行融資が受けられず経営は順風満帆とは程遠い。恐喝される者が恐喝する者に殺意を抱き、亡き者にしようとするのもまた定石でしてね。それであなたはコンサートが始まると控室に忍び込み、メイク台にあったペットボトルを青酸カリ入りのそれとすり替えておいた。そして終演後、様子を見るため安住マネージャーより早く控室に入ったあなたは多岐川玲の死体を見つけるや否や、彼女のパソコンを開いて遺書を偽造した。もちろん指紋など残さずに」

「戯言(ざれごと)もいい加減にしろ。証拠もないのに警察は見立てだけで、善良な市民を容疑者に仕立てるつもりか」

「あなたが善良な市民かどうかはともかく、証拠もないのに云々という件には賛同します。だからちゃんと証拠を用意しました」

河原崎は毒物の成分分析表を取り出した。

「お宅の会社では廃材から銀成分を抽出する際にシアン化カリウムを使用していますよね」

「ふん。リサイクル業者であれば皆、使用している薬剤に過ぎん。それのどこが物的証拠だ」

「この成分分析表ですよ。シアン化カリウムの他にマーキュロクロムが1・2%、チメロサールが0・1%。鑑識の報告では廃薬品からの抽出作業も同じ工程で行っているために不純物が混合したらしい。この割合は固有のものであり、同じ成分比率になる可能性は何千分の一だそうです。さて美能さん、この工場で抽出作業をしているエリアから使用済みの溶剤を採取させてもらえますか。わたしの見立てだと、おそらく成分比率は一致する。何千分の一という数値は偶然で片づけられるものじゃない。裁判員や裁判長を納得させるには充分な数字だと思いますよ」

成分分析表を突きつけると美能は頰肉をぷるぷると震わせていたが、やがて顔を横に逸らせた。

「これ以上、弁護士の立ち会いなしに話すつもりはない」

「ご随意に。前回そちらの代理人になった弁護士先生の手の内は警察も重々承知していますから」

挑発に乗ってくるかと思ったが、美能は下唇を突き出すだけで感情を抑えているようだった。この辺りはさすがに裁判慣れしているということか。

「一つ訊いていいか」

「何でしょう」

「わたしに疑いの目を向けたのはいつからだ。さっきの話しぶりでは、まだ彼女のパソコンを解析していないようだし、その成分表を一読しただけでウチの工場に着目した訳ではあるまい」

「被害者が教えてくれました」

「何だと」

「多岐川玲は毒物入りのコーヒーを呷って呼吸困難に陥った。すぐにあなたの仕業だと悟ったでしょう。そこで命尽きる前に犯人であるあなたの名前を残そうとした」

「控室にそんな書き置きなんかなかったじゃないか」

「彼女は楽譜を開いて、ある箇所を指差したまま絶命していました」

河原崎は〈マゼッパ〉の楽譜を取り出し、玲が指し示していた部分を同じように指した。

記号〈staccato〉のs。

「sがどうしてわたしを示すんだ」

「美能忠邦ならmかtを指すだろう、と仰りたいのでしょう。被害者も咄嗟にはそう考えたはずです。同じページにｍもｔも記載されていますしね。しかし彼女はｍを指差すことはできなかった。何故ならｍは彼女の娘である真由を示すｍであるからです。またマネージャー（manager）の安住さんを指す文字でもある」

「ｔがあるじゃないか」

「ｔもやはり同様の理由で使えません。瀧本さんを示すｔです。更に安住さんの下の名前鷹久を示す文字でもあります。実際、多岐川さんも慌てたでしょうね。美能さんを糾弾しようとすると違う誰かも示してしまうことになるのだから」

美能は口を半開きにしていた。

「では、たとえば社長を示す文字ならどうか。社長を示す一般的な単語といえばＣＥＯといったところでしょうか。しかし残念ながらそれに相当する記号は存在しないし、ｃだけではもはや意味不明になってしまいます。それならリサイクル（recycle）のｒならどうか。しかし、これも駄目です。瀧本さんの下の名前が亮ですから。薄れゆく意識の中で彼女なりに必死に考えたことでしょう。そして最終的に彼女はｓという文字を選択したのです」

「いったいｓが何を意味するというんだ」

「スポンサー（sponsor）ですよ」

4

　玲の初七日が過ぎた頃、自宅に河原崎が訪ねて来た。線香を上げたいというので、真由は彼を家に上げた。

　訪問目的は事件の報告も兼ねていて、河原崎は任意出頭に応じた美能が玲の殺害について全面自供した事実を伝えた。押収された玲のパソコンから美能に宛てられた脅迫文も発見され、隠し通すことができなくなったのだ。

「どうもありがとうございました。母も喜んでいると思います」

「そうでしょうね。全て多岐川さんの思惑通りになりましたから」

　玲の遺影に手を合わせながら、河原崎は呟くように言う。

「母の思惑って何ですか」

「やはり多岐川さんは自殺だったんじゃないかと思うんです」

「今更そんな。だって美能社長が全部自白したんでしょう」

　河原崎が遺影に背を向け、真由と対峙する形になった。

「水銀中毒症に罹った多岐川さんが美能を脅し、堪らなくなった美能が彼女を毒殺した……事実は確かにその通りです。しかし真相じゃあない。美能は多岐川さんのネームバリューから新たな訴訟事になるのを怖れたが、多岐川さんにすればそんな訴訟をしたところで利することは何もない。何故なら五年前の訴訟では美能リサイクルが勝訴し、判決に既判力があるからです」

「既判力？」

「分かり易く言えば、後になって同じ訴えをしても、裁判所は従前の法律的判断に抵触する判断ができないのです。美能の自白によれば彼女は金銭面でのサポートも要求したというが、これもよく考えれば合点がいかない。借金もなく貯えも充分以上あった多岐川さんが、それほどカネに執着したというのは解せません」

その点については真由も首肯せざるを得ない。玲は真由と生活していけるだけの収入さえあれば、金銭に拘泥する人間ではなかった。彼女にはカネ以上に大事なものが沢山あったのだ。

「一生をピアノに賭けてきた彼女にとって何よりも重要だったのは、水銀中毒症で満足な演奏ができなくなったという事実でした。水銀中毒症は進行する一方で完治しない。演奏を続ける限りミスはますます多発し、やがてまともに鍵盤も叩けなくなる。それはピアニストとして死刑宣告を受けたにも等しいはずです。では、死刑宣告を受けたピアニストが考えることは何か。関係者の証言から推測するに多岐川さんは激情家でいらした。そういう人間が考えつくことは復讐です。そう、多岐川さんは自分の身をもって美能に復讐しようとしたんです」

「じゃあ、母は美能社長が自分を殺すように仕向けたっていうんですか」

「ピアニスト多岐川玲の人生にピリオドを打つ。同時に自分をこんな身体にした張本人の美能を殺人犯にしてしまう。無駄足に終わるのが分かり切っている民事裁判ではなく、もっと致命的な刑事裁判で彼の息の根を止めようとした。一石二鳥という訳です。だから、わざと美能が殺意を抱くような苛烈な要求をした。ただし美能が、いつどんな方法で襲ってくるのかは分からなかった。毒入りコーヒーを飲んだ時に彼女も慌てたでしょう。コンサート終了直後で、美能が犯人であると断罪するものは何も持ち合わせていませんでしたから。手元にあった楽譜の中から美能に該当する文字を示そうとしたのは、本当に咄嗟の思いつきだったんでしょうね」

ひとしきり説明を聞き終えた真由は、挑むように河原崎を見据える。

「美能は彼女の死体を確認すると、そこに置いてあったパソコンで遺書を書き自殺を偽装した。しかし実際は知らないままに彼女の言葉を代弁してしまったのですよ。〈これ以上の演奏はできません〉。それこそが彼女の本心だった」

「それを証明する証拠はあるんですか」

「いや、これこそ想像の域を出ない話です。全ては多岐川さんの心の裡（うち）で、わたしには何の立証もできません。ただ……」

「ただ？」

「あなたは密かにそのことをご存じだったのではありませんか」

真由は黙して、それ以上はひと言も語ろうとしない。河原崎はしばらく真由の様子を眺めていたが、やがて席を立ち、一礼して家を出て行った。

一人残された真由は河原崎の言葉を反芻する。

そうだ。母親の遺体を目にした瞬間から、自分にはそれが自殺だと分かっていた。闘いを放棄した末の自殺ではなく、零落を拒絶するがゆえの手段だった。決して絶望ではない。それこそ灼けつくような執念で我が身を屠ろうとしたのだ。

立ち上がってレッスン室に向かう。部屋の真ん中には玲の形見となったグランドピアノが鎮座している。椅子に座ると不思議に気持ちが落ち着いた。

あの日、玲が最後に弾いた〈マゼッパ〉。あれは自分に向けてのメッセージだった。峻烈で、勇猛で、脆弱さなど微塵も感じさせない旋律。あれこそは玲の生涯そのものだった。

今の自分にとてもあんな演奏はできない。

しかし指針にはなる。

いつか、必ずあんな風に弾いてみせる。玲のようなピアニストになってみせる。

真由は深呼吸を一つすると、第一打を振り下ろした。

幕間（一）

多岐川宅を辞去しようとした河原崎は、邸内から聞こえてきたピアノの音に安堵を覚えた。素人の耳にもそれと分かる力強い打鍵だ。まだまだ幼いが、母親の死の真相を突きつけられた時の態度は惚れ惚れするほど毅然としていた。彼女なら母親の死を乗り越えて一端の演奏家になれるかもしれない。

ふと今朝は何も口にしていないことを思い出し、途中で見つけた喫茶店に入る。ボリュームたっぷりのモーニングセットを躊躇なく頼み、河原崎はマガジンラックから新聞を取り出してきた。汚職事件や不安な景気動向。興味のない見出しの記事は読み飛ばす。河原崎の目を引いたのは社会面の小さなベタ記事だった。

『数々の名シーンを生んだ廃工場跡、解体へ』

以前、撮影中の火災事故により多数の死傷者を出した現場。不意に記憶が甦る。中学生の頃、河原崎が熱中していた特撮ヒーローものの多くがその廃工場跡を使用していた。中でもお気に入りは『ブラック・パンテル』で、彼への憧れが警察官を目指した遠因にもなっている。主演を務めた俳優の名は確か黒田マモルだったか。番組が打ち切りになってからテレビでは見かけなくなったが、彼は今頃どうしているのだろう。

黒いパンテル

乾緑郎

乾 緑郎 いぬい・ろくろう

1971 年、東京都生まれ。2011 年『完全なる首長竜の日』にて第9回『このミステリーがすごい！』大賞を受賞。『忍び外伝』で第二回朝日時代小説大賞も受賞し、新人賞二冠を達成した。他の著書に、「機巧のイヴ」シリーズ、『見返り検校』『悪党町奴夢散際』『ツキノネ』『ねなしぐさ　平賀源内の殺人』など。

プロローグ

「着きましたよ、須藤さん」

錆び付いたゲートで閉ざされた廃工場の入口に、後輪を滑らせてバイクを止めると、戸倉は後部シートに座っている私に向かってそう言った。声には緊張と興奮が現れている。

私はバイクから降りると、周囲の様子を窺った。海から吹いてくる、潮の香りがする風のせいで、ひどく肌寒い。

ゲートの幅は広かった。大型車輛が二台、かなりの余裕を持って擦れ違うことが可能だろう。入口の周囲に、侵入を防ぐバリケードやフェンスの類いは何もなかった。円錐形をした赤いプラスチックのコーンが、ぞんざいな感じで数本、置かれているだけである。

――京葉合板工場。

私が、この場所に来るのはおよそ三十年ぶりだった。

もう二度と、ここに来ることはないと思っていた。

あの、思い出すのもおぞましい大火災の日……。

「開けましょう」

そう言うと戸倉は、バイクのヘッドライトをゲートの脇にある小さな建物に向けた。

この工場が、まだ現役で機能していた時には、おそらく守衛室だったものだろう。今はガラスが全て割られ、卑猥な言葉や暴走族のチーム名らしきものが、黒や銀色のスプレーで隙間なく壁に落書きされている。

戸倉は鉄製の門扉に手を掛けると、唸り声を上げて引っ張り始めた。最初のうち、門扉は動く気配も見せなかったが、やがて耳障りな軋み音を立て始めた。

それを見て、私も慌てて一緒に門扉に手を掛けた。二人して力を込めると、やがてじりじりと開き始め、五十センチほど横に動くと、あとは拍子抜けするほどあっさりと開いた。

「レールが曲がっていて、端っこだけ戸車との嚙み合わせが悪かったみたいですね」

息を切らせながらそう言うと、戸倉はバイクに戻ってエンジンを切った。

同時に、ヘッドライトの明かりも落ちた。周囲に闇が満ち、エンジンの低い唸り声も消えたせいで、余計に静寂が深く感じられる。

夜空を見上げると、月よりも大きな赤い天体が浮かんでいた。かなり接近しているのか、家を出たときよりも大きくなっている。

やがて闇に目が慣れてくると、敷地内にいくつも並んでいる工場や倉庫などの屋根や鉄骨、複雑に入り組んだダクトや配管が、闇の中に浮かび上がって見えた。

最盛期には、関東地方で建築などに使われるベニヤ板の八割近くをこの場所で製造していたという、巨大工場……。

耳の奥に、荷揚げ用の波止に打ち寄せ、静かに砕ける波の音が聞こえてくる。

私と戸倉は、どちらからともなく頷き合い、工場のゲートをくぐった。

「戸倉くん」

肩を並べて人気のない工場の中央道路を歩きながら、私は戸倉に声を掛けた。

「娘は……千明は、私のこの姿を見たらどう思うかな？」

「まだそんなことを気にしているんですか、須藤さん」

戸倉が答える。暗いのでどんな表情をしているのかはわからない。

「その格好で来いと向こうが言っているんです。もういちいち気にしない方がいいですよ」

「そうだな。うん。そのとおりだ」

私は頷いた。もう細かいことは考えない方がいい。

今は千明の無事が何よりも大事だ。

1

乾いたばかりでまだ表面が白いコンクリートの基礎の傍らに、小さな花が咲いていた。

それはよく見かけるありふれた花で、白い花弁が中央から円を描くように生えている。

たぶん雛菊(ひなぎく)か何かの一種であろうが、私は、これまで一度も植物図鑑を開いてこの花の名前を調べたことがない。

彼らはあまりにもありふれていて、物静かで、そして美しく、その名を知らぬことすら、私に忘れさせるのだ。

その場にしゃがみ込むと、私は携帯電話を取り出して、内蔵カメラでそれを撮影した。

現場監督とは地味な仕事だ。打ち合わせをし、図面を開き、進行状況を確認し、報告する。そんなことの繰り返し。

それでも若い頃は、職人たちと一緒に飲み歩いたり、忙しければ自分も上着を脱いで作業を手伝い、汗を流したりしたものだが、会社が成長して規模が大きくなり、私自身も出世するにつれ、そんな機会もすっかり減ってしまった。

「何やってんだい、須藤さん」

声がして、私はそちらを振り向いた。

手にコンビニのビニール袋を提げた田辺が立っていた。

足場を組む鳶の会社の職長で、私と同世代の、髪に白いものが交じった五十過ぎの男である。

「いや、花の写真を撮っていたんだよ」

私は手にしている携帯の画面を示した。田辺が怪訝そうに眉根を寄せる。

「妙な趣味だな」

苦笑いを浮かべて田辺が言う。言葉には若干の中部訛りがあった。

「どう？ 東側の足場、今日中に上がりそうかな。型枠大工が早く足場使わせろってうるさいんだよ」

「わかってるわかってる」

面倒くさそうに手を振ると、田辺はビニール袋から缶コーヒーを一本取り出した。

「どうも」

私は差し出された缶コーヒーを受け取った。

田辺はいつも休憩用の飲み物を差し入れてくれる。

「ああ、そうだ。須藤さんも、今度一緒にどう？」

ふと思い出したように、田辺は右手をくるくると回し、竿とリールを使って釣りをするジェスチャーをしてみせた。彼は釣りが趣味で、週末になると自分の会社の若い連中や他の会社の職人たちを誘って船を仕立て、沖釣りに出るらしい。私の部下や同僚も、付き合いで一緒に行ったという話は聞いていた。

「いや、私は……」

そう言って私は首を横に振った。

「週末は家族に会いに行くから」

「知ってるよ。聞いてみただけ」

田辺はそう言って大声で笑い、私の肩を叩くと、作業員たちの詰め所になっているプレハブ棟へと歩いて行った。

私も携帯電話を仕舞うと、現場事務所に向かって歩いて行く。

少し前をぶらぶらと歩いて行く田辺は、殆ど引き摺らんばかりに裾が大きく膨らんだ作業着を着ている。若い職人たちの間で流行っている着こなし方で、自分も真似てみたんだと、以前に田辺が言っていたのを私は思い出した。気持ちでも、まだまだ若い者には負けないつもりなのだろう。

中部地方のN市で行われているこの橋梁工事は、戦後では瀬戸大橋や東京湾アクアラインに次ぐ規模のもので、橋の上を走る高速道路のパーキングエリアや、それに隣接する大型ショッピングモールなど、関連工事の規模も大きい。

全国的に名の知れた大手ゼネコンと、地元の有力建設会社と一緒に、私が工事部次長を務める中小建設会社がＪＶとして参加しているのは、橋梁工事に関する、ある特殊な技術の特許を持っているからだ。

会社始まって以来の大規模なプロジェクトへの参加に、本社工事部では管理職だった私が、東京から単身赴任で派遣され、そろそろ一年になる。

すべての関連工事が終わるまでは、まだ一年。やっと工期の半分が過ぎたというところだった。

2

「栄子！　二ノ宮さん！　どこですか、返事をしてください！」

叫んでも、声は返ってこなかった。

遠くから消防車のサイレンの音が近づいてきている。

続けてまた爆発音がした。燃料を入れたスチール缶か何かに炎が引火したのかもしれない。

躊躇している間にも、火勢はどんどん増してくる。

煙で視界は悪かった。衣装のマスクを着用しているせいか、それとも炎のせいで廃工場内が酸欠になっているのか、息苦しい。

火災が発生する直前の記憶を頼りに、私は二ノ宮と栄子の姿を捜す。合板工場の梁に載ったトタン板が、火の粉とともに降ってくる。見上げると、鉄骨の古い梁やトラスは熱でひしゃげて、屋根が落ちてくるのも時間の問題に思えた。ちくしょう。

私は心の中で悪態をついた。先に避難した者たちが止めるのも構わずに飛び込んできたが、このままでは自分の命も危ない。

また、小さな爆発音がした。

それに驚き、私は振り向く。

渦巻くような炎の間に、一瞬、人の姿が見えた。

——二ノ宮さんだ。

間違いない。撮影用の衣装を着た二ノ宮が俯せに倒れている。意識がないのか、ぴくりとも動かない。

傍らに駆け寄り、抱え起こそうとしたが、動かなかった。

崩れたセットのイントレなどが折り重なっており、その間に下半身が挟まっていた。

体ごと引っ張って、力ずくで無理やり引き抜こうとしたが、複雑に絡み合った鉄材が、がちゃがちゃと音を立てるだけでどうにもならない。

「須藤……」

呻くように二ノ宮が声を発した。

そして、余った力を振り絞るように、少し離れた場所を指差す。

まったく気づかなかったが、そちらにも一人、倒れていた。

体をロープでぐるぐる巻きに縛られ、猿ぐつわを噛まされている栄子だった。身動きが取れないのか、頻りに体をくねらせている。

「栄子！」

私は声を上げた。

前のシーンからの繋がりで、栄子は縛られた状態でスタンバイしていたのだ。爆発が起こり、瞬く間に火が回る間、これでは逃げることもできなかっただろう。

私は躊躇した。両方を助けるつもりなら、栄子を拘束しているロープを解いて一人で逃がした後、何とか二ノ宮を鉄材の下から引っ張り出すしかない。

だが、そんなことをしていて手間取ったら、下手をすると逃げ遅れて三人とも死ぬことになるかもしれない。

一刻を争う場面だったが、私は迷った。栄子だけなら、担いで助け出すことができる。

「栄子を……」

私の腕の中で、確かに二ノ宮がそう言った。

それで私の心が決まった。

「必ず二ノ宮さんも助けます。待っていてください」

そう言うと、私は二ノ宮から離れ、必死になって身をくねらせている栄子の元へと走り寄り、肩に担ぎ上げた。

それから、どこをどう通って工場の外に出たのかは覚えていない。気がつけば私と栄子は、ずぶ濡れでアスファルトの上に倒れていた。誰かが水を掛けてくれたのだろう。

栄子の髪の毛は火災の熱で殆ど焼けてしまい、私も大きな火傷を負った。

朦朧とした意識の中で、救急隊員に何か頻りに声を掛けられている時、燃え盛る廃工場の天井が、大きな音とともに火の粉を巻き上げながら崩れ落ちるのを、私は見たのだ。

「あなた、大丈夫？」

不意に声が聞こえ、私は目を覚ました。

栄子が、心配そうな顔をして覗き込んでいる。

体じゅうに、ひどく汗を掻いていた。

私はリビングのソファから体を起こす。

仕事の疲れと夢見の悪さで、澱んだように体が重かった。

壁に掛けられた時計を見ると、もう午前〇時を回っている。

「千明はまだ帰らないのか」

「ええ」

返事をしながら、コップに入った水を栄子が勧めてくる。

それを受け取り、私は一気に半分ほど喉に流し込んだ。

「いつもこんなに遅いのか」

「そんなことはないわ。たまたまよ。遅くなる日は、あの子、必ず言うし……」

「君がそんなふうだから甘えているんだ」

栄子は困ったように肩を竦めた。

娘の千明は大学生で、今年二十歳になる。

もう成人なのだから本人の責任なのはわかっているが、それにしても、こんな遅くまで遊び歩いているのは感心しない。

帰ってくるまで起きていて、ひと言、釘を刺してやろうと思って待ち構えていたのだが、疲れてそのまま眠ってしまったらしい。

「だいぶ魘されていたみたいだけど……」

「あの夢だ」

そのひと言だけで栄子は察してくれた。

ここ十年ほどは、あまり見なくなっていたが、以前はしょっちゅう、あの火災の日のことを夢で見て魘されたものだ。

それはテレビ史上に残る最悪の事故だった。準備されていた爆破シーンの火薬が、突然に暴発して一気に燃え広がった。

撮影に使われていたのは、東京湾に面した巨大な合板工場の跡で、多くのスタッフやキャスト、エキストラたちが逃げ遅れて煙に巻かれ、犠牲になった。

その中に、二ノ宮さんもいた。

二ノ宮は、私が所属していた劇団の先輩だった。

私が劇団付属の養成所に入った時、すでに二ノ宮はテレビや映画で活躍を始めており、その二ノ宮さんの紹介で、私は子供向けヒーロードラマ、『ブラック・パンテル』のオーディションを受け、主役に大抜擢されたのだ。

栄子は、そのドラマにヒロイン役で出演していた。アイドル歌手としてデビューして三年目、シングルも売れず、あまり目立った実績もなかった栄子が、やっと手に入れたチャンスが、やはりこのドラマだった。

いずれも、今となっては昔々の話だ。

「あなた、まだ起きて待っているつもり？」

「こうなったら意地だ。もし朝帰りなんてしようものなら、こっちも徹夜だ」

私が冗談めかしてそう言うと、栄子も微笑む。

あの火災事故から三十年が経ち、栄子も三十年分、歳を取った。皺が増え、ふくよかになり、髪に白いものが交じり始めたのを気にして染めているのも私は知っている。

だが、栄子は今も、若かった時の可愛らしさの面影を残している。いや、歳を重ねた今の方が、魅力的だと私は思う。

「じゃあ、ビールでも飲む？」

「ああ。だが、アルコールが入ると眠くなってしまうな」

「それが狙いよ」

片目を瞑って笑い、栄子は冷蔵庫からビールの大瓶と、よく冷えたグラスを二個取り出して、リビングのテーブルの上に並べた。

栄子に注いでもらい、私も栄子のグラスに注ぎ返して、軽く乾杯して飲んだ。こんなふうに差し向かいで飲むのは考えてみると久しぶりだ。

「そういえば、この間、クローゼットの整理をしていて、面白いものを見つけたのよ」

不意に思い出したように栄子が立ち上がる。

「何だよ、落ち着かないな。明日でいいよ」

「待っていて」

階段を二階に上がっていく栄子の足音を聞きながら、私は空になった自分のグラスに手酌でビールを注ぐ。

戻ってきた栄子は、意外なものを手にしていた。

「それは……」

思わず声を上げる私に向かって、栄子が頷いてみせる。

栄子が持ってきたものは、私が演じていたヒーロー、『ブラック・パンテル』のマスクだった。

「マスクだけじゃないわ。スーツも、グローブも、ブーツも、ひと揃いあるの」

差し出してくるマスクを私は受け取った。

黒地に銀色でラインや縁取りの入った、黒豹を思わせるデザインのマスク。パンテルというのは、パンサーのスペイン語読みだ。

覆面レスラーが使用するマスクと同様、後頭部でスニーカーのように紐が交差しており、縛って固定する方式になっている。裏地には衣装製作会社の整理用のタグが縫い込んであり、化繊で出来た耳などの飾りの一部が、焼け焦げて溶けていた。

「驚いたな。こんなものがうちにあったなんて……」

私がそう言うと、栄子は目を丸くした。

「あら。あなたがとっておいたんじゃないの？」

テーブルの上にマスクを置き、私はグラスに残っているビールに手を伸ばす。

「まさか。それに、この家をローンで買って住み始める前に、何度か引っ越しはしたが、今まで一度もこんな荷物は見たことがないぞ」

「そうね。いったいどこに紛れ込んでいたのかしら」

栄子も不思議そうに眉根を寄せる。

何やら奇怪に感じられた。

例の火事の後、私はこの衣装を着込んだまま病院に運ばれたが、火傷などの手当を受けるためにそれらは医師や看護師の手によって脱がされ、意識を取り戻した時には、私は病院のベッドの上に横になっていた。今の今まで、その時着ていた衣装がどうなったのかなど、考えたこともない。こうやって保存されていることすら意外だった。

「気味が悪いな」

それが素直な感想だった。

「これを見ていると、いろいろと嫌なことを思い出してしまう」

「事故のこと？」

こちらの機嫌を窺うように、栄子が上目遣いに言う。

「二ノ宮さんが死んでから、もうずいぶんと経つんだな」

「私たちが結婚する前のことだから、三十年くらいかしら……」

「そんなになるか」

振り返れば一瞬だが、驚くほど長い年月だ。

「でも、何だか昨日のことのようによく覚えているわ。あなたが助けてくれなかったら、私はきっと煙に巻かれて二ノ宮さんと一緒にあの事故で死んでいたのよ。何しろ、後ろ手に縛られたままだったんだから」

「あの時は必死だったから、よく覚えていないんだ」

「あなたは真っ先に私を助けにきてくれたわ。あの時は本物のヒーローに見えた」

「だが私は、二ノ宮さんを助けることができなかった」

口にしたビールの味が、ひどく苦く感じられた。

「仕方ないわよ」

「ずっと悔やんでいるんだ」

「自分を責める必要はないわ」

「……ありがとう」

「ねえ、それ、被(かぶ)ってみせてよ」

私はビールを噴き出しそうになった。

「おいおい、勘弁してくれよ。いい歳してそんなもの被れないよ」

「いいじゃない。ねえ、せっかく珍しいものが出てきたんだから、千明に昔のあなたのことを教えてあげたいわ」

「昔のことって？」

「若いときに役者をやっていたこと」

「やめてくれよ」

　私は深く眉根を寄せて言う。

「父親としての威厳というものがあるんだ。こんな被り物をつけてテレビに出ていたなんて、千明には絶対に言わないでくれよ。どうせ馬鹿にされるだけだ」

「そうかしら」

「そうだよ」

　私はテーブルの上に置いたパンテルのマスクを再び手に取る。

「君に任すから、これ、捨ててしまってくれ」

「でも、思い出の品よ」

「いい思い出とは言えないよ」

「そりゃ事故のことだけを考えればいい思い出ではないかもしれないけど、私にとっては短かった芸能生活の、数少ない思い出の一つなんだから」

確かに、私も栄子も、あの事故でミソがつき、それ以降は鳴かず飛ばずで、俳優の仕事から退いたのだ。

「私はあの『千明』ちゃんの役、好きだったな」

「君は娘にまで『千明』と名前をつけたからな」

娘の千明の名は、『ブラック・パンテル』で栄子が演じていたヒロインの役名から取ったのだ。

女優としては最後の仕事になったあの役に思い入れがあったのも事実だろうが、きっと亡くなった二ノ宮を忘れないためという気持ちもあるのだろう。栄子は何も言わないが、そうなのではないかと私は思っている。

「美人に育ったわ。『ブラック・パンテル』で『千明』役を演じていた頃の私にそっくり」

「新聞取ってくれ」

「そこはスルーするのね」

唇を尖らせながらも、栄子はテーブルの端に置いてある新聞を取って渡してくれた。

私がそれを開くと、栄子はお茶を淹れるためか、キッチンでお湯を沸かし始めた。

「ねえ、パンテルの衣装、とっておいてもいいでしょう? 千明には内緒にしておくから」

「まあ、好きにしたらいいよ」

キッチンからの栄子の声に適当に返事をしながら、ざっと紙面の見出しに目を通す。

仕事で朝は早く、このところは疲れも溜まっていて、ろくに新聞も読んでいない。

何げなく開いた紙面に、その記事を見つけた私は、思わず手が止まった。

社会面の、ごく小さなベタ記事だ。

――数々の名シーンを生んだ廃工場跡、解体へ。

見出しにはそうあった。

「これ……」

気がつくと、栄子がエプロンで手を拭きながら、後ろから覗き込んでいる。

あの火災があった廃工場跡の解体を知らせる記事だが、最後はこう纏められていた。

――一九八三年（昭和五十八年）には、撮影中の火災事故により、多数の死傷者を出した。

「驚いたよ。まだあったんだな」

私はテーブルの上に新聞を置いた。

傍らに、私の顔を見上げるように置かれているパンテルのマスクと、思わず目が合う。

栄子も新聞を手に取り、記事のあったページを開く。

「ふうん。壊されるんだ。たまに刑事物のドラマとかで使われていたみたいだけど」

「そうなのか？」

「ええ。犯人の追跡シーンとかで。あなた、ドラマ観ないから」

「それは知らなかった」

あの事故の後、すぐに解体されたものだとばかり思っていた。

いや、あの事故を思い出さないよう、わざと目に入らないように、国産の映画やテレビドラマの視聴を、私は意識的に避けてきたのかもしれない。

「不思議ね。ブラック・パンテルの衣装が出てきたと思ったら、今度はあの工場跡の取り壊し記事に行き当たるなんて」

「たまたまだろ？」

「そうかしら」

「ああ、そうさ」

もうこれ以上、栄子とこの話題について話し合う気にはなれなかった。

千明が帰ってくる気配もないし、もう諦めて寝室に行こうと思った時、がちゃがちゃと玄関のドアが鳴り、激しく開け閉めする音が聞こえた。

「何だ」

尋常ではない様子に、思わず腰が浮く。

リビングから、玄関へと続く廊下へと出ると、千明が、二つある内鍵を掛けているところだった。

「何だ、どうした」

「あっ、お父さん」

千明が帰ってきたら、いきなり頭ごなしに叱りつけてやろうと思っていたが、出足を挫かれた。

「何？」

栄子までが廊下に出てくる。

「怖かったー」

言うなり千明は玄関の上がり框に、へたり込むように腰掛けた。

面倒くさそうに靴を脱ぎ、三和土に放り出す。顔はほのかに上気しており、微かにアルコールの匂いがした。

「駅からずっと変な男がつけてきて……」

私と栄子は思わず顔を見合わせる。

「こんな遅くまで出歩いているからだ」

強く言ったつもりだが、千明はまったく動じた様子がない。

「お父さん、まだ起きてたのか。ちぇっ」

「何だその、ちぇってのは」

「つけられたって、どんなやつに？」

栄子が割り込んでくる。

「ええと、この暑いのに真っ黒なコートを着込んでいて……帽子とサングラスで、顔はよくわからなかったけど」

「痴漢かしら。それとも強盗とか……」

「警察に届けておいた方がいいかもしれないな」

「やめてよみっともない。何かされたわけじゃないんだし」

玄関から上がり込むと、千秋は私の脇をすり抜けてキッチンへと向かった。

その後を付いて歩くようにしながら、私は言う。

「だが、もしストーカーとかだったらどうするんだ。物騒だし、やはり相談しておいた方が……」

「いいわよ、もう」

流しでコップに水を注ぎ、一気にそれを飲み干しながら千明は返事をする。

つい七、八年前までは、何をするにもお父さん、お父さんと言って後ろを付いてきたくせに、これでは立場が逆だ。

それでも、無視されたり露骨に避けられたりしない分、マシな方だと、同じ年頃の娘を持つ同僚は言っていた。

「とにかく、若い娘がこんな時間までだなあ……」

「あれっ、何これ」

リビングに入った千明が、テーブルの上にあるブラック・パンテルのマスクを見つけた。

「ああ、それはお父さんがね……」

「以前に忘年会の余興で着た衣装だ」

栄子が余計なことを言う前に、その言葉を遮り、私は言った。

「ふうん」

千明はテーブルの上のマスクを手にする。

「変なの。プロレスのマスクか、正義の味方の覆面みたい。こんなの着たの？」

「ああ、まあな」

ばつが悪い思いをしながら、私は答える。

「お父さんにも剽軽（ひょうきん）なところがあったのね。意外だわ」

「もういいだろう」

私は奪うように千明の手からマスクを取り返した。

栄子が笑いを押し殺しているのが目の端に映り、私は少し苛（いら）ついた。

「そんなことよりも、千明、話がある。こんな夜遅くまで飲み歩くなど……」

「ああ、そうだ。私もお父さんに話があるんだった。お父さん、来週の土日は、またこっちに来られる？」

話のペースを握られるまいと、私は声のトーンを上げる。

「いや、そのつもりだが、それよりも……」

「よかった！　じゃあ、お父さんにお願いがあるの。会って欲しい人がいて……」

「会って欲しい人？　いったい誰だ」

「えーと、彼氏……かなあ」

そう言って首を傾（かし）げる千明に、私は思わず裏返った声を上げる。

「はあ？　何だって」

「いいよね？」

「いや、それは構わんが」

「ありがとう！　じゃあお風呂入って来ようっと」

弾んだ声を出すと、千明は鼻歌まじりにリビングから出て行った。

呆然（ぼうぜん）とその後ろ姿を目で追う私を見て、栄子が我慢しきれずに声を出して笑い始めた。

3

シーズンオフの日曜夜、東京駅発の下りの東海道新幹線は、いつもがらがらだ。

窓際の席に陣取り、ガラス越しに暗くなった東京の街の明かりを眺める。

いつもなら駅前の八重洲ブックセンターに寄り、話題のミステリーか時代小説でも買って車中の供にするか、そうでなければ到着するまでの間、浅い眠りにつくのだが、今日はそのどちらの気分でもなかった。

車中では飲まないと決めているのを破り、売店でビールを買った。つまみ用の小さなミックスナッツの袋から豆を取り出し、奥歯でそれを噛み潰しながら、ちびちびとビールを喉の奥に流し込む。

頭の中は、クローゼットから出てきたというブラック・パンテルの衣装のことや、撮影現場だった合板工場の解体の記事よりも、千明が来週、私に会わせようとしている彼氏とやらのことで一杯だった。

栄子によると、相手は戸倉という青年で、もう一年くらいの付き合いだという。すでに栄子とは何度も会っているようで、仲も良いらしい。

もう千明も大学生だし、彼氏くらいいて当たり前なのはわかっている。どちらかといえば喜ぶべきことだ。

それでも、何だか自分だけが家族から取り残されたような気分で、そのことの方が心に引っ掛かった。

車輛が新横浜の駅を出て暫(しばら)くした頃、デッキからの自動扉が開き、誰かが入ってくる気配があった。

「隣、空いてますか」

「えっ、ああ、はい」

不意に声を掛けられ、慌てて反射的にそう答えた。

男は、遠慮なく私の隣の席に腰掛けてくる。

私は訝(いぶか)しく思った。

この車輛内には、乗客はおそらく私一人で、他に席はいくらでも空いている。

それにも拘(かか)わらず、わざわざ私の隣に座ってくるのはどういうわけだろう。正直言って薄気味悪かった。

相手の顔を、直(じか)にじろじろと見るのも憚(はばか)られ、私は窓に映った男の様子を窺った。

黒いレザーのダブルのトレンチコートを着込み、ソフト帽を目深に被っている。濃い色合いをしたサングラスと、この暑い最中、首周りに何重にも巻かれたマフラーのせいで、顔はあまりよく見えなかった。実に怪しい身なりだ。

「……火」

「え？」

不意に男が声を発し、思わず私は声を上げる。

「火、ありますか」

男はそう言うと、コートの内ポケットからマルボロの箱を取り出し、私の方に差し出した。

「あなたも一本どうです」

「いや、私は……」

差し出された男の手は、やはり革のグローブで覆われていたが、よく見ると、焼け焦げた跡のようなものがあった。

「ライターは持っていますけど、自由席は全席禁煙ですが……」

「ふうん……それは知らなかった。時代かな」

男は案外、聞き分けよく煙草の箱を懐に仕舞った。

「ははは……。お互い、昔に較べると煙草を吸う人間は肩身が狭くなりましたね」

愛想笑いをすると、私は再び窓の方を見た。

あまり関わり合いになりたくない感じだったので、興味がないふりをして飲みかけのビールの缶に手を伸ばす。

「どちらかにお出掛けですか」

だが、男は解放してくれなかった。

もしかしたら、私と同じような事情で新幹線に乗っていて、到着するまでの退屈しのぎにわざわざ話し掛けてきているのかもしれない。どちらにしても、迷惑な話だ。

「いえ、帰るところですが……」

「お住まいはどちらに」

「いや、自宅は東京なんですがね、単身赴任というやつです。金曜の夜に東京に来て、それから日曜の夕方にこうやって新幹線で戻るんですよ」

「それはなかなかたいへんですな」

大きなお世話だと思いながらも、相手が何を考えているのかわからず、私は当たり障りのない程度に受け答えをする。

「まあ、この不景気ですからね。文句は言えないですよ。仕事があるだけでありがたいと思わないと……」

「ご家族は？」

「娘がおりまして、いや、実は来週、彼氏を連れてくるなんて言い出しましてね。どんな顔をして会ったらいいものかと、ははは……」

適当に話に付き合いながら、私は残ったビールを飲み干した。

話が途切れたら、窓にでも寄り掛かって寝たふりをしてやり過ごそうと考え、私はさっきからずっとタイミングを窺っていた。

「すみません、ちょっと眠いんで……」

わざとらしく欠伸などをしながら、私は車窓に頭を預ける。

「……幸せそうじゃないか、須藤」

窓に映っている男が、そう呟いた。

「えっ？」

薄目を開けて男の様子を窺っていた私は、思わず瞼を開き、男の方を振り向いた。

いない。

驚愕して私は立ち上がった。

一瞬前まで隣に座っていた筈の、男の姿が消えている。

慌てて車内を見渡すと、誰もいないにも拘わらず、デッキへと続く自動扉が開閉した。

一瞬、男の着ていたレザーのトレンチコートの裾が、その向こう側に見えたような気がして、私はそちらへ向かった。

デッキに出ても、そこには誰もいなかった。

念のため、隣の車輌も見てみたが、大口を開けて鼾を掻いて寝ている、私と同世代と思しきサラリーマンの他は、誰もいない。

微かに揺れる新幹線の車内で、扉を開いたまま私は愕然として立ち尽くす。

あの男によく似た人を、私は思い出した。

——二ノ宮さんだ。


二ノ宮によく連れて行ってもらった、新宿ゴールデン街の小さなバーの壁には、横尾忠則の描いた色彩豊かなポスターや、篠原勝之の手による繊細な美しい絵柄の芝居のポスターなどが、ところ狭しと飾られていた。

八〇年代に入り、それまでは主流だったアングラ演劇の勢いが徐々に下降し、世の好景気に比例して台頭してきた、当時の流行り言葉でいえば「ネアカ」と言われるような、軽さや笑いを中心にした小劇場演劇が取って代わろうかという頃だった。

そのバーの客は、殆どが演劇人で、酔っ払っては演劇論を打つような、時代に取り残されたような連中ばかりだった。

そんな場所だったから、テレビなどの映像の仕事を中心にしていて、しかも子供向けのヒーロー物などに主に出演していた二ノ宮は、よく他の客に絡まれていた。

摑み合いの喧嘩になるようなことはなかったが、まだ若かった私は、小難しい演劇論や政治論を使って、そんな連中と言い争いをしている二ノ宮を、いつもはらはらしながら見守っていたものだ。

それでも、私が二ノ宮と一緒に飲み歩くのをやめなかったのは、純粋に二ノ宮を、俳優としても人間としても、そして劇団の先輩としても尊敬していたからだ。

こう見えても私は、若い頃にはスポーツに打ち込んでいて、中学高校までは体操部に所属しており、大学に入ってからはブルース・リーに憧れて空手をやっていた。

私が劇団付属の養成所に入ったのは、大学生の頃だった。アクションのできる俳優を目指し、熱心に殺陣(たて)を習ったりしていた。本当は、時代劇などで活躍したいと思っていたのだ。

劇団やプロダクションを対象にしたオーディションの話を、二ノ宮が持ち込んできたのは、私が養成所に入って一年ほど経った頃だった。

すでに二ノ宮は悪役としてキャスティングされることが決まっていたが、主役は新人を起用する予定だという。

ヒーロー物としては後発だったので、スーツアクトやスタントも自分でできる、他で手垢(てあか)のついていない新人が欲しいという話だった。

お前にぴったりだ、と二ノ宮さんは言っていた。

劇団の定期公演で初舞台は踏んでいたが、テレビなどにはエキストラでの出演経験もなく、オーディション自体が、殆ど初めてのようなものだった。

子供向け番組のヒーロー役には、正直、あまり興味がなかったが、オーディションの経験を積んでおくのも大事だと思い、プロフィールを作って受けに行った。

それが、大抜擢になった。

二ノ宮は、私以上に喜んでくれて、例のバーでささやかにお祝いをしてくれた。飲み屋に入ってくる客に、次から次へと、こいつは新しいヒーロー番組の主役に抜擢されたんだと自慢げに話し掛け、子供向け番組なんてくだらないなどと言う相手とは、片っ端から口論した。

俳優は労働者（プロレタリア）だというのが、二ノ宮さんの持論だった。

表現者は、飽くまでも脚本家や演出家であり、それを実現するべき素材（マテリアル）に徹することができるのが、優秀な俳優の条件だ。

そして、どんなに素材に徹したつもりでも、嫌でも滲（にじ）み出てくるものこそが本当の個性なのだと二ノ宮は言っていた。

「何をぼんやりしてるのさ、須藤さん」

コンビニのビニール袋を手に佇（たたず）んでいる私に向かって、職人の田辺（たなべ）が声を掛けてきた。

遠くから、コンクリートを型枠に流し込む時に使う、バイブレーターの振動音が聞こえてくる。今日は橋梁工事に関連する施設棟の打設工事で、一服する時間もないくらいに忙しい。弁当を食ったら、私もすぐに現場に戻らなければならなかった。

「いや、何でも……」

「交代で休憩取ってるんだからさ、早くしてくれないと」

田辺の口調には、やや苛ついた調子があった。

打設に使う足場が使いにくいと圧送屋に文句を言われ、一触即発の雰囲気になったと、若手の現場監督から聞いていた。

「わかってるよ。田辺さんも、あまりぴりぴりしないで」

宥めるような穏やかな調子で私が言うと、田辺は肩を竦め、ゲートに向かって歩いて行った。私も急いで弁当を食べ、現場に戻って工事の進み具合を確認したり、調整分の生コンクリートの立米数を計算して早めに追加発注しなければならない。

何だか、茫洋としていてぼやけた気分だった。

若い頃の私が思い描いた、私の五十代の姿はこうではなかった。

例えば、結婚の機会もなく生涯独身で貧乏暮らしをしているとか、いくつになっても飽きもせずバイトをしながら劇団を続けているとか、俳優の道を挫折して自殺するとか、そんな様子なら、まだ滅びの美しさや潔さがある。

だが、結婚し、子供を立派に育て、仕事にも恵まれた今の自分は、こう言っては何だが、偽りの姿のような気がした。

世の中にはおそらく、私よりもずっと厳しい状況の中で、必死に生きている人たちがいくらでもいる。

それを思えば、端から見れば幸せな境遇に違いない私がこんなことを思うのは罰当たりなのだが、それでも、どこかしっくりと来ないものがあった。

何というのだろう。あの火災の日から、ずっと須藤秀臣という何者かを演じ続けているような、妙な違和感。

あの新宿のバーで、二ノ宮が声高に打っていた演劇論が、耳の中に思い出される。

世界は巨大な舞台であり、そこに生きている者たちは、皆、その舞台で演じている役者に過ぎない……。

それはおそらく、シェークスピアの『お気に召すまま』に出てくる科白からの受け売りだ。

現実は全て偽りであり、生きとし生けるものは、その中で自分が与えられた役を演じているだけなのだ。

キャスティングを担うのは神だ。多くの人は、自分が与えられた役に不満を持っており、もっと科白を、もっと見せ場をと願っている。

コンビニ弁当の、正体不明の白身魚フライを頰ばりながら考えるようなことではないのかもしれないが、若い時にはピンと来なかったことが、今は何となくわかるような気がした。

4

「えーと、トクダくんだっけ？」

「戸倉くんよ、お父さん」

傍らに座っている千明が小声で訂正する。

わかっている。

わざと間違えて顔色を見たのだ。

ダイニングテーブルの差し向かいに座った戸倉は、眉ひとつ動かさずに、にこにこと笑っている。

テーブルの上には、トマトサラダやカルパッチョなどの前菜が並び、栄子はキッチンで、すき焼きの用意をしている。

「楽にしたまえ。フランクに行こうじゃないか」

私はビールの瓶を手に取り、戸倉のグラスに注ごうとした。

「ちょっとお父さん、戸倉くん、バイクで来てるのよ」

また千明が横から口を挟む。

わかっている。

この青年が、どう反応するか見たかったのだ。

「せっかくですから、いただきます」

戸倉は迷うことなく、グラスを差し出した。

「でも……」

千明が軽く私に一瞥をくれて言う。

「大丈夫。バイクを置かしてもらえるなら、週明けにでも取りにくるから。今日は電車で帰ることにします」

なかなかいい対処だ。

私は満足して頷き、戸倉のグラスに注ごうとしていたビール瓶の口を、自分のグラスに手酌で注いだ。

「あ、お父さん、僕が注ぎますから」

「いや、結構。君も無理に付き合う必要はない。気持ちだけで十分だ。お茶にでもしておきなさい」

戸倉と千明が顔を見合わせる。

「それから、私の名前は須藤秀臣といって、君からお父さんと呼ばれるような筋合いは……」

「はいはいはいはい、邪魔だからちょっとどいて、お父さん」

話の腰を折るように、白い湯気が噴いている鍋を手に、栄子がダイニングに入ってきた。

「何よ戸倉くん、いつもと調子、違うじゃないの」

気安い感じで栄子が言う。

「いや、緊張してしまって……」

戸倉は困ったような笑みを浮かべ、頭を掻いた。

「お父さんも今日、キャラおかしいのよ」

呆(あき)れたような口調で千明が言う。

最初が肝心だと思い、威厳を見せつけるつもりだったのだが、これでは台無しだ。

「あら、戸倉くんのグラスにビール入ってないじゃない」

栄子が瓶を手にして注ごうとする。

「彼は今日、バイクだ。無理に勧めては……」

「じゃあ、泊まっていけばいいわ」

滅茶苦茶なことを栄子は言う。

結局は戸倉も折れ、ビールで乾杯することになった。

私はこの戸倉という青年に、第一印象では好感を持っていた。

千明よりずっと年上のようだ。三十代前半といったところだろう。

髪の毛は短く、顎鬚(あごひげ)をうっすらと生やしていたが、身なりがこざっぱりしているせいか、不潔感はない。雰囲気も落ち着いていて、背も高く、なかなかの好男子だった。

「聞きたいことがあったら、何でも聞いてくれて構わないんだぞ」

食事が一段落したところで、私は戸倉にそう話し掛けた。

喋(しゃべ)っているのは主に栄子と千明ばかりで、遠慮しているのか、先ほどから戸倉はあまり口を開いていない。

「それでは、あの……須藤さんのご趣味は」

「趣味は特にない。強いて言えば仕事だ。で、君の趣味は？」

「何よその会話」

箸(はし)を動かしながら、怪訝そうな顔で千明が言った。

「お見合いじゃないんだし、もうちょっと気の利いた会話できないの」

栄子までそんなことを言い出す。

「そういうのは、徐々に共通点を見出していけばいいんだ。最初から弾んだ会話などできるか。そうだよな？ 戸倉くん」

「ええ。須藤さんのおっしゃるとおりです」

戸倉が気を遣って私に合わせてくれる。

「では、戸倉くんは仕事は何をしているんだ」

「それが……」

答えにくい質問というわけでもないだろうに、戸倉は少し困ったような表情を浮かべた。

「まさか無職だとかニートとかフリーターなんて言い出すんじゃないだろうな」

「ちょっとお……」

千明が唇を尖らせて私の方を見る。

「一応、自営業です。お店をやっています」

恐縮したような様子で戸倉が言う。

ちょっと意外に思えた。風貌などから、堅い勤め人などではないだろうとは思っていたが、自営業とは。

「若いのに大したものだな」

「いや、親父がやっていた古物商というか、古道具屋を継いだだけで……」

「すると、お父さんと二人でお店を営んでいると?」

「父はもう他界しました。それで、元々は古道具屋だったのが、僕の代になってから、だんだんとアンティークのおもちゃや人形を扱うのが主になって、今はそういうお店になっています。半分は、僕の趣味でやっているようなものですが……」

私は眉を顰(ひそ)めた。

同僚や親戚で、脱サラして飲食店や小売店を始めた知り合いは何人かいるが、自営業はそんなに甘くはない。趣味の延長みたいな感覚で始めた者は、たいていは借金をつくったり廃業したりで、うまくいっていない。

「そんな店、実入りはあるのかね。趣味半分はいいが、古いおもちゃなんか売れるのか。今の子供はテレビゲームとかでしか遊ばないだろう」

「いやだわ、お父さん。お客さんは子供ではなくて大人よ」

「大人がおもちゃなんか買ってどうするんだ」

「それは、蒐集家がいるんです。お客さんは、若い人から須藤さんくらいの年齢の人まで、いろいろな方がいらっしゃいます」

そういう趣味の世界があるのは、私だって何となく知ってはいるが、少なくとも私の理解からは範疇外だった。

「今はネットオークションとかもあるんで、お客さんは全国各地にいます。実店舗の他に、倉庫も借りていて、フィギュアやトレーディングカードの他にも、食玩とかレトロな玩具なんかも取り扱っています」

言っていることの意味はよくわからなかったが、とにかく私は相槌だけは打っておいた。

きちんとした仕事だと説明したいのか、真面目な口調で戸倉は話を続けている。

「とにかく、古道具屋をアンティークのおもちゃの店にしたおかげで、戸倉くんの代になってから、ずっと繁盛するようになったのよ。商才があるのよ。お店が雑誌に紹介されたこともあるんだから」

千明がフォローするように口を挟む。

「それって、例えば何十万円も値段がつくようなものもあったりするの？」

話を聞いていた栄子が、不意に口を開いた。

「まあ、趣味の世界ですからね。希少価値があれば、ものによっては……」

「そうだわ」

戸倉が言い終わらないうちに、栄子は椅子からすっくと立ち上がった。

「面白いものがあるのよ。ちょっと待ってて」

そう言って栄子はダイニングから出て行く。

嫌な予感がして私も立ち上がり、不思議そうな顔をしている戸倉と千明を後にして、栄子を追った。

鼻歌まじりに二階へ行こうとする栄子の腕を摑んで止める。

「おい、まさか、面白いものってアレのことじゃないだろうな」

「アレって？」

「いや、だから、ブラック・パンテルの……」

「そうだけど」

やっぱりか。

「やめてくれよ」

「大丈夫よ。もし戸倉くんがブラック・パンテルのことを知っていたとしても、あなたがそれを演じていたなんて思いもしないわよ」

飄々(ひょうひょう)とした口調で栄子が言う。確かに、それはそうかもしれない。

「それに、あなたは捨てろって言うけれど、もし希少価値があって高く売れるようなものだったら、戸倉くんに買い取ってもらえばいいかなと思って」

「ちゃっかりしてるな」

私は苦笑を浮かべた。

「いいでしょう？　会話の取っ掛かりにもなるし」

「……わかったよ」

栄子は軽やかな足取りで階段を、クローゼットがある二階へと上がって行った。

「何よ気持ち悪い。二人で何の相談？」

ダイニングに戻ると、さっそく千明が怪訝そうな口調でそう言った。

「いや、別に何でもないんだ」

そう言って私はテーブルに着く。

「須藤さんは仕事は何をなさっているんですか」

「建築関係だ。今は中部の方で大掛かりな公共の仕事があって、それに携わっている」

「単身赴任なのよ」

千明が付け加えるように言った。

「責任あるお仕事なんですね」

「うむ。まあな」

私は頷いた。社交辞令で言っているのはわかっているが、それでも悪い気はしない。

「じゃーん」

ドアが開き、栄子が戯けた様子で、手にしたパンテルのマスクとスーツ、それにグローブやブーツなどの一式を、その間から登場させた。

「それ、この間の……」

覚えていたのか、千明が声を上げる。

「これなんだけど、ちょっと見てくれる？」

「はあ……」

戸惑っている戸倉の手に、栄子はそのマスクや衣装を手渡した。

「君は商売柄、昔のテレビ・ヒーローなども詳しいのかもしれないが、きっと知らないと思うよ」

苦笑いを浮かべながら、私はビールを喉に流し込む。

マスクを手にしたまま固まってしまっている戸倉に向かって、興味津々という様子で栄子が言う。

「どう?」

「一文にもならないだろう?」

私も笑いながらそう言った。

だが、戸倉はそれを手にしたまま、震えるような声で言った。

「『ブラック・パンテル』だ……」

まさかその名前が戸倉の口から出てくるとは思っておらず、私は飲みかけのビールで噎(む)せそうになった。

「知ってるの?」

栄子も驚いている。

戸倉は熱心に、マスクや衣装の裏地にある衣装製作会社の整理用のタグや、縫製の様子などを調べている。私にはわからないが、専門家が見分けるためのポイントか何かがあるのだろう。

やがて戸倉は、胸がいっぱいだというように大きく深呼吸すると、口を開いた。

「おそらく本物だ。驚いたな。まさかこんなところで……いや、失礼。まさか、千明ちゃんの家にこんなものがあるなんて」

「珍しいものなの？」

　探りを入れるように栄子が言う。

「はい。『ブラック・パンテル』は、まだ僕が四、五歳の頃にやっていた番組で……。そもそも僕は、この番組の大ファンだったんです。それで今も……」

「君は『ブラック・パンテル』のテレビシリーズを観ていたのか」

「ええ。でも『ブラック・パンテル』は、他の人気ヒーロー番組とは違って、ビデオ化もDVD化もされていないし、フィルムも残っているのかどうか……」

「何で？」

　まったく話が見えていない様子の千明が、戸倉に聞く。

「ちょっと曰く付きの番組なんだ。撮影中に大きな事故があって、それで打ち切りになったんだ」

「へえー」

　千明は、さして関心もなさそうな声を上げたが、私は息を呑んだ。栄子も複雑な表情を浮かべている。

「撮影に使われていた工場跡が大火災に包まれて……。それで、キャストやスタッフが何人も亡くなったんです」

　手にしていたパンテルのマスクを、戸倉はそっとテーブルの上に置いた。

「犠牲になった中に、二ノ宮という俳優さんもいました。『ブラック・パンテル』以外にも、ヒーロー物のドラマを中心にいくつか出演していて、マニアの間ではよく知られています。名優でした。パンテルでは、ジャグリングと投げナイフを得意とする悪の幹部、『ドラクル男爵』の役を、見事に演じていた」

何と言ったら良いかもわからず、私は栄子と目を合わせる。

「でも、僕はやっぱり、ブラック・パンテルを演じていた役者さんが大好きだった。ずいぶん調べてみたんだけど、他の映画やドラマに出演していたというような記録もなくて……」

「ふうん。何ていう人？」

千明が何気ない口調で戸倉に問う。

私は緊張しながら、じっとその答えを待つ。

「黒田マモル。たぶん、その事故をきっかけに役者は廃業したんじゃないかな」

私はほっと胸を撫で下ろした。

それは私が俳優業をやっていた時に使っていた芸名だった。

「……で、それの価値はどうなの」

栄子が話題を逸らすように言った。

「困ったな、値がつけられない」

「えっ、本当」

栄子が目を見開く。

「……というか、言葉そのままの意味です。『ブラック・パンテル』は、あまり人気のあるヒーローではなかったし、キャラクターグッズの種類も少なくて、マニアの興味の外なんですよ。おそらく、知らない人の方が多いんじゃないかな」

端で見ていてあからさまなぐらいに、栄子はがっくりと項垂れた。

「そう」

「ただ……さっきも言いましたけど、曰く付きの番組ですからね。これが撮影に使われていた本物だとすると、買い手がつくかもしれない。その場合だと言い値で売れます」

「本物よ！　本物本物」

途端に息を吹き返したかのように栄子が連呼する。

その様子を不思議そうに見ながら、戸倉が言う。

「ええ。僕もこれは本物の『ブラック・パンテル』の衣装だと思います。でも、それを保証するものが何も……」

「絶対保証付きよ！　何しろこれは、うちの人が……」

「黙れ！」

思わず大きな声が出た。

栄子が、千明が、そして戸倉が、目を丸くして私の方を見る。

「もういいだろう。くだらない話は終わりだ」

戸倉の手から、引ったくるようにしてパンテルのマスクと衣装を奪うと、私は不機嫌な調子を隠さず、そう言った。

「すみません！　大事なものなんですか。つい商売の話なんか……」

慌てた様子で、戸倉が取り繕うように言う。

「大事なものではない。捨てるんだ」

「そんな……」

明らかに戸倉は戸惑いを見せた。

「だったら、僕に譲ってもらえませんか。もちろん、商売のためではありません。商品としてではなく、僕の個人的なものとして……」

「だめだ、これは捨てるんだよ」

耳を貸さず、吐き捨てるように私は言う。

「ちょっと、お父さん、もっと他に言い方があるでしょう」

棘（とげ）のある口調で千明が言った。

栄子が宥めるような声を出す。

「そうよ、あなた。落ち着いて」

「お前もつまらないものを出してくるんじゃないよ。いいか、この衣装は今日か明日にでも燃やすなり何なりして処分する。それから、もう私の前で『ブラック・パンテル』の話はなしだ。わかったか」

ダイニングに沈黙が流れた。

やがて興奮が鎮まってくると、その状況に、急に私は気まずくなってきた。

「あ、いや……つい……すまん」

「もういい」

静かな怒りを湛(こら)えた口調で千明が立ち上がり、ダイニングから出て行く。

「千明」

私はそれを追おうとしたが、栄子がそれを制した。

わざと大きな音を立てて階段を上がっていく音がして、激しく千明が自分の部屋のドアを開け閉(た)てする音が聞こえた。

千明を宥めるために、栄子もダイニングを出て行く。

困惑した空気の中、取り残された私と戸倉は、どんな言葉を交わしたらいいかもわからず、居心地の悪いまま椅子に座り直した。

「すみません」

戸倉が呟く。

「いや、謝るのは私だ。つい大きな声を出して……。その衣装には、ちょっとした因縁があってね……」

「僕が無神経でした」

「いや、そうじゃないんだ。とにかく謝るよ。すまなかった」

栄子がダイニングに戻ってくる。

「駄目。ドアに鍵掛けられちゃった」

「いい歳して、子供じゃあるまいし……」

「この状況で、あなたが言うことじゃないわね」

ぴしゃりとそう言い、栄子は戸倉の方に向き直る。

「ごめんなさいね。私が余計なことをしたからだわ」

「そんな……」

戸倉が顔を上げる。

「困ったわね。あの子、ああなると結構、意固地だから」

「……今日はもう、おいとまします」

そう言って戸倉は椅子の背もたれに掛けられた上着を手にすると、深々とお辞儀をした。

戸倉が辞しても、千明が二階から降りてくる気配はなかった。

明日は一緒に買い物にでも行く予定だったが、これでは無理だろう。

「本当に、あなたったら……」

テーブルの上を片付けながら、栄子が溜息（ためいき）まじりに言う。

「すまん。今は何も言わないでくれ」

私も少なからず落ち込んでいた。よりによって、娘の連れてきた彼氏の前で怒鳴り声を上げてしまうとは。普段の私からは考えられないことだ。

「でも、良かったわね。戸倉くん、あなたが黒田マモルだってことには気づいてないみたい」

「芸名を使っていて助かったよ。あの頃に較べたら、ずいぶん太ったし、見た目も変わったからな。まさか私が、ブラック・パンテルを演じていた黒田マモル本人だとはわかるまい」

栄子が淹れてくれた、熱いほうじ茶を口にしながら、私はテーブルの上に放り出されているパンテルのマスクを手にした。

「そういえば、この間、新幹線で……」

「何？」

キッチンに立って洗い物を始めた栄子が、背中越しに返事をする。

「……いや、何でもない」

呟くように私は言った。

5

あの新宿ゴールデン街にあったバーに、二ノ宮が初めて栄子を連れてきたのは、ブラック・パンテルの撮影が始まって数か月が経った頃だった。

その頃は私もマスターと仲良くなっており、一人でも店に訪れるようになっていた。先にカウンターで飲んでいた私の姿を見て、二ノ宮は少しだけ驚いたような顔をしたが、ちょうどいいから一緒に飲もうと、私を店の端にひとつしかないボックス席に誘ってくれた。

二ノ宮と栄子の取り合わせは、正直言って、少し意外だった。

ヒロインの「千明」を演じていた栄子とは、現場では一緒になることは多くても、それまで殆ど口を利いたことがなかった。

その頃の私が女性には奥手だったというのもあるし、現場ではいつも栄子の隣には怖い顔をしたマネージャーが付きっきりで、撮影の合間に親しく世間話をするような空気でもなかったからだ。

一方で、劇団出身で叩き上げの二ノ宮は、栄子のような、ぽっと出のアイドルは嫌いだろうと思っていた。

「いいんですか、こんな深夜に……」

私は心配になって栄子にそう言ったのを覚えている。

あまり売れていないとはいっても、当時の栄子は清純派のアイドルだった。

「いいのよ。たまにはガス抜きしないと息が詰まっちゃう。やっと事務所の寮から抜け出してきたんだから」

屈託なく笑う栄子を見て、私は少し驚いた。撮影の現場では、出番の時以外は、いつも行儀良く座っていて大人しく、無口な印象だったからだ。

「まあ、とりあえず乾杯といこう」

店にキープしているトリスのボトルを取ってきて、二ノ宮が栄子の分まで水割りを作る。

「二ノ宮さん、彼女は未成年では……」

「ああ、大丈夫大丈夫。私、三年前からずっと十八歳だから」

そう言って栄子はけらけらと笑った。

普段着の栄子は、どこか垢抜けないところもあったが、よく笑い、冗談が好きで明るく、現場やテレビの画面で見るよりも、数倍、輝いて見えた。

「君は歌の方は酷(ひど)いもんだが、芝居はちょっと自信を持ってもいいよ」

少し酔いが回ってくると、二ノ宮はいつもの歯に衣着せぬ調子で栄子にそう言った。怒り出すか泣き出すか、と私は心配したが、栄子は笑い出した。

「それ、貶されてるのか褒められてるのかわかんない！」

「褒めてるのさ。そうだろ？」

二ノ宮はそう言って私の方を見た。

苦笑をして私は頷く。二ノ宮が他人の芝居に肯定的な意見を言うのは珍しい。

実際、栄子の歌は酷いものだった。

その頃はまだ主流だったドーナツ盤シングルレコードで、初めて栄子の歌を聴いた時は、ステレオが壊れたのではないかと思ってコードの接続を確かめたくらいだった。

だが、芝居の方は、栄子は天性の何かを持っていた。

栄子は、本格的な演技のレッスンを受けたことがなく、ブラック・パンテルでの「千明」役が、殆ど初めての演技経験だった。

これは二ノ宮からの受け売りだが、演技というものは、努力や経験では、どうにもならない部分がある。それが才能なのだと言ってもいいが、実は努力や経験で向上できる部分の伸び代の方が、圧倒的に少ないのだ。

芝居というのは、だんだん上手くなるものではない。上手いやつは最初から上手い。そういうものなのだ。

栄子には、その何かがあると私は睨（にら）んでいたが、二ノ宮もそう感じていたのだろう。こういう、明るくてさばさばした栄子の性格を、観察眼の鋭い二ノ宮は見抜いていたのかもしれない。普段の彼女の行儀良く大人しい振る舞いの方が、演技なのだと。

酔いが回るにつれ、二ノ宮の語り口は熱くなり、私が口を挟む機会は減っていった。芝居について語る二ノ宮を、きらきらとした瞳で見つめながら、栄子は必死に話のところどころに食いつき、自分の考えや意見などをぶつけようとしていた。

ああ、この子は二ノ宮さんに惚（ほ）れているな、と私は思った。

芸能界でアイドルとして活躍するよりも、こういう場所で芝居について語り合ったりする方が、きっと彼女の本来の性分には合うのだろう。そう思った。

ほんの三十年ほど前のことだというのに、今ではあの時の光景が幻のように感じられる。

かつての私は、確かに、そういう場所で息をしていたのだ。

「浮かない顔をしているな、須藤さん」

傍らで弁当を頬張っている職人の田辺がそう言った。

先週末に打設したばかりのコンクリートの床（スラブ）の上で、田辺や、その会社の若い連中と車座になって昼食を摂（と）っている最中だった。

乾いたばかりのコンクリートは白く、微かに熱を帯びていた。今日は快晴で風もなく、埃も出ていないので快適だった。

仕事が忙しくない時は、私はなるべく職人さんたちと一緒に昼食を摂るようにしている。

若い現場監督……特に、良い大学を出て大手ゼネコンに就職したようなやつは、何か自分が別の人種でもあるかのような勘違いをしているのか、職人と一緒に飯を食うどころか、打ち合わせ以外で口を利くのすら嫌がる者もいる。

この橋梁工事のＪＶ事業に関わってから、工事を主導している大手ゼネコンの新卒の現場監督が、自分の父親のような年齢の、ずっと経験豊富な職長に向かって命令口調で指示を出しているのを見かけて面食らった。

私の若い頃からすると、考えられないことだ。

撮影中の事故があって数年が経ち、役者を廃業した私は、劇団の先輩がアルバイトしていた建築会社を紹介してもらい、就職した。

その頃は、従業員数三十名ほどの、人工出しを中心にした零細企業だったが、社長の商売の才覚が鋭く、この不景気の中、あれよあれよという間に、工務店として一式請負を行うようになり、僅か二十年ほどの間に、数百名の従業員を抱える中小ゼネコンと化した。

私はただ単に、会社の急成長の時流に、タイミング良く乗っただけだ。特許に関わる研究や、経営に携わるような才覚はないと自覚していたから、汗を流して働くのを信条にし、工事部の生え抜きとして、現場一本でやってきた。

若い頃は、何度も納期のピンチや設計士からの無理な指示、施主からのクレームなどを、経験豊かな職人さんたちに救われた。社長からも、最後に味方になって助けてくれるのは職人だから、普段から大事にしろと教えられてきた。

「いや、実を言うと、週末に娘の彼氏と会って……」

私がそう言うと、田辺は笑い声を上げ、隣に座って飯を食っている、金髪の若手の肩を叩いて言った。

「まさか、こいつみたいなのを連れてきたってわけじゃないよな」

肩を叩かれた若手が「自分、真面目っすよ」と、迷惑そうな顔で反論する。

「いや、それがいろいろあって、ちょっと娘に嫌われてしまってね」

「どうせ相手に父親の威厳を見せようとして失敗したとか、そんなところだろ」

図星だ。私は苦笑を返す。

車座になっている私と田辺らの真ん中には、打ち合わせ用に事務所から持ってきた、A１サイズの図面の青写真が広げられていた。

風で飛んでいかないように重しにしているラジオから、微かにパーソナリティの声が聞こえてくる。

周波数が合っていないのか、それとも埃か水でも被ってスピーカーがいかれているのか、ノイズが酷くて半分くらいしか聞き取れない。お昼時なので、簡単なニュースをやっていた。

――先月発見された小惑星、仮符号「２０１４ＰＪ４」に関するニュースです。米航空宇宙局の最新の観測によると……。

それは今朝方も、現場事務所で話題になっていたニュースだった。

新聞ではもう少し詳しく報道されており、天体衝突の確率と被害予測の尺度であるトリノスケールで、二〇〇四年に発見された小惑星アポフィス以来のレベル４が適用されたことで話題になっていた。

また、過去百年の間では最も地球に接近したと言われている「２０１２ＱＧ42」の二八〇万キロよりも地球に近づく可能性が高く、ＰＨＡ（＝Potentially Hazardous Asteroid：潜在的に危険な小惑星）として認定されたことでも注目されていた。今月中に最接近するため、各天文台で観測が続けられているという。

まるでハレー彗星の事件を思わせるニュースだった。

日本に直撃する可能性があるとか、太平洋に墜落した場合は津波の被害が出るとか、アメリカに衝突した時は株価の大暴落があるとか、ネットを中心に、どこまで信憑性(しんぴょうせい)があるのかもわからない流言飛語が広まっているらしく、危険を訴える市民団体もあり、避難を始めている人もいるらしい。

　ぽかぽかとした陽気の中、壊れかけたラジオから聞こえてくるニュースは、まるで現実味が乏しかった。

　そういえば、アメリカとイラクの湾岸戦争開戦の臨時ニュースも、現場のラジオで聞いたのを私は思い出した。

　その時にも感じたことだが、私は何となく、オーソン・ウェルズのラジオドラマ『宇宙戦争』を連想した。ラジオの向こうから聞こえてくるニュースは、まるで知らない世界で起こっているフィクションのように感じられる。

　火星人との宇宙戦争勃発を伝える、ニュース仕立てのドラマを真に受けるような人は、さすがに現代にはいないだろうが、その分、現実を伝えるニュースに対しても、人々は冷静で、もっと言えば無関心に思えた。今のところ、一部を除いてパニックが起こっている様子は見られなかった。

　次の週末が来るまでは、あっという間だった。

　私にとっては、小惑星の接近よりも、次に千明に会った時に、どうやって謝るかを考えることの方が重要だった。

　私が原因で戸倉と別れるようなことになりはしないかと、余計な心配も募る。何度か栄子と電話でも話したが、楽観的な栄子は、時間が解決するから大丈夫よ、などと適当なことを言うばかりだった。

その週末は、新幹線の様子も違っていた。日曜夜の下りとは違い、金曜夜の上りの新幹線はいつも混んでいるのだが、今日は輪を掛けて混雑していた。客層も普段は私と同様の疲れたサラリーマン風が多いのだが、大荷物で子供を連れた人も多く、周囲の会話などから察するに、どうやら都市部に避難する腹づもりの人たちだと思われた。

東京は、災害時にいち早く救済措置が働く可能性が高く、万が一、日本の国土か、その付近に小惑星の衝突があり、影響が出た場合、一番に対応されるのが国の中枢機関がある東京だろうという考えでの避難のようだった。

ところが情報は錯綜(さくそう)しているらしく、東京駅に着くと、今度は都心部から地方へと避難する人の波に出くわした。都市部が混乱した場合は地方の方が安全だという真逆の考え方もあるようで、結局は何が正しいのかもわからないまま、それぞれの考えで行動している人が殆どのようだった。

千明との関係のことで、この一週間、頭が一杯だった私は、小惑星接近のニュースが、これほど大事になっていることすら知らなかった。

いや、私を含め、多くの人が、この件に関しては楽観視している。

こういうニュースは、何年かに一度ある時節の風物詩のようなもので、今度もきっと、軌道が逸れるとか計算違いだったとかのオチがついて、結局は何も起こらないだろうと考えているのだ。今までもそうだったから、今度もきっとそうだ。そんな考えに、いつの間にかとらわれている。

「千明ね、今日は帰らないって」

家に辿り着くと、困ったような顔をしながら、栄子がそう言った。

「どこに行ってるんだ」

「週末は戸倉くんのところに泊まるって……」

私への明らかな当てつけだ。

「あなた、怒らないであげて」

「わかってるよ」

千明はもう成人だ。私がとやかく言うようなことでもないだろう。

どんな顔をして千明に会おうかと思っていたので、正直、ほっとしている部分もあった。

風呂を浴び、寝間着に着替えてリビングに入ると、晩酌の用意をしていた栄子が、妙にうきうきとした口調で声を掛けてきた。

「せっかく二人きりなんだし、私もちょっと飲もうかな」

私はその顔に、新宿ゴールデン街で二ノ宮と三人で飲んだ時の栄子の笑顔を重ねてみた。

千明は栄子の若い頃にそっくりだが、それでもやはり、千明にはない栄子らしさのようなものがある。

「トリスあるかな」

何となく、私はそう言ってみた。

「あら、珍しいわね。いつもは最後までビールなのに」

栄子が目を丸くする。

「何となくね。この間、仕事している時に思い出したんだ。覚えているかな。二ノ宮さんの行きつけの……」

「ゴールデン街のお店？」

私が言う前に、栄子が答えた。

「ああ。ビールとか頼むと高くつくから、トリスのボトルをキープして、水割りにしてちびちび飲んでいたじゃないか」

「懐かしいわね」

そう言って微笑み、栄子は立ち上がる。

「トリスはないと思うけど、もらい物のウイスキーかブランデーならあったと思う」

「うん。それでいいよ」

栄子がいそいそとキッチンのシンクから箱入りの洋酒の瓶を取り出し、アイス・ペールに氷を入れて持ってきた。グラスは二つ。

氷をグラスに入れ、ミネラル・ウォーターの割合を多くして、水割りをつくる。

口に運ぶと、殆ど水を飲んでいるかのように薄い。懐かしい味だった。

「昔はおつまみもなしに、これだけで何時間もお喋りばかりしていたわよね」

栄子の言葉に、私は頷く。

「あの店、まだあるのかな」

「さあ。バブルの頃にだいぶ地上げに遭って店がなくなったっていうし、ゴールデン街なんて、今はもう行く機会もないしね」

「あのマスクとスーツが出てきたせいかな。最近、昔のことばかり思い出すんだ。役者をやっていた時のこととか、二ノ宮さんのこととか……」

「私もよ」

思わず私は栄子の顔を見た。

「親に内緒で、こっそりオーディションの書類を送って、大反対を受けながら単身で上京して……」

「へえ」

そんな話を聞くのは初めてだった。

「あなたは東京出身だからわからないかもしれないけど、かなり勇気がいったんだから」

「確か君は、プロダクションの寮に入っていたよな」

「うん。当時はまだ高校生だったから、編入の手続きをして最後の一年は寮から高校に通っていた」

「私は、その頃に養成所に入ったんだ」

「あなた、最初は子供向けヒーローの役は乗り気じゃなかったでしょう」

グラスを傾けながら栄子が言う。

「ああ。最近だとヒーロー物の主役は若手俳優の登竜門みたいになっているようだけど、当時は、子供向け番組で変なイメージができると、普通の仕事がやりにくくなるって言われていたからね」

実際、そのことで私は悩んでいた。二ノ宮に相談に乗ってもらったこともある。

――あれはできるけど、これはできないなんて言うやつは、俳優じゃない。

二ノ宮の答えはそうだった。与えられた役を演じられないのは役者の敗北だ。愚かな役者は、シェークスピアが書いた科白にだって文句をつける。

思い上がるな、目先の仕事を全力でこなせないやつに、次なんてあると思うな。

二ノ宮の言葉は、いちいち私の胸に刺さり、自分がつまらない小さなプライドにとられていたことを気づかせた。

「私ね、実を言うと、二ノ宮さんとお付き合いしていたのよ」

　不意に栄子が口を開いた。

　それは私も、何となく気がついていたが、こうはっきりと栄子がそのことに触れるのは、結婚してからの二十数年で初めてだった。

「……あまり驚かないのね」

　表情を窺うように、栄子が上目遣いに私の顔を覗き込んでくる。

「そうだろうなとは思っていたんだ」

　自分でもびっくりするくらい、私は冷静だった。

「二ノ宮さんが亡くなった後、あなたと結婚してからも、ずっと言えなくて……」

「おいおい、もう結婚して何年経つと思っているんだ」

　私が笑うと、栄子も安心したように笑顔を漏らした。

「ずっと心苦しかったのよ。馬鹿みたいね。もっと早く言えばよかった」

「本当は、二ノ宮さんが君と結婚する筈だったのかもな」

　私の脳裏に、あの火災の日のことが思い出される。

　認めたくはないが、私には躊躇があった。

　あの時、より危険な状態にあったのは二ノ宮の方だった。

拘束しているロープさえ外してしまえば、怪我を負っていなかった栄子は、自力で逃げることができたかもしれない。

その間に、二ノ宮の上に折り重なった資材をどかすか、引っ張り出すかすれば、或いは二人とも助けられた可能性もあった。

どうすれば正解だったのかは、今となってはわからない。

だが、必死だった私は、咄嗟に栄子を守ることを優先した。二ノ宮には必ず戻ると言っておきながら、私は栄子を担いで廃工場の外に出たところで、不甲斐ないことに力尽き、朦朧とした意識の中で、工場の屋根が崩れ落ちる光景を見たのだ。

「今も悔やんでいるんだ。君と二ノ宮さん、両方を助ける道があったんじゃないかって」

「二ノ宮さんが助からなかったのは、あなたのせいじゃないわ」

私の心の内を察したのか、栄子が慰めるような口調で言う。

だが私は頭を左右に振った。心の隅に追いやって、忘れてしまおうとしていた感情が、一気に噴き出してくる。

「あの頃の私は、君に片思いをしていた。だけど、二ノ宮さんと君の関係には薄々勘付いていたし、私は二ノ宮さんのことを尊敬していたから、その気持ちは押し殺していた。あの事故の時、二ノ宮さんを後回しにして君を助けた自分の心に、まったくやましいものがなかったかどうか、自信が持てないんだ」

栄子は黙って私の話に耳を傾けている。

「そんな私が、あの事故の後に君と一緒になったことを、二ノ宮さんは、あの世で恨んでいるんじゃないか。そんなふうに思う時があるんだ」

グラスを持つ私の手を、栄子がそっと包み込むように握る。

「二ノ宮さんがそんな人じゃないのは、あなただってよく知っている筈よ」

穏やかな口調で栄子が言う。

「あなた、少し優しすぎるのよ」

笑いかけてくる栄子の顔を見ているうちに、乱れていた私の心も、少し落ち着きを取り戻した。

冷静になると、年甲斐もなく感情を吐露したことが却って恥ずかしくなってしまい、私は照れ隠しのためにリモコンを手にしてテレビを点けた。

飛び込んできたのは、報道特別番組だった。

「何だ」

思わず私は栄子と顔を見合わせる。

各局をザッピングしてみても、どの局も同じような臨時番組を放送している。

例の小惑星に関するものなのは明らかだった。

チャンネルを固定し、栄子と一緒に番組に見入る。

つい一時間ほど前に行われたらしい米国大統領の記者会見。トリノスケールは史上初のレベル5に引き上げられ、内閣総理大臣による緊急招集の様子を伝える映像が、しつこいくらいに何度も繰り返し放送されていた。スタジオでは大学教授などの専門家が、あれこれとコメントを出している。

「まさか本当に衝突するんじゃないだろうな」

事実は小説より奇なりというが、まったく実感が湧かなかった。

私は立ち上がり、庭に面したリビングのサッシを開いた。サンダルに足をつっかけ、寝間着のまま庭に出て夜空を見上げたが、空が曇っているのか、小惑星どころか星一つ見えなかった。

「中に入ったら？」

家の中から顔を覗かせ、栄子が声を掛けてくる。

「それよりも、千明がちょっと心配だな」

「じゃあ、戸倉くんのところに電話してみる？」

「頼むよ」

私はリビングに戻った。

自分の携帯電話を使って掛けている栄子の後ろ姿を見ながら、私は強い既視感に襲われていた。

私はこの状況に、どこかで遭遇している。

こんな非現実的な状況が、人生に何度も起こるわけがなく、記憶を辿ってもなかなか思い出せなかったが、不安な様子で振り向いた栄子の表情を見た時に、一気に思い出した。

「千明、戸倉くんのところにはいないって……」

「どういうことだ」

「ずっと待っていたけど来なかったから、あなたと仲直りしてこっちにいるものだと思っていたみたい」

「携帯の方は？」

栄子が頷き、続けて千明の携帯番号をコールしたが、何度呼び出しても繋がらなかった。

「何かあったのかしら……」

栄子が困惑した声を出す。

口に出すのは憚られたが、私はこの状況を思い出した。

ブラック・パンテルの、最終回近くの展開だ。

二ノ宮が演じていた悪の組織の幹部、ドラクル男爵は、パンテルとの最終決戦のために、その恋人、千明を誘拐し、引力発生装置『ニュートン6号』によって、近傍小惑星を地球に引き寄せ、激突させようとする、恐るべき作戦を決行する。

街中が混乱の渦に巻き込まれる中、パンテルはバイクを駆って組織の本部に乗り込み、ドラクルとの直接対決に臨む。

例の事故は、そのストーリーの撮影中に起こったのだ。

「とにかく、留守電とメールでメッセージを送って、返信を待とう」

栄子が頷く。

「ちょっと顔を洗ってくる。どう対処するべきか、気持ちを落ち着けて考えよう」

私がそう言うと、栄子は携帯でメールを打ち始めた。

ただの杞憂であることを願った。千明は何か用事でも済ませてから戸倉のところに行くつもりなのかもしれない。もしかしたら一人で映画でも観ていて、携帯の電源を切っているだけの可能性もある。

洗顔フォームを手に取り、じっくりと泡立ててから私は顔を洗った。前屈みになって蛇口から出るぬるま湯で流し、顔を上げた時――。

鏡には、私ではない姿が映っていた。

「つまらない男になったな、須藤――」

「二ノ宮さ――」

深くソフト帽を被り、闇の色をしたサングラスを掛けた二ノ宮が、黒革の手袋が嵌められた手で拳をつくり、鏡の向こう側からこちらに向かってパンチを叩き込んだ。

鏡の裏側からハンマーで叩かれたような衝撃があり、亀裂が入って破片がこちらに向かって飛び散った。

思わず私は目を守って顔の前に手を翳して後ろに飛び退き、床に倒れた。

「どうしたのっ！」

音を聞きつけた栄子が、慌てて洗面所の扉を開く。

「危ない。ガラスが飛び散っているから入ってくるな」

「え……」

私の言葉に、栄子が戸惑ったような声を出した。

見回すと、床に飛び散った筈の鏡の破片はなかった。

呆然として私は洗面台を見上げたが、鏡にはひびも入っていない。

だが、見間違いではない。鏡に映ったのは確かに二ノ宮だった。

「あなた、血が……」

栄子が呟く。

指先で頬に触れ、手を見ると、少量の血がついていた。

幻のようには思えなかった。これは、先ほどの破片によってできた傷ではないのか。

「とにかく、手当しましょう」

栄子にそう言われ、私は洗面所から出た。

家の外から、低く重い単車のエンジン音が聞こえてきたのは、頬にできた傷を消毒し、栄子に絆創膏(ばんそうこう)を貼ってもらっている最中だった。

「すみません。心配でじっとしていられなくて、来てしまいました」

玄関先に現れた戸倉が、フルフェイスのヘルメットを外しながら言う。

「まだ何かあったと決まったわけじゃない。千明と入れ違いになったらどうするんだ」

私がそう言うと、戸倉は頭を横に振った。

「何の連絡もなしに、約束の時間に姿を現さないなんて、よく考えたら千明ちゃんにしては変ですよ」

「そうは言っても……」

「もし入れ違いになったら、携帯に連絡を入れるようにと書き置きしてきました。どこかの駅で足止めを食っているだけならいいんですが……」

「どういうこと?」

私の背後から、少し遅れて栄子が顔を出す。

「ニュースを見てください。今、首都圏の交通網は完全に麻痺(まひ)しています。ターミナル駅には帰宅難民が溢(あふ)れていて、携帯の電波も繋がりにくくなっています。ここに来る途中も、幹線道路はぴくとも動かないような渋滞でした。バイクで裏道を使わなかったら、辿り着けませんでしたよ」

ひと先ず戸倉を家の中に招じ入れ、私たちはリビングに移動した。

「そういえば、先々週だったか、千明が駅から誰かにつけられているような気がすると言っていたことがあったな」

私は急にそのことを思い出した。

「僕も聞いています。心当たりが？」

戸倉が深刻な表情で問う。

警察に相談するなどしてちゃんと対処していたら良かったのかもしれないが、今からではもう遅い。

「千明ちゃんは、携帯を持って出掛けているんですよね」

「ええ、たぶん……」

曖昧な様子で栄子が答える。

「調べてみます」

そう言って戸倉はポケットからスマートフォンを取り出した。

「どうするつもりだ」

栄子と一緒に戸倉の背後から画面を覗き込みながら、私は言う。

「最近、誰かに後をつけられたり監視されているような気がすると千明ちゃんが不安がっていたので、何かあった時のために、二人で相談してスマホのＧＰＳ機能で現在位置がわかるサービスに登録してあるんです」

未だにガラケーを手放せない私には理解不能な操作をし、戸倉はたちまち、画面に地図を呼び出した。

「何だ、これは……」

戸倉が呟く。画面には、湾岸沿いの地図が表示されていた。その中央にある星形のアイコンが、目当ての携帯電話の現在位置だろう。

思わず私は、傍らにいる栄子の顔を見た。

栄子も同じことを思っているのか、困惑した顔をしている。

「この場所に何か覚えが？」

その空気を敏感に察し、戸倉が言った。

私は頷いた。

それは、かつて撮影中の火災事故があった場所。

取り壊される予定の、京葉合板工場の廃墟の位置だった。

その時、振動とともに、テーブルの隅に置いてあった私の携帯電話が鳴った。

手にして開くと、千明の携帯電話から発信されたメールだった。

慌てて私はそれを開く。

『ブラック・パンテルへ。千明は預かった。合板工場で待つ。マスクとスーツは手元にある筈だ。必ずその格好で来い。Baron Dracul』

メールにはそうあった。

「どうしたの。千明から？」

「いや……」

どう説明していいかわからず、私は携帯電話ごと栄子にそれを渡した。

「ブラック・パンテルって……」

栄子の隣から私の携帯を覗き込んでいる戸倉が、訝しげな声を上げる。

「参ったな」

どうして良いかわからず、私は力が抜けたように、どっかりとダイニングの椅子に座った。まるで悪夢でも見ているかのようだ。

「これはいったい……」

「そこは、事故のあった場所だ」

そう答えるだけで精一杯だった。

「事故って……」

「君もよく知っているだろう。ブラック・パンテルの撮影中にあった火災事故だ。東京湾岸の合板工場跡……」

　まったく話が見えないのか、戸倉は隣に立っている栄子を見た。

　栄子も深刻な表情で頷く。

「でも、何で……」

「二ノ宮さんが呼んでいるとしか思えない。新聞に載っていた、撮影に使われていた工場跡の取り壊しの記事。それと前後して現れた、失くした筈のパンテルのマスクとスーツ。新幹線の車内で会った男。そして……」

　私は立ち上がり、リビングを横切って庭に面したサッシを開いた。

　やっぱりだ。

　先ほど、庭に降りた時には見当たらなかった、赤い色をした天体が、月と並んで夜空に浮かび上がっている。

「千明が行方不明になると同時に現れた、謎の小惑星……」

「あっ……」

　戸倉が声を上げる。やっと気がついたようだ。

「そっくりです。ブラック・パンテルが……打ち切りになる直前の展開に……」

「そのとおりだ。二ノ宮さんは、あの物語を終わらせたがっている」

　サッシを閉め、私はカーテンを横に引いた。

あまりにも現実離れしていて、夜空に浮かぶ赤い天体を見るのが恐ろしかった。

「でも何で、須藤さんなんですか。何で須藤さんが、その役を担わされなきゃならないんです？」

「それは、私がブラック・パンテルだからだよ」

「えっ、何を……」

言いかけたまま、戸倉は言葉を失ってしまった。

改めて、私の顔をじっくりと見つめる戸倉の顔が、みるみる驚愕の表情に変わる。

「須藤さん……まさか」

「ああ。お察しのとおりだ。若い頃に比べたら、ずいぶんと太ったし、様変わりしてしまったけどね……」

「黒田……マモルさん……ああ……」

感極まったような声を上げ、戸倉は膝の力が抜けてしまったのか、その場に跪(ひざまず)いた。

「栄子、行ってくるよ。二ノ宮さんが私を呼んでいる」

「わかってるわ」

栄子が頷く。

「用意してくれ」

私がそう言うと、栄子はリビングを出て二階へと上がって行った。

点けっぱなしのテレビが、小惑星が地球に最も接近すると思われる時間は、最新の計算では明日午前八時五十八分と伝えている。

――ずいぶんと急がせるじゃないか、二ノ宮さん。

私は苦笑を浮かべた。タイムリミットまで十時間を切っている。

テレビは視聴者に向かって、落ち着いた行動をと伝えているが、これではパニックを煽(あお)っているようなものだ。

「須藤さん」

気持ちを切り替えたのか、力強く戸倉が立ち上がり、声を発した。

「何だ」

「さっきも言いましたが、突然現れた謎の小惑星のせいで、今、幹線道路は避難する車で大渋滞です。公共交通機関も麻痺しています」

私は頷いた。さて、どうしたものか。

「手伝わせてください。バイクなら、たぶん一時間足らずで辿り着けると思います」

「わかった。お願いするよ」

戸倉が興奮しているのが、口調から伝わってくる。

パンテルのマスクとスーツ、そしてグローブやブーツなど、一式を抱えた栄子がリビングに戻ってきた。

「千明をお願いします。あなた」

そう言って栄子は、私にそれを手渡した。

「着替えるから、二人とも出て行ってくれないか」

私の言葉に、栄子と戸倉は連れ立ってリビングを出て行った。

「パンテルよ、私に力を貸してくれ」

一人になった私は、手にしたブラック・パンテルのマスクにそう語りかけると、頭から被って後頭部の紐を締めた。

6

「着きましたよ、須藤さん」

錆び付いたゲートで閉ざされた廃工場の入口に、後輪を滑らせてバイクを止めると、戸倉は後部シートに座っている私にそう言った。

バイクから降りると、私は周囲の様子を窺った。海から吹いてくる、潮の香りがする風のせいで、ひどく肌寒い。

「開けましょう」

戸倉はそう言うと、バイクのヘッドライトをゲートの脇にある小さな建物に向けた。

妙なテンションと勢いで家を出てきてしまったため、パンテルのスーツの上にコートやジャンパーを羽織るのも忘れていた。お構いなしにバイクを飛ばす戸倉のせいで、風に当たってすっかり体は冷え切っていた。

こんな季節外れに風邪など引いたら、月曜からの仕事に支障があるな、などと一瞬思ったが、私は強く頭を振って、そのような考えを振り払った。

今はそれどころではない。

戸倉と協力してゲートを開き、工場の敷地に足を踏み入れる。

肩を並べて人気のない工場の中央道路を歩きながら、私は戸倉に声を掛けた。

「娘は……千明は、私のこの姿を見たらどう思うかな?」

「まだそんなことを気にしているんですか、須藤さん」

戸倉が言った。暗いのでどんな表情をしているのかはわからない。

「その格好で来いと向こうが言っているんです。もういちいち気にしない方がいいですよ」

「そうだな。うん。そのとおりだ」

私は頷いた。

戸倉から借りたハーフメットは着用していたものの、マスクをつけたまま出てきてしまったため、この工場跡に辿り着くまでに、二度も渋滞の整理誘導をしている交機にバイクを止められた。

何も違反はしていない、急いでいるんだから行かせろと警官に抗議する戸倉と、苛々した調子で、この緊急事態に、紛らわしいからふざけた格好でバイクに乗るなと声を荒らげる警官の板挟みになり、到着するまでに、すっかり私の気持ちはへこんでいた。

合板工場は静まりかえっており、人の気配はない。

夜空を見上げれば、更に接近しているのか、赤い天体はいよいよ大きさを増しており、家を出る時は月よりも小さかったものが、今は逆に大きくなっている。

この場所に来るのは、あの火災事故の日以来だった。

倉庫や工場などの、見覚えのある大きな建物がいくつも並んでいる。海に面して、荷揚げの船着き場とクレーンがあった。いずれも、もう何十年も稼働していない、飾りのような設備だ。

周囲に常夜灯のようなものはなく、闇は予想していた以上に深かった。月明かりと、小惑星の輝きが、朧気(おぼろげ)に辺りを照らしているだけだ。

その奥まった一角に、私の悪夢に何度も登場した、あの工場跡があった。

敷地内にいくつもある、同じ規模の大きさの工場跡とは、様相がまるで違う。屋根を支える柱や梁の鉄骨はひしゃげており、残っている壁や、コンクリートの床のところどころには、黒々と焼け焦げた跡が、今も残っていた。

私が役者を廃業し、建築会社に勤め始め、栄子と結婚し、千明を授かり、ささやかな幸せを手に入れた、その何十年かの間も、この廃墟は、ずっと変わることなくあの日の姿を晒したまま残っていたのだ。

「どうします」

「とにかく、千明を捜そう」

戸倉に向かってそう言い、私は頷いた。

持参してきた懐中電灯を取り出してスイッチを入れ、戸倉が辺りを照らす。

ブラック・パンテルなら、マスクに暗視スコープと熱感センサーがついている筈なのだが、生憎、そういうわけにもいかない。

崩れた壁の隙間を選び、まず先に戸倉が、そして私が中に足を踏み入れた。

「すごいですね」

見上げると、天井が崩落した跡はそのままで、屋根を支える梁の鉄骨だけが残っている。まるで巨大生物の肋骨のようだ。

潮風で錆び付いたダクトや工場の機械、その間を縦横無尽に走る通路のキャットウォークなどは、殆どそのまま残っている。

割れたタイルなどの瓦礫が散乱する床を踏みしき、戸倉と私は辺りを探りながら歩いて行く。サーチライトのように施設の内部を照らす戸倉の懐中電灯の光に、一瞬、人影のようなものが映った。

「誰だっ」

戸倉にも見えたようで、そちらに向かって鋭い怒鳴り声を上げる。

また別の場所で物音がした。

私は振り向く。一瞬遅れて、戸倉の手にする懐中電灯が、その方向を照らした。

近い。

目の前、四、五メートルの距離に、全身を黒いタイツのようなもので包んだ男が立っていた。顔の辺りには、白と黒のツートンカラーで、髑髏（どくろ）を模したようなデザインの模様が描かれている。

その手には、星形の手裏剣が握られていた。

男は躊躇なく腕を振りかぶり、それを投げつけてきた。

私は横に飛び退いて転がり、それを避けた。戸倉も床に伏せたのか、懐中電灯の明かりが乱れ、天井や壁など、見当違いの方向を照らす。

手裏剣が風を切る音がし、剝（む）き出しの鉄骨に当たって小さな火花を散らした。

暗闇の中を動く男のシルエットが、サーモセンサーでも見ているかのように虹色に浮かび上がり、私の網膜に映ったような気がした。

そんなわけはないのだが、考えるよりも先に、私はそちらに向かって飛び出していた。

離れようとする男の腕を摑み、振り向いたところに肘を叩き込む。

男が仰け反って倒れ、コンクリートの床に開いたピットの穴に落ちた。底に雨水でも溜まっていたのか、暗闇の中に水飛沫が上がる音が響く。

「大丈夫ですかっ」

懐中電灯を手にした戸倉が駆けてくる。

自分でも驚くほど、体が軽く感じられた。手足が自由に動く。

何か特別な力が、体に漲っているような気がした。

「今のは……」

戸倉の言葉に私は頷く。

それは組織の下級戦闘員の衣装だった。無論、あの火災の日にも、それを演じていた者が、衣装を身に着けたまま、何人か死亡している。

「気を抜くな。相手は本気だぞ」

心なしか、声も若返っているような気がした。

戸倉が頷くと同時に、その背後で爆発音がした。

巨大な花が開くかの如く、赤い炎が爆風とともに広がるのが、まるでスローモーションを見るように私の目に映った。

これは……。

あの日とまったく同じだった。

用意されていた爆破シーン撮影用の火薬とガソリンが、原因不明の発火をし、撮影中に突然、爆発を起こした。

午前中から始まった撮影は、押しに押して天辺を回り、誰もが疲れて苛々していた。夜が明けるまでに、予定されていたシーンを全て撮り終えなければならず、シリーズも後半にきて、殆ど撮って出しのような過密スケジュールで進行していたから、安全などに関する注意が杜撰になっていた。

その時と同じ光景が、今、私の目の前で再び起こったのだ。

「戸倉くん！」

私は戸倉の傍らに駆け寄り、抱え起こそうとしたが、動かなかった。

見ると、戸倉の脚の上に、爆風で崩れてきた資材が折り重なり、脚が挟まっている。

周囲に炎が広がりつつあった。私は必死になって戸倉を引っ張り出そうとしたが、びくともしない。

私は強い既視感に襲われた。あの日と同じ状況だった。体の自由を奪われているのが、二ノ宮か戸倉かという違いだけだ。

「須藤さん……」

呻き声とともに、不意に戸倉が声を出した。

余った力を振り絞るように、少し離れた場所を指差す。

私はそちらを見た。

「千明！」

そこには、体をロープでぐるぐる巻きに縛られ、猿ぐつわを嚙まされた千明がいた。

身動きが取れないのか、頻りに体をくねらせている。

その傍らに、見覚えのある男が立っていた。

黒いレザーのトレンチコートを羽織っていて、ソフト帽を目深に被っている。闇の色をしたサングラスを着け、顔を隠すように首周りに何重にもマフラーを巻いていた。

炎が渦巻く中、コートのポケットに手を突っ込んで、足元の千明を見下ろしている。

「二ノ宮さん……」

それは、紛う方なき二ノ宮の姿だった。

亡くなった当時の年齢から、少しも歳を取っていない。

栄子と三人で、あの新宿のバーで飲んだり語り合ったりした時と変わらぬ、若いままの二ノ宮。今となっては、私の方が遥かに歳を取り、衰えてしまった。

「さあ、どっちを先に助ける？　パンテル」

そう言って、二ノ宮はまず、首周りのマフラーを外してふわりと床に放り捨て、顔を隠しているサングラスを外して私の方を見た。

私は狼狽えた。

顔の半分は黒く焼け焦げて爛れ、眼球は焼失し、骨が覗いていた。

きっと二ノ宮は、身動きできぬまま、炎の燃え盛る工場跡で、じりじりと体を焼かれて死んでいったのだろう。二ノ宮だけではない。あの事故で亡くなったうちの何人かは、焼け焦げた遺体となって発見されたと、葬儀の時に聞いた。

私は立ち上がり、真っ直ぐ二ノ宮に対峙した。

「今度こそ、二人とも助けてみせる」

そのためには、まず二ノ宮演じるドラクル男爵を倒さなければならない。

炎は徐々に勢いを増してきている。時間はあまりないように感じられた。

私は足を半身に開き、堅く握った拳の片方で顎を守り、もう片方の手を前に出して低く構えた。

ドラクルも、大きく腕を両側に開いて構える。

左右の手に三本ずつ、得意の投げナイフが指と指の間に挟まれている。

私はドラクルから見て左側に、じりじりと回り込む。

ドラクルは左利き。円を描くように利き腕の方向に回り込めば、逆側に回るよりも狙いは定めにくく、ナイフも振りかぶりにくい筈だ。その場合、右手のナイフは、却って邪魔になる。

それは、最終回前の特訓で、栄子が演じていた「千明」の、何気ない言葉から得たヒントだった。

いかにドラクルが投げナイフの名手だとしても、これならほんの少しの隙が生じる。台本上では、パンテルはそこに僅かな勝機を見出し、ドラクルを倒すことになっていた。

「今のこの幸せを手に入れるため、私はたくさんのものを捨ててきました」

こちらが先に動けば、確実にナイフの的になる。ドラクルがいつ動くかはわからない。相手の集中力を逸らすため、パンテルはドラクルに話し掛ける。どんな科白だったかは忘れたが、私は演じられる予定だった勝負の展開に合わせ、思いつくままに言葉を発した。

「捨てたものの数だけ、違った未来があり、違った人生があった筈なんだ」

「後悔しているのか」

こちらの隙を窺いながら、同じくじりじりと体の向きを変え、ドラクルが言う。

「いえ。きっとどの道を選んでいても、それぞれに間違ってはいないんです。ただ、人は悔やむんですよ。あの時、ああしていれば、きっと違う自分であったのではないかとね。そんな思いを巡らせるんです」

私は足を止めた。

炎が邪魔をして、もうこれ以上は回り込めない。

「須藤――」

ドラクルの手が動いた。

「違いますよ」

私も素早く足を踏み込む。

「今はブラック・パンテルです」

立ち位置のため、やはりドラクルは利き腕ではない右手のナイフを先に放ってきた。

一列になって飛んできたナイフを、私は自分の前腕を盾にして受け止めた。

三本のナイフが、深々と私の前腕の骨の間に突き刺さる。

アドレナリンが噴出しているのか、痛みは感じなかった。

続けてドラクルは左手の指の間に狭んだナイフを放とうと構え直したが、こちらが一瞬速かった。

私は跳躍し、ドラクルの顎に、下から飛び膝蹴りを叩き込んだ。

ソフト帽が飛び、構えていたナイフを取り落として、ドラクルがコンクリートの土間の上に崩れ落ちる。

すぐさま私は、ドラクルの上に馬乗りになり、止めを刺すために、強く握った拳を振り上げた。

まるで時が止まったかのように感じた。

ドラクルの体が、燐(りん)のような光を発し始める。

そのまま、私が掴んでいる黒いレザーのコートをすり抜け、形を失った二ノ宮の体が、合板工場の廃墟の天井に昇って行った。

「二ノ宮さん」

そこには、もうかなりの距離まで迫った小惑星が浮かんでいた。

空を覆い尽くさんばかりに赤く輝いている。

まるでそれを迎撃するかのように、緑色に輝く二ノ宮の体が接触し、一瞬、視界が真っ白になった。

思わず私は顔の前に手を翳(かざ)して瞼を閉じた。

次に目を開いた時、周囲には何事もなかったような静寂が訪れていた。

夜空はすっかり晴れており、星が浮かび、月が輝いている。

辺りで燃え盛っていた炎は消えており、煙すら上がっていなかった。

目の端に、もがいている千明の姿が映った。

私はその傍らに駆け寄り、口に嚙まされている猿ぐつわを取った。

「千明、大丈夫か！」

「お父さん？　何でそんな格好してるの」

せっかくマスクで顔を隠しているのに、声で一発バレした。

「な、何のことだ。人違いじゃないかな」

わざとらしく声色を変えて、私はとぼける。

その時、背後で、がらがらと音がした。

私は振り向く。戸倉が自力で資材の間から這い出してきたところだった。

縛られたままの千明を置いて、私はそちらに駆け寄った。

立ち上がろうとする戸倉に手を貸し、抱え起こす。

「怪我は？」

「大丈夫です。脚が挟まっていただけですから……」

「じゃあ、バイクの運転はできるな？」

私がそう言うと、戸倉は頷いた。

「だったら、千明を乗せて先に家に帰っていてくれ」

小声で私は戸倉に言う。

「須藤さんは？」

「空気を読め。そっちの名前で呼ぶな。千明が聞いているんだぞ」

戸倉の鼻面を指差し、念押しするように私は言った。

「ねえ、二人とも、何の相談してるのよ！　これ、早く解いてよ！」

もがきながら千明が言う。

「後は任せたぞ」

私はそう言って戸倉の肩を軽く叩くと、体を翻した。

「ブラック・パンテルさん！」

戸倉が呼び止めようとしたが、私は耳を貸さず、まだ夜も明けぬ廃工場から逃げるように飛び出した。

7

その後は散々だった。

家を出てくる時に、パンテルのマスクと衣装以外は、財布や携帯電話すら持たずに、戸倉のバイクの後部シートに乗って飛び出してきたことを忘れていた。

千明を送り届けた後、きっと戸倉がそのことを思い出して迎えに来てくれるだろうと、膝を抱えて座ったまま、まんじりともせず夜が明けるまで廃工場で待っていたが、やってきたのは戸倉ではなく、合板工場の解体工事に来た業者と作業員たちだった。

私は特殊な趣味の変質者に間違われ、不法侵入で警察を呼ばれそうになったが、平謝りに謝って許してもらった。工事を担当する現場監督も、初日から警察沙汰で作業日程が遅れるのは避けたかったようで、それが幸いした。同業者としてその気持ちはよくわかる。

パンテルの衣装のまま廃工場を放り出された私は、仕方なく家までの、徒歩では三時間以上ある道のりを歩いて帰ることにした。

朝の爽やかな日射しの中、道行く人たちの視線が痛くて、私は外していたパンテルのマスクを、顔を隠すために再び被った。

昨晩の小惑星の衝突騒ぎなど、まるでなかったかのように道を行き交う人々の間を、私は歩いて行く。

私の格好を見て、道を空けたり視線を逸らせる人、囃(はや)し立ててくる小学生、指差してきたり、くすくす笑ったりする若者もいたが、歩いているうちに、私は何だかこの人たちの平和を守ったかのような、誇らしい気分になってきた。

途中、道に落ちていた号外で、昨夜遅く、地球に接近していた小惑星の軌道が大幅に逸れ、衝突が回避されたことを知った。たぶん、一年もすれば、そんなことがあったことすら、人々の記憶からは忘れ去られているのだろう。

歩きながら、私は考える。家までの道のりは遠く、時間は十分過ぎるくらいにあった。

二ノ宮はきっと、私に恨みがあってあんなことをしたんじゃない。

合板工場の跡が取り壊され、魂がこの世から去ってしまう前に、私にブラック・パンテルを演じていた頃のような気持ちを、取り戻させてくれたのに違いない。

そう思うことにした。

この気持ちさえ忘れなければ、私はこの先、何があっても生きていくことができる。

家に辿り着く頃には、足が棒のようになっていた。

疲労も酷く、体の節々が痛み、特に左の前腕の痛みが強かった。念のため確かめてみたが、ナイフの傷跡はなく、そのかわりに赤紫色の痣（あざ）が三つ、できていた。

家の前には戸倉のバイクが停めてあった。無事、千明は家に送り届けられ、私が困っているであろうことは、誰にも顧みられていないようだった。

玄関の前で足を止め、私は我が家を見上げる。

私はもうブラック・パンテルではないが、守るべきものは、ちゃんとここにある。

そう考え、私はチャイムを押した。

「ただいま」

パンテルのマスクにスーツを着て玄関に立つ私に、千明は呆れた表情を浮かべ、栄子は目に涙を滲ませ、戸倉は感極まったような顔を見せた。

「ごめんなさい、あなた。千明に私やあなたの昔のこと、全部教えちゃった」

「もういいよ。うん。もう色んな意味でどうでもいい」

私は疲れていた。今はゆっくりと風呂に浸かり、泥のように眠りたい。

そのことを栄子に伝えると、すぐに入れるから浴室へ、と言われた。

「パンテルさん……」

「須藤でいいよ。あと、迎えに来いよな」

マスク越しに文句を言い、私はブーツを脱いで玄関を上がった。

「お父さん」

戸倉の傍らに立つ千明が、私に声を掛ける。

「お父さんとお母さんの若い頃の話、もっと知りたいな」

「わかったわかった。後にしてくれ」

そう言って手を振り、裸足で浴室に向かう。

「ああ、そうだ」

浴室の扉に手を掛け、私は戸倉の方を振り向く。

「この衣装、欲しいんだったらやるよ」

ブラック・パンテルのマスクと衣装が、現れた時と同じように忽然（こつぜん）と姿を消したのは、私が風呂に浸かって体の汚れと疲れを落としている間だった。

幕間（二）

『お父さん、今日の食事会は、来週に延期しよう』

最近、持ち始めたスマホに、娘の千明から、そんなメッセージが入っていた。オフィスの窓の外を見ると、雪がちらつき始めている。これから明日未明にかけて、観測史上最大級の大雪が首都圏を襲うという予報が出ていた。

私こと須藤秀臣は、無事、中部地方のN市で行われていた大規模橋梁工事の仕事を終え、年明けから新宿にある本社勤務に戻っていた。

食事会は、娘の彼氏である戸倉くんが発案してくれたものだった。私の本社への帰任と、今年の春、大学を卒業する千明の就職の内定祝いを兼ねてのものだ。

残念だったが、確かにこれは延期した方が良さそうな天候だった。部下たちは先に帰し、自分が最後まで残っていたが、つい先ほどの午後四時頃、二十三区に大雪警報が発令された。早く帰らないと、大変なことになりそうだ。

私は千明からのメッセージに返信すると、スーツの上から厚手のコートを羽織り、会社を出た。

身震いしながら空を見上げると、雪雲が新宿を暗く覆い始めていた。

ダイヤモンド
ダスト

安生 正

安生 正　あんじょう・ただし

1958年、京都府生まれ。第11回『このミステリーがすごい！』大賞を受賞し、『生存者ゼロ』にて2013年デビュー。『ゼロの迎撃』『ゼロの激震』と続く〈ゼロ〉シリーズは100万部を超えるベストセラーに。他の著書に、『Tの衝撃』『レッドリスト』『東京クライシス　内閣府企画官　文月祐美』など。

第一章

二月五日　東京都　新宿区西新宿

西口の地下ロータリーをまわり込みながら、明神(みょうじん)は空を見上げた。

「こんな大雪、見たことがない」

とんでもない速さで北へ流れる雪雲に、高層ビル群の上半分がすっぽりと覆われ、きらびやかな都会の灯(あか)りに、粉雪がイナゴの大群のごとく浮かび上がる。

凍(い)てつく寒風が頬(ほお)を叩(たた)き、手袋をはめていない指先が針で刺されるように痛んだ。

「明神。これは、さすがにまずいな」

並んで歩く奥脇(おくわき)がコートの後襟を立てた。

二人が勤務するのは、西新宿の高層ビル群に本社をかまえる新宿メディックスだ。

明神と奥脇は同期入社の間柄だった。医療機器をあつかう第二営業部、係長の奥脇と主任の明神は、明日の経営会議で配布する資料を作成し終えて、ようやく新宿駅に到着した。

時刻は午後十一時をまわっている。

普段なら終電には余裕のある時間だ。ところが記録的な大雪で、都心のあらゆる交通機関が止まり、帰宅難民で駅構内や周辺は騒然としていた。

ＪＲ新宿駅の西口改札や丸ノ内線、京王線、そして小田急線へつながる西口地下広場は人、人、人の波、足どめをくらった人々でごった返している。ＪＲ新宿駅に向かう東西の動線と、丸ノ内線と京王線や小田急線を結ぶ南北の動線が交差するからだ。目の前で、ＪＲ改札から延びる人の列を別の人々が横断しようとしていた。そのたびに人だまりができて「肩が触れた」「触れない」で小競り合いが起きている。

普段でさえ混雑する西口改札前は今、大規模なデモ隊が衝突したような騒ぎになっていた。

夕方の四時ごろだったと思う。二十三区に大雪警報が発令されたため、会社が早めの帰宅命令を出した。にもかかわらず、二人は片桐（かたぎり）部長から会議資料修正の残業を命じられた。明日の経営会議で、その内容を片桐部長が役員連中へ説明するためだ。上層部へのアピールにはやる部長が文言、図表など、資料の見映えにこだわったため、こんな時間になってしまった。

「電車に遅れが出たら、タクシーで帰っていいぞ」という部長の言葉に事態を甘く考えていたら、積雪のせいで新宿の街からタクシーは消えていた。

もちろん、社を出る前に新宿界隈（かいわい）のホテルに当たってはいた。ところが、どこも満室で、結局、二人は改札口でＪＲの運行再開を待つはめになった。

「まさかこんなことになるとはな」

《運転見合わせ中》の表示が出た電光掲示板を見上げながら、奥脇が舌打ちした。

「このままだと、明日はここから出社だな」

「馬鹿いえ。こんな吹きさらしで夜を越せるか。南口へまわって暖を取れる場所を探すぞ」

明神の冗談に奥脇が見慣れた仏頂面を浮かべる。彼の短気は今に始まったことではない。

明神は黙って奥脇に従うことにした。

二人は、南口へ続く小田急エースの地下街を、人をかきわけながら歩き始めた。

地下道の両側に並ぶ飲食店は、すでにどの店もシャッターを下ろしていた。途中、小田急エースが京王モールと呼び名を変える四つ角で、京王線の運転再開を待つ行列が通路を完全に遮断していた。「すみません。通ります。通してください」と行列をすり抜けたものの、その先の京王モールも人で溢（あふ）れていた。通路の両側に座り込む人のせいで、道幅は二メートルほどしか残されていない。まるで、田んぼのあぜ道を歩くようなものだった。

何とか南口にたどり着いた二人は、京王新線の改札の手前を左に折れて、ルミネ１

の地下二階から階段で地下一階、さらに一階へ上がる。

　西口地下広場よりはましだったが、それでもぞくぞくと人が集まり始めていた。JRの南口コンコースは、明神たちの場所から階段でルミネ1の二階へ上がった先だ。しかし、コンコースのフロアは吹きさらしになる。この気温ではたまったものではない。

　幸いにも、一階のエレベーター前に二人分のスペースが残されていた。

「明神、お前はこの場所を押さえておいてくれ。俺は何か食い物を調達してくるわ」

　不機嫌なまま歩き始めた奥脇の背中に「じゃあ、俺はもう一度ホテルを当たってみよう」と明神は声をかけた。

　床に腰を下ろし、手提げ鞄で奥脇の場所を確保した明神は、ホテルとタクシー会社へ片っ端から電話をかけ始めた。もしかしたら、という思いがあった。ところが、どの相手も話し中で、まったく電話がつながらない。何度かけ直しても同じだった。

　そうこうするうちに、人ごみの向こうから奥脇が戻ってきた。

　口がへの字に曲がっている。

「どこも売り切れだってよ」

「お疲れ。まあ、座れ」

　鞄を脇に寄せた明神は、奥脇に場所を空けてやった。

よいしょ、と腰を下ろした奥脇が、ふてくされて口を開いた。

「部長もいい気なもんだ。指示だけ出して、自分はさっさと定刻に帰宅しやがって」

「残業するのは効率が悪いからだ。部長の口癖じゃないか」

「上の権限は下の服従が支えているのさ」

「この前、片岡（かたおか）に怒鳴っているのを見たか」

「いいや」

「片岡がちょっと電話に出るのが遅かっただけで、電話が鳴る前に出ろ、だってよ。あれでよく、社会の範たれ、なんてのたまうよな」

「上の気まぐれは下の忍耐ゆえだ」

「達観しているじゃないか」

「中間管理職の教養だよ」

奥脇が両手に息を吹きかけた。

明神は首をかしげてみせた。

「……奥脇よ、偉くなると、宮仕えの身は大変だね」

そこで会話が途切れた。

互いの職位が二人のあいだに横たわる。

奥脇は明神よりも早く係長に昇進していた。

正直なところ、ときどき、奥脇の要領の良さがうらやましくなることはある。

明神は部長に突っ込まれると、嘘も方便で適当にいなせばよいものを「できない。無理です」と答えてしまう。理想と現実が異なるのは当たり前だと思っているからだ。

かたや奥脇はハッタリもかませながら、上司を器用にさばいていく。得意先への食い込み方も絶妙で、営業成績も明神を圧倒していた。

組織で上に立つ者はチームをまとめ、結果を出さねばならない。知識と気力だけでは足りない。人望と指導力。異なる考えを持つ者をまとめるために、決して投げ出さない粘り強さと、ときには冷酷さも要求される。そのバランスが重要だ。

少なくとも自分に人を引っ張る能力はない。それが明神の自己評価だった。

「どうやら、こういうことらしい」

無言でスマホを操作していた奥脇がディスプレイを明神に向けた。

現在の気象情報だった。そこには、関東沖に馬鹿でかい低気圧があって、間隔の狭い等圧線が幾重にも南北に走っている天気図が表示されていた。

「爆弾低気圧だよ」

奥脇がいった。爆弾低気圧とは南岸低気圧とも呼ばれ、日本列島南岸を発達しながら東に進んでいく低気圧らしい。

「今年の冬は偏西風が南へ蛇行している影響で、二日前から爆弾低気圧が日本列島の太平洋岸を北上していたそうだ。ところが、その低気圧が太平洋上のブロッキング高気圧に行く手を阻まれているうちに、関東沖で急劇に発達したらしい」

そういえば去年の冬、明神も聞いたことがある。

そもそも、日本の東海上に寒気の東進を阻むブロッキング高気圧が発生すると、二つの問題が生じる。

一つは低気圧に向かって南から暖かい空気が流れ込み、日本近海で低気圧が発達することだ。この季節、北海道ではマイナス二十度まで下がり、沖縄は二十度近くある。つまり日本の南北の温度差は四十度となり、夏と比べてその温度差がはるかに大きくなるのだ。暖かい空気と冷たい空気が、日本列島の太平洋側でぶつかると、低気圧は猛烈に発達する。

二つ目は低気圧の動きが遅くなることだ。

気象庁の情報によれば、今回はもう一つ、悪い要素が加わった。

いつもは北極を中心にほぼ楕円（だえん）形に吹く偏西風が、今年は形を変え、東欧や日本へ向けて大きく蛇行している。その偏西風にシベリアから寒気が入り込み、日本の上空に居座ったところへ爆弾低気圧が北上してきたのだ。

「大雪、寒波、強風。これは大変なことになるぞ」

奥脇が眉間に皺（しわ）を寄せた。

ワンセグTVのニュースによれば、ついに東京二十三区に暴風雪警報が発令された。現在は風速二十メートル／秒、積雪は十五センチ。

関東地方のインフラ条件は、このありさまだ。

固定電話、携帯電話：携帯電話がつながりにくい状態が続いている。
メール・インターネット：全国的に使用可。
電力：東京都、埼玉、山梨、神奈川の各県で一部に停電が発生。
鉄道：都心はほとんどの路線が運休。
高速道路：関東地区の全線が通行止め。
一般道路：関東地方の山岳地方で全面通行止め。

都心では渋谷駅、池袋駅、東京駅、どこも悲劇的な状況だった。東日本大震災のときは、歩けば帰宅できた。今回は積雪のせいでそれも不可能になった。今夜、この街が想像以上の緊急事態に陥っていることは間違いない。

「明神、お前のことで話がある」

唐突に奥脇が切り出した。上から目線の口調だった。

「俺の話？」

「お前が、部長に異動を直訴した件だよ」

「どうしてお前が知っている」

「部長から聞いたよ」

何もこんなところで持ち出さなくとも。明神は沈黙で答えた。

「考え直せ。俺たちの歳になると、人事ってのは自分で決めないほうがいい。お前だってわかっているだろうが」

「俺は俺なりに、精一杯仕事に取り組んでいる。入社して二十年。そろそろ、自分の希望を伝えたって許されるころじゃないのか」

奥脇がしばらく言葉を選んでいた。

「誰だって、私は仕事を頑張ってます、というさ。しかし、見る人によって評価は異なる」

「俺の努力が足りないと」

「そう見る者がいてもおかしくないという話だ。それに営業が評価されるのは、あくまでも結果だよ」

やけにトゲのあるいい方だった。こんな場所で、しかも同期の奥脇からいわれたくなかった。

「上だってお前の人事は考えている。お前が異動するためには、異動先の誰かも動かねばならない。人事は玉突きだ、簡単じゃない。だからこそ自分の希望を通すということは、上の人事を断ることと同じなんだよ。部長が許すわけがない」

「東京にいたって仕方がない。九州に帰ろうと思っている」

「そんなに福岡支店へ異動したいのか」

「ああ。本社はお前のように優秀な社員がいる場所だ。俺は数字に追いまくられる日々に疲れたよ」

「向こうに行ってもそれは同じだ。安易に考えるな」

わかっているさ。だから……。今更、公務員試験という歳ではないが、本音では転職も考えていた。

「奥脇。お前、もしかして部長に俺の気を変えさせるように指示されたのか」

「これも係長の仕事なんだよ」

ずいぶんあっさりと認めるじゃないか。

ならば明神にだって意地はある。

「異動させられないというなら、首にすればいいじゃないか」

「素人かお前は。不祥事を起こすか、背任行為でもはたらかないかぎり、企業は社員を簡単に首になどできない」

「要するに部長は社内調整が面倒なだけか。お前もそれをわかって俺に話しているんだな。呆れるぞ」

「呆れるだと！　俺はお前の上司だぞ。上司が部下に意見するのは当然だ。それに俺がどれだけお前をフォローしてきたと思っているんだ」

奥脇がむきになった。

明神は薄ら笑いを浮かべてみせた。

「ありがたい話だね。しかし、別に頼んだわけじゃない」

「お前……」奥脇が、そういいかけたとき、突然、アナウンスが流れ始めた。

（各所でポイントが凍結し、信号機も故障したため、明日の始発まで列車の運行は見合わせます。何とぞご理解をお願いいたします）

駅に集まっていた乗客が一斉にざわつく。スマホを取り出して誰かに連絡を取る者、駅員に食ってかかる者、反応は様々だが、構内の平穏が吹き飛んだ。

氷水を浴びせられたように、二人も我に返った。

吐き出す白い息が風に流されていく。

太平洋側の鉄道は雪に弱い。昨年の大雪の際、《雪に強い》はずのＪＲ東日本の各線で相次いだ運休と遅延の原因を、同社は予想を上まわる積雪に加え、雪対策設備が手薄な関東圏で広く降雪があったためとした。ポイント切り替えが正常に作動するかなど、設備確認や除雪作業が追いつかず、山手線、新宿湘南ライナー、総武線、中央線は全線で運転を見合わせた。JR東日本によると、豪雪地域には融雪装置などを設置しているが、比較的雪の少ない関東圏では必ずしも備えられておらず、そこへ短時間に大雪が降ったことが理由の一つと説明した。

今回はそのときよりも状況が深刻だ。

「見てみろよ。新宿だぜ」

ため息をつきながら、奥脇がワンセグTVの画面を明神に向けた。

JR新宿駅の南口に人が溢れている。千人、いやそんな数では足りない。屋外の極寒に耐え切れなくなった帰宅難民が、駅構内や地下街へ殺到し始めている。新宿駅周辺には避難民を受け入れることが可能なオフィスビルは多数ある。しかし大半のビルはすでに終業して戸締まりを終えた。もはや手遅れだ。

ふと明神は、屋外が異常に静かなことに気づいた。こんな非常事態だというのに、クラクションやサイレンの音がまるで聞こえない。

殺気立った構内とは裏腹に、新宿でこんな静かな夜は初めてだった。

南口からなだれ込んでくる避難民がまわりに溢れる。

数人が「すみません。入れてください」と明神たちの横に割り込んできた。

どうみてもホームレスの連中だったが、へたに動くと場所を失うことになりかねない。

明神は奥脇の耳元に口を寄せた。

「これはただじゃすまんぞ」

「こんなところで面倒はご免だな」

奥脇が辺りを見まわす。

「ふけるか」

「お前、当てがあるのか」

明神は首を横に振ってみせた。

あるはずがない。

この場所を他人に取られたら二人の居場所はなくなる。ここで粘るしかない。

外では暴風雪が勢いを増していた。

ニュースでは、国交省が北陸地方整備局に除雪車などの応援を依頼しているらしいが、到着は明朝になるらしい。

都心が雪に埋もれて凍りついていく。

観測史上初の極渦（きょくか）に見舞われた東京、新宿駅に二人は取り残された。

第二章

JR新宿駅南口　ルミネ1　一階

午前〇時。

寒さに震えながら、ただ床に座っているだけの夜が更けていく。

五分おきに時計が気になる。時間が経つのを、やけに遅く感じた。

極寒の夜は長く、朝は遠い。

信じられないことに気温がマイナス十度を下まわった。駅の外では地吹雪が吹き荒れ、街中のすべてが凍り始めていた。

ビルの外壁や窓には雪の結晶が貼りつき、凍結した路面に雪が降り積もっていく。

もはや、緊急車両や救急隊も活動できない状況に陥っている。

看板、照明などの突起物や電線からは、無数のつららが風下に向かって伸びていく。

何千匹ものハリネズミが電線にぶら下がっているかのようだった。

ときおり、身を切る寒風が構内を吹き抜ける。明神たちだけでなく、周囲の人々も雪山でビバークする登山者のごとく身を寄せ合って凍えていた。

寒さと眠気、何より気まずさで、二人の会話も途切れていた。

「さっきの話だけどな」

今度は、明神から切り出した。

「社員のやる気を引き出すためにも、組織が最適な人事を考えるのは当然じゃないのか」

奥脇がちらりと視線を返した。

「組織は人が動かしている。だから、上司の意向で物事が決まる。所詮、下の者に上司を選ぶ権利はないんだよ。うまくやっていくしかない」

「理不尽な評価でも耐えろということか」

「上司は聖人じゃない。中には好き嫌いで部下を評価する者もいるさ。そんな上司に出会ったら耐えるしかない」

「だがな、個人事業主でないかぎり、人事は組織で見ている。ある社員に理不尽で不可解な評価が下されていれば組織は気づく」

我慢しろというのか、奥脇……。

「奥脇、お前は俺にとっては上司だ。お前はどう思っている」

「入社して二十年になる。同期の者が横並びで昇進していく年齢じゃない」

「答えをはぐらかすな。俺が九州に帰りたいことをどう思っている」

「じゃあ逆に聞かせてくれ。お前はなぜ九州に帰りたい？　さっき、こんな生活に疲れたといったが、忙しいのは昔からだ。営業とはそういう部署だ。お前が異動を考え始めたのは、俺の人事がきっかけじゃないのか」

明神は口をつぐんだ。図星だった。同じ部署で同期が管理職に昇進したということは、明神への評価は聞くまでもない。年度始めに同期の者へ設定目標を説明し、年度末に同期の者から業績評価を受ける不格好。明神は、羨み、諦め、そして焦りを、職場への不満にすり替えていた。

うつむいた奥脇がため息を一つ吐き出した。

「係長には係長の苦労がある。人事に不満を漏らす社員はお前だけじゃない。なんにでも否定的な考えを口にする奴。勝手に自分はここまでと線を引いている奴。いつまで経っても自分で決められない奴。そんな連中まで背負わされている俺の気持ちにもなってくれ。わかるだろ？　仕事だからだよ。単なる人助けならまっぴらご免だぜ」

突然、南口コンコースが騒がしくなった。

普段は終電が過ぎると入り口のシャッターは下ろされるが、今夜は一人でも多くの避難民を受け入れるために、開放されたままになっている。

「駅に入れろ。俺たちを殺すつもりか」

怒声が重なり合った。

外に取り残された群衆と、すでに構内へ避難していた群衆とのあいだで騒動が起き始めた。

外の群衆は、いつのまにか数千人に膨れあがっている。

押し合う人々。

再び怒号が飛び交う。

構外から何かが構内に投げ入れられた。

「やめろ」

「何やってんだ！」

「ふざけるな！」

「駅はお前たちだけの場所じゃない！」

押し込まれる避難民と押し込む群衆。

苛立ち（いらだ）と怒りに駆り立てられた人々の群れがぶつかり合って、うねりとなっていく。

もはや生死をかけた争いになっていた。

最寒月平均気温がマイナス三度以上かつ十八度未満、最暖月平均気温が十度以上と定義される温帯地方の日本で、しかも首都の東京で凍死の恐怖が現実のものとなった。

明神たちのまわりでも、ある者はコートの前襟をすぼめ、ある者は両手をポケットに突っ込んだまま、不安げにコンコースの騒動を見つめている。

ようやく、鉄道警察隊や駅員がコンコースに駆けつけた。

「落ちついて。落ちついてください！」

警官が拡声器で呼びかけながら、興奮する群衆をなだめようとするが、もはや手遅れだった。

「俺たちも中に入れろ」「平等にあつかえ」「女性や子供もいるんだぞ」

どこかで、物の壊れる音が連続する。

そして女性の悲鳴。

騒乱とは、まさにこのことだった。

明神は視線を逸らせた。人の醜さを見たくはない。

そのとき、奥脇の内ポケットでメールの着信音が響いた。スマホを取り出した奥脇がメールを一読すると、ディスプレイを明神に向けた。本社に残っていた同僚からだった。

(会社のロビーで避難民を受け入れている。空調も動いているので、凍えないですむ。ただ、すでに大勢の避難民が集まり始めているから、戻るなら早い方がよい)

「朝まで電車は動かないんだ。本社までの距離は大したことない。ここにいるよりましだ。本社のロビーが満杯になる前に戻ろう」

奥脇が即断した。

「この雪と風の中を歩くのか。せっかく場所が取れているんだから、ここにいた方が安全じゃないか」

明神は、正直、躊躇（ちゅうちょ）した。

「ここにいたら騒動に巻き込まれるぞ」

「本社までの途中だってどうなっているかわからない。もし地下道が歩けない状況だったら、ここへ戻ってきても場所はないぞ」

「いざとなったら地上を歩くさ」

「馬鹿をいうな」

すでに積雪は十五センチを超えている。さらに、強風と低温。とても外を歩ける状態ではない。それは、避難民が駅に押し寄せていることからしても明らかだった。

「この気温と風で、下手に外へ出たら死ぬぞ」

「本社までは、たかだか五、六百メートルだ。いくら寒いとはいえ、歩ける距離だ」

声を潜めた奥脇が明神に顔を寄せた。

「今夜は駅のシャッターは下ろせまい。この天候が続くなら、避難民の数がどんどん増えるぞ。もうすぐ、この辺りまで人がなだれ込んでくる。そうなったら殴る、蹴る、の騒動になる」

「しかし……」

「ここの連中は他に避難する場所はないが、俺たちにはある。それを活かさないでどうする」

「それは本社までたどり着けたらの話だろうが」

「大きな声を出すな。まわりに気づかれたら、ついてくるぞ。それに早く戻らないと本社の扉が閉まってしまう」

「危険すぎる」

「ぐずぐずいわずについてこい」

奥脇が拳で明神の肩をポンと突いた。

すでに南口のコンコースが人で溢れ返り、あちらこちらでいざこざが発生している。迷ったあげく、明神は渋々、立ち上がった。

猛吹雪と酷寒の街中を本社ビルまで戻るために、二人はその場を離れた。その途端、別の者がこれ幸いとばかりに押し寄せて、明神たちがいたスペースを奪い合う。

「見ろよ。あれが人の本性だ。避難民の忍耐もすぐに限界がくる。そうなれば何が起こるか、お前だってわかるだろう。極限状態に置かれた人とは醜いものだ」

奥脇が吐き捨てた。

「機動隊か警察が鎮圧に出動するかもしれない」

「無理だな。スタッドレスにしても、チェーンにしても、これだけの雪にたいする装備をすぐには準備できまい。それに、混乱は新宿だけじゃないはずだ」

奥脇のいうとおりかもしれない。過去の自然災害でも、機動隊や自衛隊が投入されたのは、問題が発生してから半日以上経ってからだった。

確実なことは、ルミネ1の中に、もはや二人が戻る場所はなくなったということだ。

所狭しと床に座り込む避難民のあいだをすり抜けながら、二人は地下道へ続くエスカレーターまでたどり着いた。

階段にも、停止したエスカレーターにも、ひな壇状に人々が座り込み、その列は地下まで続いている。どこも帰宅難民で身動きできない状況だった。

その先に続く地下道が人で溢れているのは間違いない。

どうやら、本社までは地上を行くしかなさそうだ。

二人はルミネ1の小滝橋通りに面した出口へ移動した。ここもシャッターは開いたままだ。

「これはいったい……」

外の様子を覗いた明神は思わず声を上げた。

着雪で電線が切れたらしい。西口の駅前一帯が停電していた。

暴風雪が通りを吹き抜け、凍りついた街が闇に包まれていた。

一瞬、足がすくむ思いにとらわれた。

「奥脇。俺はこれと同じ光景を写真で見たことがある。たしか、シカゴだった気がする」

二〇一四年、アメリカの中部から東部一帯を極寒の北極気団が覆い、各地で記録的な寒さとなった。《極渦》と呼ばれる気象パターンの移動により、米国各地で急激に気温が低下し、二十年来の最低気温を記録したのだ。

モンタナ州カマータウンでは体感温度で史上最低となるマイナス五十三度を記録。これは南極で記録された体感温度マイナス三十四度をも大幅に下まわる。

シカゴで摂氏マイナス十七度、デトロイトでマイナス十八度といったように、主要都市は氷点下の厳しい冷え込みとなり、各地で外出が困難な状況や学校の休校が相次いだそうだ。

風冷警報を発令した各自治体は、住民らに屋内にとどまるよう警戒を呼びかけた。

シベリアのような寒気に日常の物が触れると、どのような現象が起こるか。あらゆるものが凍った写真が話題を呼んだ。

沸騰したお湯をまき散らせば、瞬時に《雪》へ変わる。噴水は水を噴き出した状態のまま凍った。道路標識は氷柱に変わった。水のペットボトルが数秒で凍る。

それと同じことが目の前で起こっていた。

乗り捨てられた車は、氷の窓のおかげで《二重窓》になっている。

車体すべてが氷結したトラックは、まるで雪まつりのモニュメントだった。

「外を歩いているときは、低体温症に気をつけないとな」

二人とも、商売柄、医療に関してはそれなりに詳しい。

奥脇が額を指先でついた。

「直腸温などの中心体温が三十五度以下になった状態を低体温症というはずだ。寒冷にさらされると、末梢細動脈が収縮し皮膚血流を低下させて熱の放散を抑えるとともに、震えなどの発熱反応が起こる。ところが体温が三十度以下になると、震えすら起こらなくなり、加速度的に体温は低下し続ける」

「まさに、今の状況じゃないか」

明神は不安を抑え切れなくなった。

この気象条件の中に出ていく準備など皆無だ。二人は革靴を履き、スーツの上にコートを羽織っているだけだ。

「奥脇。一つたしかめたい。この恰好で、本当に地上を行く覚悟はあるんだろうな」

「弱音を吐くな。それに、もう戻る場所はない。行くしかない」

「俺たちには冬山の経験もない。ここでの判断は営業の判断とは違うぞ。あと数時間で夜が明ける。俺は駅に残るべきだと思う」

「なら、勤務地を選ぶように自分の運命を選んでみろ。俺は行く。お前の判断は、俺に従うか、尻込みするかだ。俺は頭など下げんぞ」

「奥脇、一つ約束しろ。どうしても無理だとなったら、意地を張らずに引き返してくれ。いいな」

「わかった。わかったよ」

明神のしつこさを奥脇が掌で払いのけた。

しかたなく、明神は上司に従った。

決して気持ちが整理できたわけではない。

これから起こることに備え、明神は急いで情報を集め始めた。生き残るためのキーワードは、ビル風、ブリザード、低体温症、そして縁起でもないが凍傷だ。

明神は奥脇を引き止める理由をまだ探していた。

少し顔を屋外に出すだけで、たちまち、コートの襟が凍った息のせいで頬に張りつく。

見慣れた街は、まるで極地の様相に変わっていた。

明神は指先に震えを感じた。

寒いからではない。

「いくぞ」

奥脇が歩み出した。

引きずられるように明神も極寒の街へ一歩を踏み出した。

第三章

東京都新宿区　西新宿　ＪＲ新宿駅周辺

新宿駅西口前を南北に走る小滝橋通り沿いに、二人は身を屈めながら歩いた。

暴雪風はビル風となって、さらに勢いを増した。

ビル風とは、規模の大きな建物の周辺で発生する風だ。ビル風は建物の形状・配置や周辺の状況などにより、非常に複雑な風の流れとなる。

今、明神たちのまわりでは、三種類の風が渦巻いていた。

先ずは剥離流だ。

風は建物に当たると、壁面に沿って流れるが、建物の隅角部までくると、速い流速をもつ風となって建物から流れ去っていく。

次は吹き降ろしだ。

建物に当たった風は、建物高さの真ん中から少し上の辺りで上下、左右にわかれる。この分岐点で左右にわかれた風は、建物の側面を上方から下方へ斜めに向かう速い流れとなる。これが吹き降ろしだ。吹き降ろしの現象は建物が高いほど顕著で、それだけ上空の凍った空気を地上に引きずり下ろす。

さらに高層建物の足下付近では、吹き降ろしと剝離流が合体するため、おそろしく速い風が吹くことになるのだ。

想像を絶する風が、あらゆる方向から二人に襲いかかった。

体ごと持っていかれそうな強風に両足を踏ん張り、極寒に震え、吹雪で十メートル先も見えない歩道を、身を寄せ合いながら進む。

何度も転びそうになる明神を、奥脇が支えてくれた。

二人の体温がどんどん奪われていく。膝近くまで積もった雪の中を歩いてきたため、靴の中は解けた雪でずぶ濡れになっていた。

おまけに雪の下の路面が凍結しているため、うっかりしていると足を滑らせて転倒する。

ようやく京王百貨店の向かいに建つみずほ銀行の前までたどり着いた。

まだ五十メートルも進んでいない。

「奥脇、やっぱり無理じゃないか」

正面から叩きつける雪のつぶてに明神は顔をしかめた。

「奥脇、駅に戻ろう。このままでは危険だ」

「今更何をいってるんだ」

「奥脇、体は冷えきり、足だってびしょびしょだろうが。もはや普通に歩ける状態じゃない」

体温が低下するにつれて脳への酸素供給が阻害されるため、精神活動、運動能力ともに低下する。なかでも判断力は早い時期から低下するから、そうなる前に決断しなければならない。

「行くしかない。駅に戻っても俺たちのスペースはない。体を暖めるものもない」

奥脇が苛立ちをあらわにした。

「明神、お前、後悔しているのか」

「後悔？　お前の判断ミスだろうが！」

コートの両襟を引き寄せて首をすくめ、背中を丸めたまま、吹雪の中でいい争う二人。

突然、背後から誰かが声をかけた。

なんと、二人の背後にいつのまにか十五人ほどが列を作っていた。どうやらルミネから二人の後をついてきたようだ。

なんだ、こいつらは……。

先頭の男が二人に近づいた。着ている服、垢で汚れた手と顔。どうやらホームレスのようだった。

「あんたたち、どこか安全な場所の心当たりがありそうだ。迷惑はかけないから一緒に連れて行ってくれ」

邪険に奥脇が首を振った。

「俺たちは救急隊じゃない。君たちのことまで責任は持てないからついてくるな」

「行き場所がないんだ。高齢者もいる。見捨てないでくれ」

男が二人に手を合わせた。

勝手についてきておきながら……。

奥脇が明神に耳打ちした。

「ここで見捨てるわけにもいくまい」

「馬鹿をいうな。俺たちだけでもどうなるかわからないのに、こんな大人数を連れていたら、いつ本社に戻れるかわからんぞ」

明神は小声で返した。

集団を巻き込むように吹雪が渦を巻いた。

いずれにしても、こんなところでぐずぐずしていられない。

「ついてくるのは勝手だが、面倒はみないぞ」

奥脇が男に念を押した。

「ありがたい。恩にきるよ」

奥脇が「これでいいよな」と明神を見た。

勝手にしろ、と明神はしぶしぶ了承した。

結局、二人は見ず知らずの集団を引き連れて、再び本社ビルを目指すことになった。

急ごう。

明神たちは、ヨドバシカメラの前を通り過ぎ、西口広場の南西の角に建つ明治安田生命新宿ビルの前を左に折れて、高層ビル街を目指すつもりだった。

気象状況はますます悪化していく。

轟音(ごうおん)を立てながら流れ去る雪と風。

気象庁では風速が秒速十メートル以上の場合を吹雪と呼び、十五メートル以上の場合を猛吹雪と呼ぶ。しかし今、明神たちのまわりの風速は三十メートルを超えていると思われた。

これはもはやブリザードだ。ブリザードとは、アメリカ合衆国の東部・中部や、南極大陸で起きる強い寒気の吹き出しにともなう寒冷な強風で、激しい地吹雪をともなう。気象庁がいう吹雪・地吹雪とはスケールが一桁も二桁も大きい。

今どちらを向いているのか、方向すらわからない。

新宿の街がブリザードにかき消されていた。

前へ進もうにも、強風に押し戻される。

　さらに、あとに続く連中の足取りが重い。どうやら高齢者が足手まといになっているようだ。集団の前進がしだいに遅くなる。

二人は何度も立ち止まって、隊列が追いついてくるのを待った。

奥脇がしきりに何か独り言を呟いていた。

両足の指先の感覚は、とうになくなっていた。

明治安田生命新宿ビルの手前、ヨドバシカメラの前を通り過ぎようとしたとき、「彼女の様子がおかしい」という声が列の中央で上がった。

歩みを止めた年配の女性につき添う男が、懸命に女性の体をさすったり、声をかけて励ましたりするが、彼女の反応が鈍く、すでに足を動かそうとしていない。

こんなとき、前進を止めるのは最悪だ。長距離走と同じように、一度、止まってしまうと、再び歩き出す気力が消滅してしまう。

　案の定だった。

今度は、列の後方で年配の男性が前屈みになった。

彼の表情はどこか虚ろだった。見るまに、全身がガタガタ震え始めた。腕で押さえても止められないほど全身が震え、歯がカチカチ鳴っている。

「どうせ俺は死ぬんだ」

突然、年配の男が叫んだ。

それが集団崩壊のきっかけになった。

一人の女性が何ごとか叫びながら、四つん這(ば)いになる。やがて意識をなくしたのか、雪面に突っ伏す。

列の先頭では、中年の男が直立不動で立ち止まったかと思えば、意味不明の言葉をしゃべり出した。

歩み寄った明神は、なんとか歩かせようとするが、足を出せと命じても、左右の区別ができない。男の反応は朦朧(もうろう)としており、動作も鈍重だった。

明神は自分も呂律(ろれつ)がまわっていないことに気づいた。

明神自身にも低体温症の症状が出始めていた。

ルミネを出る直前、低体温症の前兆は幾つか調べた。意識は正常だが、手の細かな動きができない、寒気、震えが始まるなどだ。さらに中等症へ進むと、会話がのろい、意思不明、運動失調、そして錯乱状態に陥る。やがて支離滅裂となり、逆に震えは停止して、歩行や起立が不可能になっていく。

リーダーの男に明神は罵声を浴びせた。

「何が、迷惑をかけないだ！　こんなことをしていたら全員が死ぬぞ。お前の連れてきた連中なんだから何とかしろ」

「別に俺の仲間じゃない。彼らも勝手についてきたんだ」

「ならば、まともに歩けない者は置いていくぞ」

「よくそんなことがいえるな」

男が明神を突き飛ばす。

「何をする！」明神は男に殴りかかった。

二人は取っ組み合いのけんかになった。

互いに摑み合い、拳を繰り出す。

二人が重なり合って、雪の上に倒れ込んだ。

明神は男の腹に蹴りを入れた。

起き上がった男が明神の胸ぐらを摑む。

やめろ、やめるんだ、と奥脇が二人を引き離そうとしたときだった。

突然、二人のあいだに大きな雪塊が頭上から落ちてきた。

雪煙が上がった。

雪塊の直撃を受けた男がその場に倒れた。

「しっかりしろ」明神は男を抱き上げた。

ぐったりした男の側頭部を押さえた掌が鮮血で真っ赤になった。

「誰かスマホを持っていないか！」

奥脇が叫んだ。

どうやらバッテリー切れらしい。

「俺たちが持っているわけないだろう」

男が力なく笑った。

「助けを呼ぶ。明神、お前のスマホは！」

奥脇が明神の服をまさぐる。胸をたたき、ズボンのポケットに手を突っ込み、ようやく明神のスマホを取り出した。

奥脇の反応が朦朧として動作も鈍い。震える指でスマホを操作するが、さっぱりつながらない。スマホが極度の低温で故障したのかもしれない。

「チクショー」

呂律がまわらなくなった奥脇が、スマホを雪原に放り投げた。

すべてが狂い始めた。

第四章

東京都　新宿区西新宿　小滝橋通り

時計の針は午前一時をまわっていた。

氷結していく新宿。辺りは白く閉ざされていた。

ホワイトアウト。

雪や雲などによって視界が白一色となり、方向・高度・地形の起伏が識別不能となっていた。極地や冬の雪山などで、吹雪によって雪が舞い上がって起こる現象が明神たちを包み込んでいる。昼間人口が七十万人を超える大都会の新宿で、こんなことが起こるなんて。

不測の事態で立ち止まっているあいだに、明神たちは完全に雪中で孤立した。

明神はホームレスの男を抱き抱えて雪原にひざまずいていた。

地吹雪が明神の背中を叩き、雪の結晶が頬を切る。

まわりの新雪が、男の血で赤く染まっている。

今ここで何をすべきか、その答えが見つからない。

明神は腕の中で朦朧とする男に視線を落とした。

背後で奥脇の荒い息が聞こえた。

「これ以上、こいつらにかかわるのはごめんだ」

奥脇が明神の後襟を摑んだ。

「明神、こいつらに何の借りがある。勝手についてきただけだ。こんなところにいたら、お前まで凍死するぞ」

「奥脇、だからいったじゃないか。外に出るべきじゃなかったんだ。この男だけじゃない、俺たちまで死にかけている。全部、お前のせいだ！」

奥脇が天を指さした。

「この天候はどうせ朝までだ。今日の午後には、何もなかったように、いつもの新宿に戻る。俺たちの生活だってそうだ。それがわかっているのに、なぜここで死ななければならない。俺たちは普通の会社員だ。レスキューでも何でもない。どちらかの命を選べと迫られたら自分の命と答えるさ。こいつらをここに置いていっても、罪の意識を覚える必要などない」

まるで別人に豹変（ひょうへん）した奥脇が明神の肩を激しく揺すった。

街だけでなく、人の心までが凍りついている。

「俺だってこんなところで死にたくはない。こんな奴らのせいで死にたくはない。でも、もう歩けない。助けてくれ」

「弱音を吐くなら、悪いがお前を残して俺は行くぞ」

「死にたくない。見捨てないでくれ。奥脇、本社へ戻って助けを呼んできてくれ」

奥脇が顔をゆがめた。

「俺はこいつらの運命まで背負う気はない。しかしお前には一緒にきてもらわないと困る。名前も知らない行きずりの連中を見捨ててもバレはしないが、お前を見捨てたことが知れれば、何をいわれるかわからない」

やめてくれ、奥脇。こんなところでお前の体裁なんて……。

そのとき、明神は奥脇の向こう、北の方角に一筋の星空があるのに気づいた。

あれは……。

「奥脇、見ろ。空が晴れてきた。もう大丈夫だ」

奥脇が振り返る。他の者たちも、助かったと希望の目を北に向けた。

ところが何か様子が変だ。

「何だ、あれは」誰かがうめいた。

あれは……、そうじゃない。明神たちが見ていたものは星空ではなく、風に舞い上げられた氷の粒だった。幅は数百メートル、西口のビルを包み込むほどの高さ、信じられないほど巨大なブリザードだった。

屏風のような雪煙が天に向かってせり上がる。

強大で白い壁が、恐ろしい速さで明神たちに襲いかかってきた。

「伏せろ！」

明神は男を抱えたまま、雪の上に突っ伏した。

奥脇の全身がブリザードに呑み込まれた。

轟音がとどろき、明神の体をめくり上げるような強風が襲いかかった。

頭を下げ、背中を丸めて明神は耐えた。

永遠に思える時間が流れ、死が背中を叩く。

ようやくブリザードが通り過ぎた。

そっと顔を上げた。辺りをきらきらと輝く何かが舞っている。掌に載せると氷の結晶、それはダイヤモンドダストだった。

「大丈夫か」

明神の呼びかけに、あちらこちらからうめきに近い声が上がった。

奥脇は……。

ついさっきまで彼が立っていた場所にその姿はなかった。

「奥脇、奥脇！」

明神は周囲を見まわした。

すると明神の右方向、遥か先の雪原で何かが起き上がった。

奥脇だった。おそらく十メートル、いや二十メートルは吹き飛ばされていた。

「奥脇、大丈夫か！」

よろよろと奥脇が立ち上がった。

「もうたくさんだ」

奥脇が雪を蹴り上げた。

奥脇がじりじりと後退りを始めた。

「待ってくれ」「見捨てないでくれ」「あんたそれでも人間か」

奥脇を追いかける懇願が風にかき消される。

奥脇が明神たちを指さした。

「お前たちなんか死ねばいいんだ」

集団に背中を向けた奥脇が北に向かって歩き始めた。

雪をかきわけ、何かをまたぐように足を上げ、よろめきながら奥脇が去っていく。

明神はそのうしろ姿をただ見つめるしかなかった。

やがて奥脇の姿が雪煙に消えた。

風雪に叩かれながら呆然と立ち尽くす老人。雪の中に座り込んだ女性。憔悴して歩くことさえできなくなった集団が雪原に残された。

ここで死ぬんだ。東京で、こんな死に方をするなんて。

腕の中の男が明神の腕を摑んだ。

「許してくれ。あんたまで巻き込んで」

「今さら遅い」

明神は吐き捨てた。

「諦めないでくれ」

「俺もお前もここで死ぬんだよ」

男が首を振る。

「俺たちはずっとあがいて生きてきた。死にあらがい、生にしがみついてきた。どうせ死ぬなら、もがいて、もがいて、無様な死に方が俺たちには似合っている」男が明神の腕を摑む手に力を込めた。「頼む。あんただってこんなところで死にたくないだろう。まだ望みはあるかもしれない。あんたならできる。俺たちを救ってくれ」

明神は空を見上げた。

容赦なく吹きつける風と雪。誰も助けにはこない。もう奥脇はいない。

それでも……。

こんな連中のためじゃない。自分のためだ。自分一人でも生き残るんだ。

そのためには……。

先ずは体温の低下を防がねばならない。

そのための対策は、風雨にさらされるような場所を避け、衣服が濡れている場合は乾いた暖かい衣類に替えさせ、毛布などで包むことだ。

できれば、脇の下や股下などの太い血管がある辺りを湯たんぽなどで暖め、ゆっくりと体の中心部から温まるようにしてやることだ。

しかし、ここには何もない。人生から逃げ出した足手まといの連中だけだ。

「お前も何か考えたらどうだ。人に頼ってばかりいないで、生か死か、自分の運命を選んでみろ」

運命を選ぶ。どこかで聞いた台詞（せりふ）だった。

男が目を伏せる。

「俺が知っているのはゴミ袋のあさり方ぐらいだ」

「くだらない人生だ」

「そういえば、あんた、知っているか。真冬に新宿の街で夜を明かすとき、ゴミ袋は役に立つ。ゴミ袋なら体に巻きつけるだけで、けっこう、寒さを防ぐことができる。さらにゴミ袋と体のあいだに新聞紙を丸めて入れると暖かいんだ。良く揉（も）みほぐしてから入れると、空気の層ができるからららしい」

明神の知らない生き方だった。

ゴミ袋をあさる生活。

ゴミ袋。

そのとき、明神の頭の中に何かが閃(ひらめ)いた。

「おい。今、ゴミ袋といったな。この辺りは飲食店が多い。昨夜はどの店も早めに閉店しただろうから、店の前にゴミを出しているんじゃないのか」

男がうなずく。

「どこだ。ここから最も近くて、最もゴミを出す店は」

「あんたもゴミをあさるのか。物好きだな」

男が朦朧とし始めた。ささやくような小声になっていく。

明神は男の頬にビンタを食らわせた。

「しっかりしろ！　俺の質問に答えろ。この辺で一番ゴミが出るのはどこだ」

「高速バスターミナルの向こう側にあるハンバーガー店だよ。このビルの裏側だ」

その店なら知っている。立ち上がった明神は、男を引き起こした。

「行くぞ。歩け」

「どこへ行く」

「ゴミ袋をあさりに行く。ゴミ袋が俺たちを救ってくれる」

明神はありったけの声を上げた。

「おい、みんな助かるぞ。俺についてこい。歩ける者は、仲間に手を貸してやれ。死にたくなかったら歩くんだ。五十メートルでいい。死ぬ気で歩け」

明神の叱責と、明神が与えた希望に集団がゆっくりと動き始めた。

一旦、小滝橋通りを引き返して、ヨドバシカメラの角を右へ折れる。

その先の四つ角にハンバーガー店があるはずだ。

あった。

店の脇にゴミ袋が山積みされていた。風で飛ばされないように、きちんとカラス除けのネットで覆われている。ありがたい。

「あそこだ。あの中に潜り込む」

男を雪の上に座らせた明神は、まだ意識のはっきりしている連中を二班にわけた。

一班には他の店舗からもゴミ袋を集めて、ハンバーガー店のそれに加える。

もう一班には店の横に積まれていた段ボール箱を解体して、ほぐさせる。

準備が完了すると、先ずゴミ袋と路面の隙間に段ボールを差し込んだ。

これで凍った路面に体温が奪われることを防げる。

次に、幾つかのゴミ袋の中身を取り出し、代わりにほぐした段ボールを詰め込ませた。

足が濡れている者は、靴を脱いでその中に両足を突っ込ませる。

さらに、ほぐした段ボールを上着の下に押し込ませた。

準備ができた者から、ゴミ袋の山の中に潜り込む。

意識を失いかけている者は、二人一緒に潜り込んで、体をさすってやる。

全員がゴミの山に潜り込んだのを見届けた明神は、まずホームレスの男を押し込んで、自分もその横に潜り込んだ。

添い寝するようにして、体をさすり、二人で保温につとめる。

いやな臭いはするが、そんなことはいっていられない。

「あと数時間で夜が明ける。寝るんじゃないぞ。互いに体を擦り合え」

「すまない。心から感謝するよ」

男がささやいた。

礼などいらない。別にお前たちのためじゃない。夜が明けて無事に救出されれば、それっきりだ。

体の芯が温もりを取り戻し始めると、猛烈な睡魔が襲ってきた。

二月六日　新宿中央病院

凍りついた路上に雪が降り積もった新宿。ようやく除雪車が到着して、午後からは鉄道も運行を再開した。

時刻は午後七時をまわっている。

西新宿のゴミの山から救出された明神は、検査のために新宿中央病院に収容されていた。味気ない白い天井と壁に囲まれた六畳ほどの室内。装飾品は皆無。脇には小さな袖机と水差し、十六インチのテレビが置かれた銀色のキャリア、そして明神が腰かけているのはパイプ製のベッドだった。かすかに薬の匂いが鼻をつく。

明神は先ほど看護師が届けてくれた夕刊紙を取り上げた。

「駅で買ってきました。すごいですね」

看護師は英雄でも見るように微笑(ほほえ)んだ。

大雪による首都圏の混乱を伝える一面は、ゴミの山でビバークして奇跡的に助かった明神たちとビルの谷間で凍死していた男性のニュースだった。全身が雪に埋もれて凍死した男性の身元は判明していない。死因は落雪による窒息と低体温症だった。自然エネルギーブームで、ビルの屋上に設置された太陽電池パネルの表面や空調設備に貼りついていた雪と氷が、風速三十メートルを超える強風に煽(あお)られて、男の頭上に落下したのだ。

記事の見出しはこうだった。

『生き残るために、集団を率いて雪原にとどまった会社員と単独行動で命を落とした男性。何が生死をわけたのか』

紙面には様々な関係者のインタビューが載せられている。

明神たちを救助した消防隊員のコメント。

『午前六時十二分でした。繁華街のゴミの山で十数人が孤立している、との緊急通報が入りました。車両を出せる状況ではなく、徒歩で駆けつけました。あと三十分救出が遅れていたらどうなったかはわかりません』

専門家へのインタビュー。

『遭難時の心得大原則は、自分の能力を過小評価すること。そしてパニックにならない、つまり驚愕(きょうがく)反応を起こさないことです。リーダーは、少しでも自分がパニック状態になっていることを自覚したら即行動を中止する必要がある。さらに遭難時の行動原則は、一つ、道に迷って現在地がわからなくなったら動いてはいけない。その場で動かず、体力を温存する。二つ、怪我などで行動不能になったら、その場を動かず体力の温存を第一に考える。三つ、悪天候で行動不能になった場合は、少しでも雨風をしのげる場所に移動し、その場でビバークも覚悟の上で天候回復を待つ。パニックになって動きまわり、体力を消耗させないことが重要です。今回の二つのケースは、この原則を守ったか、守らなかったかの差です。極限の状況では、リーダー自身が諦めない、必ず助かると信じて集団を率いる必要がある。会社員はそれを実践した。たぐいまれなる責任感と勇気を持ち合わせた卓抜したリーダーです』

救助されたホームレスのコメント。

『あの男性は、吹雪の中で自分たちを見捨てなかった。感謝の言葉もない』

ご丁寧に片桐部長のコメントまで載っていた。

『彼は当社で将来有望な幹部社員です。日ごろから当社は社会貢献に力を入れており、社員には社会の範たる者であれと求めてきましたが、まさにそれが実践されて誇らしいかぎりです。彼は昨夜、たまたま自らの意志で残業していたのですが、結果としてそれが多くの人命を救うことになった偶然に驚くばかりです』

会社のＨＰには多くの激励と賛辞のメールが届いているそうだ。称賛のコメントだけではない。明神には新宿区長と東京消防庁から感謝状が送られるそうだ。

それまで静かだったドアの向こうが急に騒がしくなった。

いい争う声がドアの隙間から病室内に流れ込んでくる。

「困ります」という看護師の声を遮るように「お願いします。ちょっとだけですから」と複数の声が混じり合う。何度かの応酬のあと、ドアノブが乱暴にまわり、看護師を押しのけるように男たちがなだれ込んできた。

「明神さんですね。毎朝新聞の沼尻（ぬまじり）です。少しだけお話を聞かせて頂けませんか」

「お休みのところ恐縮です。東日新聞の高橋（たかはし）です」

明神はそっと夕刊紙をベッドの上に戻した。

同行していたカメラマンが無遠慮にシャッターを押す。

「昨夜の状況をお聞かせ願いたいのですが」

「話すことなど何もありません」

「大変な経験をされたわけですから、お気持ちはよくわかります。ところで、何がきっかけでゴミの山にビバークしようと思い立たれたのですか」

沼尻は明神の言葉など聞こえないかのようだ。

明神は沈黙で答えた。

「あのような状況で、最後まで仲間を見捨てず、リーダーシップを発揮された意志の強さはどこからきているのでしょうか」

今度は高橋だ。

明神は「帰れ」と呟いた。

沼尻と高橋が顔を見合わす。

高橋が困った仕草で頭をかいた。

「あなたのたぐいまれなる勇気と責任感は……」

「帰れ！」

突然の明神の剣幕に高橋が口をつぐんだ。

あわてた沼尻が愛想笑いを浮かべる。

「お察しします。想像を絶する恐怖を味わわれたのですね。しかし、天はあなたを見捨てなかった」

記者たちに背を向けた明神は窓辺に近寄った。

外は昨日とはうって変わって穏やかな夜だった。

「天が救いたかったのは俺じゃない。ホームレスたちだ」

「本当に謙虚な方ですね。ところで……」

なぜか記者たちの声がふっと遠のいた。

絶えがたい孤独に襲われた明神は全身に震えを感じた。

あの吹雪の中で明神は忘れていた。勇気、良心、そして……。人としてのすべてを忘れていた。

明神は空を見上げた。

「奥脇。許してくれ」

幕間（三）

ＪＲ東日本　上野駅

夕刻の十六時十分。ようやく先日の大雪の影響が消えた上野駅を、出張帰りの二人が歩いていた。混み合う構内を常磐線のホームから中央改札へ向かう途中で、目の前を毛皮のコートを着た女性たちと、それを取り囲む一団が通り過ぎていった。たちまち、辺りが華やいだ雰囲気に包まれる。

「おいおい。あれって女優の望月（もちづき）ゆかり、それと、たしか……そう、映画監督の道明寺（どうみょうじ）じゃないか」

「もしかして、札幌行きの寝台列車に乗るんじゃないか。ほら、あそこの13番線を見てみろよ。ダイニングカーで高級フランス料理まで楽しめるらしいぞ」

「女優と監督が一緒に乗るってことは、車内で映画を撮影するんじゃないか」

「優雅だねー。まあ、俺たち庶民は、ささやかに一杯引っかけて帰ろうぜ」

上野の街に向かって改札を抜けた二人の後ろで、13番線に発車メロディが流れ、定刻の十六時二十分に銀色の寝台特急がゆっくりホームを離れていく。

やがて、澄みきった冬空にカシオペア座が輝き始める。

カシオペアのエンドロール

海堂 尊

海堂 尊 かいどう・たける

1961年、千葉県生まれ。第4回『このミステリーがすごい！』大賞を受賞し、『チーム・バチスタの栄光』にて2006年デビュー。同シリーズは累計発行部数1000万部を超える。著書に、「チーム・バチスタ」シリーズ、「ブラックペアン」シリーズ、「ポーラースター」シリーズ、『氷獄』『トリセツ・カラダ』ほか多数。

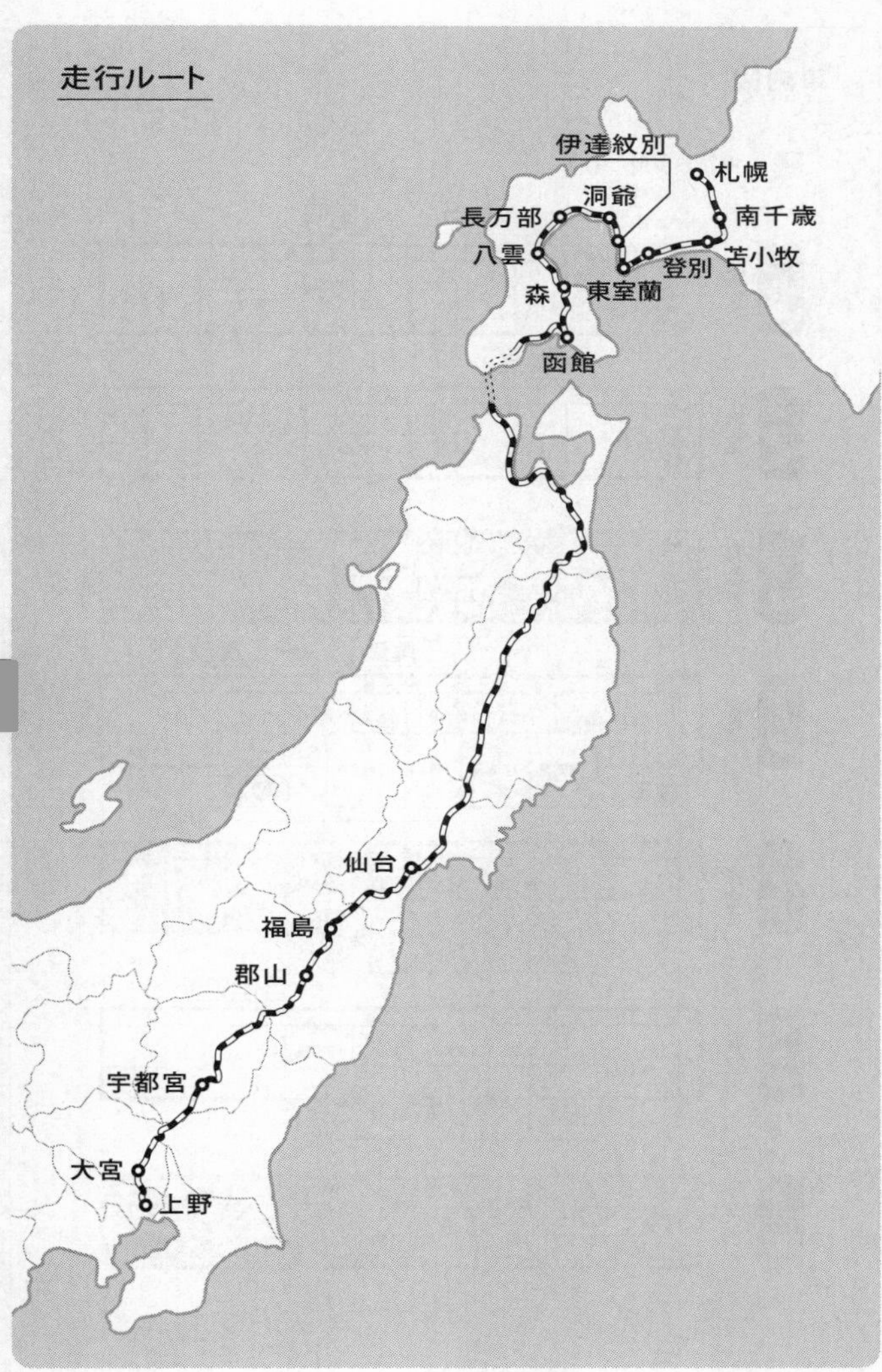
走行ルート
伊達紋別
札幌
洞爺
長万部
南千歳
八雲
苫小牧
登別
森
東室蘭
函館
仙台
福島
郡山
宇都宮
大宮
上野

車内図

＝撮影で使用

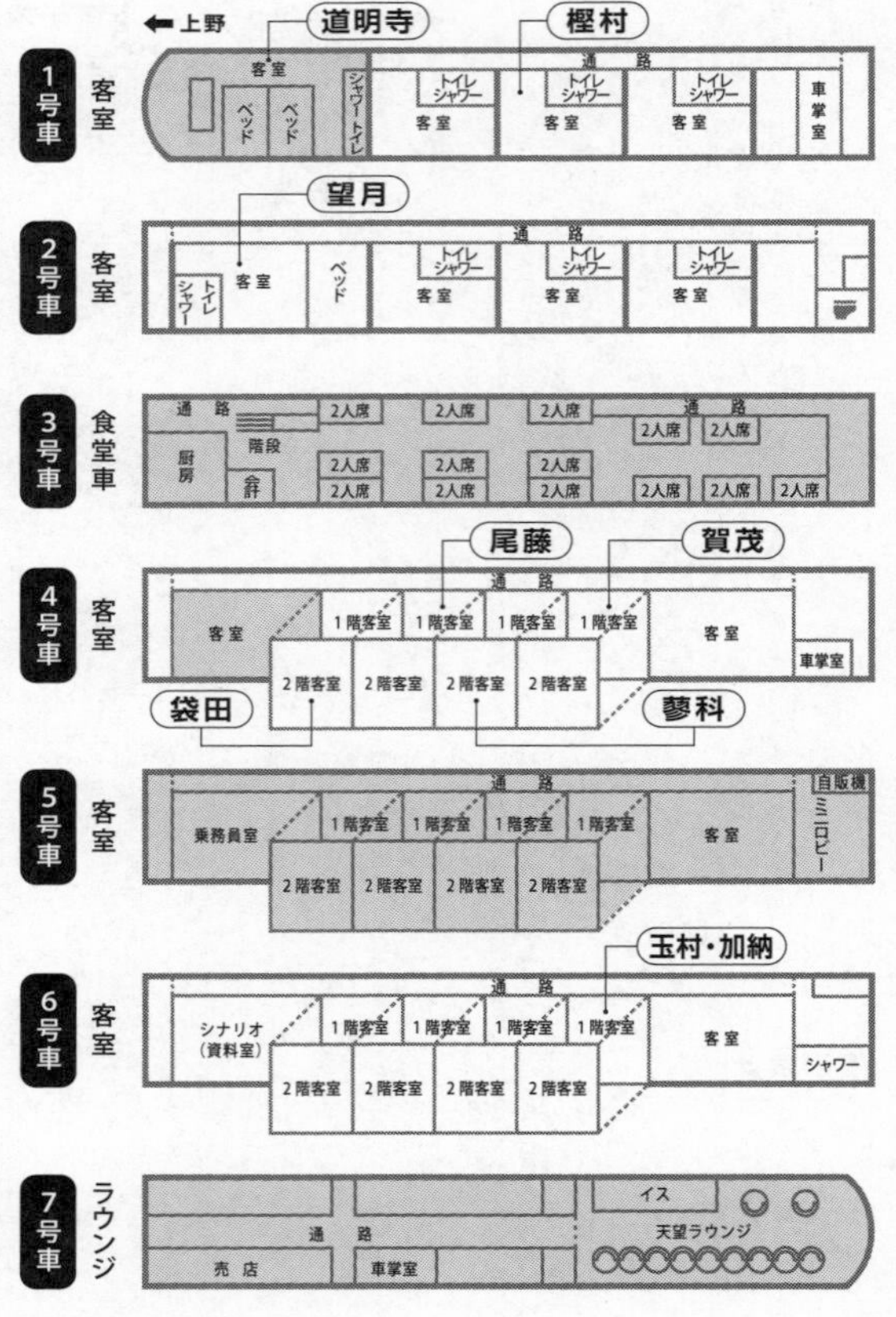

上野
道明寺
樫村
1号車 客室
客室
ベッド
ベッド
シャワートイレ
トイレシャワー
客室
車掌室
通路
望月
2号車 客室
トイレシャワー
ベッド
3号車 食堂車
通路
厨房
階段
会計
2人席
尾藤
賀茂
4号車 客室
1階客室
2階客室
車掌室
袋田
蓼科
5号車 客室
乗務員室
自販機
ミニロビー
玉村・加納
6号車 客室
シナリオ（資料室）
シャワー
7号車 ラウンジ
売店
車掌室
イス
天望ラウンジ

1

2月13日 午後2時～4時 札幌

「タマ、大雪で飛行機が飛ばないから列車で帰京するという、お前のいきあたりばったり帰京作戦は、本当に大丈夫なんだろうな」

玉村警部補に背後から声を掛けたのは、警察庁きっての切れ者、加納警視正だ。細身の長身。トレンチコートの襟を立て街角に佇む姿は抜き身のナイフのようだ。

二月の北海道は快晴でも気温は低く、日中でも吐息が白く凍りつく。

玉村は、冬場には珍しい快晴の、札幌の空を見上げながら答える。

「これで何度目ですか。さすがにしつこいですよ。だいたい、いきあたりばったり作戦なんて、変な呼び方しないでください。せめてトラブルシューティングの名案とかなら容認しますけど」

加納警視正は、ふん、と鼻先で笑う。

「確かめたくもなるさ。普段なら会議なんて喜んで欠席するが、明日は特別だ。桜宮科学捜査研究所でのデータ捏造疑惑について、間近で目撃した俺が事情説明のため招集された会議で、スケジュールを前倒しに設定したのは俺自身だ。さすがにドタキャンするわけにいかないんだ」

「でも大雪は天災ですから、会議に間に合わなくてもお歴々も理解してくれますよ」

「常識的にはそうだろうが、俺を取り巻く環境では、素直に俺の言い分は通らんよ」

「それは警視正の日頃の行ないが祟(たた)ったただけです。だからいつも言っているじゃないですか。上に媚(こび)を売る必要はないけど、不必要に戦闘的になることもないって。加納警視正にちょっとした忍耐と気遣いさえあれば、今頃は警察庁の審議官あたりになっていておかしくないのに」

「なあ、タマ、俺がそんなことを望んでいると思うのか?」

加納が足を止めた気配に、言い過ぎたか、と思ったが、素知らぬ顔で言い返す。

「警視正が出世亡者だなんて思ってません。でも警視正が上層部を小馬鹿にするから上層部の覚えが悪くなり、警視正が望む捜査体制が推進されなくなってしまうのは遺憾でしょう?」

加納はむっとした表情で玉村を睨(にら)みつけたが、やがて片頬(かたほお)を歪(ゆが)めて笑う。

「一理ある。タマも言うようになったな」

褒め言葉の裏側に、皮肉の匂いを嗅(か)ぎ取った玉村は、身を伏せる。

「と、とにかく、今回の極北出張は予想以上の情報を得られたので大正解でした。でも大雪のせいで飛行機が飛ばないなんて事態はとても予測できなかっただけです」

加納は両手を広げて恨めしげに、天空高く張りついた青空を見上げた。

「馬鹿げた話だ。いつも雪空の札幌はこんなに晴れ渡っているのに、西高東低で冬晴れのはずの東京が大雪で羽田空港が閉鎖されフライトキャンセルとはな。だが飛行機がダメなら即座に夜行列車を思いつくとは、タマにしては上出来だ」

「学生時代、寝台特急で北海道に来たことがあったもので。それより急ぎましょう。寝台特急は夕方五時頃の出発ですから」

「今は午後二時だから、まだかなり時間はある。そんなにあわてることもないだろう」

「いえ、急いだ方がよさそうです。電話やネットの予約サイトは全然つながりません。大雪で空路が遮断されたために、乗客が鉄道に殺到しているのかもしれません」

加納はそれ以上言い返そうとはせず、玉村に従う。

加納警視正、四十六歳。性格は狷介にして天上天下唯我独尊と評されるが、それは彼の専門領域に関する場合だけで、それ以外のケースでは意外と素直で謙虚だ。そうした事実があまり知られていないのは、そんな状況になるとたいてい誰かがひっそり助けてくれるためだった。たとえ傲岸不遜でも、私利私欲がなければ天は助けの手を差し伸べてくれるものらしい。

「今晩の寝台特急はたった今、完売しました」とみどりの窓口の駅員に言い渡され、玉村は呆然とした。だが、誰が悪いわけでもない。玉村は加納を振り返る。

「どうしましょう」

「とりあえず東京までの乗車券を買え。それで行けるところまで行こう」

玉村はほっとした。加納の性格なら、非合法的かつ強行的に夜行列車に乗り込むぞ、と言いかねなかった。玉村は窓口の係員から、東京までの乗車券を二枚購入した。

ホームに立った玉村が、携帯電話で時刻表を調べながら言う。

「在来線を乗り継げば仙台には深夜に着きます。そこから始発の新幹線に乗れば一時間程度の遅刻で済みそうです。後は雪で新幹線も止まるかどうかが問題ですね」

加納は不思議そうな表情をする。

「なんだ、タマは鈍行で行くつもりだったのか。俺は国家の大計のため明朝、東京にいる必要がある。だから強制乗車する。乗ってしまった後で追加料金を払えばいいさ」

背筋に冷や汗が流れる。大きく吐息をついて、玉村は心中で呟く。

確かに自分は加納のことを理解していなかったようだ。

☆

「警視正、やっぱりやめましょうよ。公僕たる我々が社会ルールを破るなんて……」

ホームに佇む無骨な列車を見て、凍えた両手をこすり合わせながら玉村は、ムダと知りつつ、おそるおそる言う。

「俺は徹頭徹尾、国益を考えて行動している。そんな俺の行動が引っ掛かるとしたら、その時はルールの方が間違っているんだ」

説得できるとは思っていなかったが、さすがにこの論理には唖然とした。だが、加納の口から語られると、そうかもしれない、と思わされてしまうのが不本意だった。

「まず道中を居心地よく過ごせるよう、一足先に乗り込み環境整備に励むとしよう」

そう言う加納の肩を、後ろからとんとん、と叩く者がいた。

振り返ると、窓口で切符を手配してくれた駅員だった。

「鈍行切符しかない方々が、寝台特急専用の発車ホームで何をされているんですか？」

加納は、ち、と舌打ちをする。すかさず玉村が言う。

「寝台特急の大ファンで、乗れないならせめて内部見学だけでも、と思いまして」

「それでしたら、どうぞごゆっくり。不正乗車するおつもりかな、と思ったもので」

ひと言釘を刺して去り行く駅員の後ろ姿を見ながら、「小うるさいジジイめ」と吐き捨てた加納は、向かいのホームに止まっている豪華な列車に目を留めた。

「タマ、この寝台特急専用ホームに停まっている、あの豪勢な列車は何なんだ？」

「かの有名な超豪華寝台特急、カシオペアですよ。ご存じなかったんですか？」

玉村は驚いた口調でそう言うと、加納の右眉がぴくり、と上がる。

「あ、でも違うか。通常のカシオペアは十二両編成ですが、この列車は七両です」

　玉村が説明したところへ、アナウンスが流れる。

「特別寝台特急カシオペア、発車五分前です。お乗り遅れのないようお願いします」

「やっぱりカシオペアか。でもこんな編成、聞いたことがないけどなあ」

　玉村がぶつぶつ呟いている隣で、加納はじっと列車を見つめていた。

　一分、そして二分が経った。発車三分前になり、加納は尋ねる。

「誰も乗り込まないぞ。ひょっとしたらこの列車には空席があるかもしれん。タマ、あの駅員に聞いてこい」

　マイクを握りホームにアナウンスをしていた若手駅員を加納が指さした。玉村が駆け寄って話しかけると、駅員は首を振る。急ぎ足で戻って来た玉村が報告する。

「これは貸し切りの特別列車だそうです」

「そうか。よし、それならコイツに乗り込むぞ」

「え？　私の話を聞いていなかったんですか？　この列車は貸し切りで……」

「だが、出発寸前なのに乗客はいないから、たぶん客室はがら空きに違いない。ならば警察権力を行使し、国庫から費用を支払えば文句はなかろう」

　そう言って列車に乗り込もうとした加納の肩を、背後からむんずと摑んだのは、予想通り、先ほどの老駅員だった。

「不正乗車は許しませんよ」

この頑固一徹の駅員は、挙動不審な二人をマークしていたようだ。加納の目が蒼（あお）く光る。あ、キレそうだ、と玉村が危惧した瞬間、女性の声がした。

「どうかなさいましたか？」

鍔広（つばひろ）の帽子の下、濃いブルーのサングラスの奥から涼やかな目が騒動の成り行きを見つめていた。隣には上品な女性にそぐわない、髭面（ひげづら）で肥満体の男性が佇んでいる。

「寝台特急に不正乗車しようとしている輩（やから）をとっちめている最中でして」

加納がポケットから警察手帳を提示しながら、言い返す。

「明日の会議は国家の一大事だが、大雪で飛行機が飛ばず寝台特急の切符はソールドアウト、出席が危うい。聞けばこの列車は貸し切りで客室には空きがありそうだ。だから料金を払って同乗させてもらおうと思っただけだ」

話を聞いた女性は、隣の髭面の男性に言う。

「困っている時はお互いさま、あたしたち市民のため日夜ご苦労されている警察の方のお願いだから、乗せてさしあげたらどうかしら」

男性が憮然（ぶぜん）とした表情で「しかしなあ……」と言い渋ると、女性は更に言った。

「あたしたちの車両に立ち入らなければいいでしょう？　それとも、どうしてもハーレム列車にしなければ気が済まないのかしら」

男性はぷい、と顔を逸（そ）らすと、「好きにしろ」と言い捨て車両内に乗り込んだ。

そこにアナウンスが流れた。

「特別寝台特急、カシオペアは発車一分前です。ご乗車の方はお急ぎください」

ホームに散っていたらしき乗客が次々と、謎の美女と加納が向かい合う脇をすり抜け、列車に乗り込んでいく。みな、加納の隣の女性に会釈をしていく。

女ばかりの一団が乗り込み終えると、女性は加納に微笑を向けた。

「東京までの乗車券はお持ちですか？」

加納が胸ポケットから乗車券を取り出すと、女性は仁王立ちしている老駅員に言う。

「この列車はあたしたちの貸し切りになっているから、寝台特急の上乗せ料金は人数分、購入済みです。ですので乗車券があれば、この方たちをお乗せしても問題はありませんわね」

「お客様の了承があれば、当方としては異存ありません」

女性が微笑した。発車のベルが鳴る。親切な女性に誘われ、加納と玉村はカシオペアに乗り込む。背後で扉がしまると、列車は、ごとり、と音を立てて発進した。

憮然とした表情で見送る老駅員の姿が車窓の中で小さくなっていく。

女性は客車の入口に設置された、ソファが置かれたオープンスペースで、加納と玉村を見つめた。側に、ジャージ姿の地味な女性が寄り添っている。加納が一礼する。

「業務遂行へのご協力、感謝する。いずれ警察庁から感謝状を謹呈しよう」

女性は、サングラスを外してにっこり微笑した。素顔を見て玉村は顔色を変える。

「私たちがお目に掛かるのはニセ警官ばかりなので、ドッキリかと思いましたわ」

「ニセ警官だと。貴様たちは非合法集団だったのか」

加納がいきなり気色ばむと、女性は華やかな笑い声を上げる。

玉村は加納の袖を引き、小声で言う。

「警視正、ご存じないのですか？　この方は女優の望月ゆかりさんですよ」

「知らん。女優の顔を知らないと、何か問題あるのか？」

加納のぶっきらぼうな応答に、望月ゆかりは再び、ほほほ、と笑う。

「ご心配なく。もちろん、あたしを知らないからといって問題はありませんわ」

それから先頭車両の方をちらりと見る。

「お二方は六両目の一室をお使いください。それ以外の車両には立ち入らないでください」

「おやすい御用だ。ご配慮に感謝する」

加納は立ち上がると頭を下げた。部屋を立ち去ろうとして、振り返る。

「二つ聞きたい。一、列車を貸し切った意図は何か。二、なぜ我々の同乗を許可したのか。以上は答えていただかなくても構わない。単なる好奇心からの質問だからな」

望月ゆかりはにっこり笑う。

「お答えします。この列車は行きは映画を撮影し、帰りは打ち上げパーティ用に貸し切りにした特別列車です。夕食はビュッフェでの打ち上げパーティをしますので、よろしければご招待します。二つ目、なぜお二方の同行を許可したか。あたし、何だか胸騒ぎがするんです。なので警察の方がご一緒してくださると心強いだろうな、とふと思いまして」

そう答えると望月ゆかりは、隣に控えたジャージ姿の女性に声を掛ける。

「賀茂さん、この方たちを六号車にご案内して」

女性が「荷物室ですね」と言う。

望月ゆかりは加納と玉村に向かって困ったように微笑する。

「荷物室だなんて失礼ですね。ごめんなさい」

「東京まで運んでくれるのであれば、デッキや廊下でも問題ないさ」

加納の言葉に大女優はしっとり微笑み、隣の車両の一室に姿を消した。

☆

二号車の乗車口から後尾の車両へと向かいながら、玉村は案内係の賀茂に言う。

「このカシオペア号は後方客車を切り離して短い編成にしたんですか」

「撮影の都合で編成を短くしたので、帰りも貸し切りにしないといけなくて、どうせなら打ち上げパーティ列車にしましょう、とプロデューサーさんが決めたんです」

「おかげで我々も同乗できたから、敏腕プロデューサーに礼を言わねばならんな。だが打ち上げの帰京列車にしては乗客が七名というのは少なすぎるように思うが」

「実は道明寺監督の希望で、帰りの列車は女性スタッフだけになったんです」

「道明寺・望月ゆかりコンビといえば、人気シリーズ『貴婦人探偵』の撮影ですか？」

　玉村が目を輝かせて言うと、加納はシニカルに微笑する。

「なるほど、この列車は、さっきの髭もじゃ野郎の、本能の叫びの賜物だったわけか。感謝しなくてはならない人物がどんどん増えていくのは困りものだ。ところでタマ、お前は鉄道に詳しそうだが、カシオペアの構造はわかるのか」

　玉村が胸を張ってうなずく。

「まかせてください。カシオペアは乗り鉄の憧れの列車で、一度乗ってみたいと思っていたんです。でも費用がべらぼうでして。あ、はいはい、ムダ口を叩くな、ですよね。少々お待ちを。ええと、まず先頭が展望室タイプのデラックススイートの一号車、隣の二号車はメゾネットタイプのスイートとデラックス、そしてここ三号車はダイニングです」

　加納は列車の振動に身を任せながら、興味深げにダイニングカーを見回す。

「ここがパーティ会場か。これなら乱痴気騒ぎにはならなそうだな」

ダイニングカーを抜けると、廊下から引き込み階段が枝分かれしており、上下に部屋が並ぶ。完全に入口で分断された部屋が四つずつ、計八室並ぶ。ただし車両の両端の部屋は平屋の車椅子対応室だ。

「本来なら四号車から十一号車まではカシオペア基本のツイン車両で八両あるんですが、この特別編成で三車両に切り詰めてもらったんです。そして車掌さんは最後尾ラウンジカーの車掌室に詰めてもらっています」

和気藹々と車両を通り抜けながら、加納が感心したように言う。

「シャワールームまであるとは、マンガ喫茶並みの至れり尽くせりだな」

「カシオペアは乗り鉄の憧れ、貴婦人列車とも呼ばれているんですから、そんなものと一緒にしないでください」

なぜかむっとして玉村が言う。賀茂は六両目の部屋の前に立つと、言った。

「お二人にはこのツインで過ごしていただきます。荷物だらけで申し訳ありませんが」

「雨露をしのがせていただくだけで感謝している」

「ディナーになりましたらお迎えにあがりますので、それまでおくつろぎください」

賀茂を見送り、部屋の扉をしめた途端、玉村はじろりと加納を睨みつけて言った。

「望月さんを存じ上げないなんてただでさえ非常識なのに、そのことをよりによってご本人に直接言ってしまうなんて、非常識の上に無神経すぎて、呆（あき）れ果ててものが言えません」

いきり立つ玉村に、加納は面倒臭そうに言う。

「ものが言えないと言いながら、しっかり言っているじゃないか。それにしても何でタマがそこまであのうば桜に肩入れするのか、さっぱりわからん。タマはああいう年増が好みなのか？」

「あの方は芸歴ウン十年ですが、子役出身でまだ四十路の半ばです。お願いですからご本人の前で、うば桜だの年増だの、失礼な表現はしないでくださいよ」

加納は肩をすくめて、ぶつぶつ言う。

「俺がそんな礼儀知らずだと思っているのか、タマは。実に心外だ」

かたん、かたん、と列車の走行音が響く中、加納は不機嫌そうな表情で部屋を見回す。カメラや小道具が雑然と積み重ねられていた部屋は、確かに正真正銘、物置に間違いない。

「あの監督はどんなヤツなんだ？　映画フリークのタマなら知っているんだろ？」

加納が尋ねる。有名な女優の顔を知っていたからといって、いきなり映画フリーク扱いはあまりにも短絡的すぎると思いながらも玉村は、加納の問いに答えてしまう自分が悲しい。

「若い頃は反体制派の旗手でした。映像にタブーはないという、とんがった人でしたが、この貴婦人シリーズが大当たりして以来、すっかり丸くなり、転向者だの堕落したヒーローだの、散々の言われようです。それを意識してか、最近は映像表現への制限を加えることに反対する立場から、映倫批判へとシフトしたりしているようです」

「ふむ。映倫に盾突くとは第一級の反体制分子か。この手のタイプの車両を貸し切りにすると、計算では総額ざっと二百五十万円だから往復で五百万か。豪勢だな」

「お願いですからディナーの席で、下世話な銭勘定は控えてくださいね」

「これは招待相手を見抜く一助だ。どれほど着飾ったヤツでも、その素性を丸裸にしてしまうモノが二つある。ひとつはカネの入口、もうひとつはカネの出口だ」

下世話な発言も、銭勘定に無関心な加納警視正が言うと、妙に哲学的に響く。

「この企画を考えたヤツはなかなかやり手のようだな。一晩の拘束で映画を撮り終えられるし、器材も客車に積み込めるから、機動性も高そうだ。実に効率がいい」

加納の洞察力に舌を巻いた玉村だが、そんな風に一晩中洞察されまくってはたまらないと思い、列車に乗り込んだ時から温めていた提案を口にしてみる。

「甘えついでに二部屋お借りして、別々の部屋に泊まらせてもらいませんか？」

「ならん。この列車の運賃は一人で使用しても二人分の料金を払わされる。だから二部屋借りれば四人分の運賃を払うことになる。国庫窮乏の折、そんな贅沢(ぜいたく)は許されん」

加納の主張は真っ当で反論の余地はない。だがそもそも会議に間に合わなくて困るのは加納だけ、年休を消化すれば玉村は真冬の北海道でカニ三昧もできたのだ。不満を、玉村は健気に抑え込もうとする。せめて豪華客室に寝そべり、ネトゲを堪能したかったという玉村のささやかな願望もこうしてあっさり叩き潰された。

午後五時。発車から一時間で列車は苫小牧の駅に止まる。二階建て車両の一階をあてがわれた加納と玉村はぼんやり窓の外を眺めていた。冬の日は落ち、窓の外は闇に包まれつつあった。ホームにたむろしている高校生の集団にのぞき込まれた加納は、獅子舞の獅子頭のようにくわっと口を開け威嚇する。高校生は見てはならないものを見てしまったようにぎょっとした顔をして、あわてて客車から離れていった。

加納はぴしゃりと窓のブラインドを下ろす。

「国家警察の職務をのぞき見しようとは、けしからん高校生だ」

今は職務中ではないからそれは冤罪なのでは、と玉村は思うが、いずれブラインドを閉めるのだからまあいいか、と思い、何も言わなかった。

再び列車が発車し、微細な揺れが二人をつつんだ。

ふたりは黙って別のベッドに寝そべり、加納は読書を、玉村は携帯でひとりこっそりネトゲを始めていた。

午後7時〜8時　長万部駅〜森駅

2

午後七時。長万部で停車の後、列車が走り出した時、扉をノックする音がした。扉を開けるとそばかす顔、上下がジャージ姿の女性が立っていた。二人を案内してくれたADの賀茂だ。手にしたハンディビデオのレンズが冷たく光る。

こんなところで何を撮るのだろう、と玉村は不思議に思う。

「ディナーの支度が調いましたので、ダイニングカーへどうぞ」

玉村が振り返ると、加納は上半身を起こし、「すぐに伺います」と答えた。

女性の姿が見えなくなると、加納は立ち上がる。

「民間人の供応を受けるのは、公務員倫理規定に抵触しかねないが、今回は行き掛かり上やむを得ない。恩人から招待されたディナーを欠席するのは非礼だからな」

客車最後部の六号車から前方へ車両を通り抜けると、途中の室の扉が開いていた。暗証番号でロックする入口の鍵を掛け忘れたらしい。人の気配のない部屋に入ろうとした加納を玉村が、「他人のプライベート空間ですよ」とたしなめると、加納が平然と答えた。

「プライベート空間には鍵が掛かっている。開け放しの室はオープンスペースだ」

階段を下りて部屋をのぞき込むと、加納はすぐ戻ってきた。

「俺たちの部屋と大差なさそうだ。荷物が積み込まれているが、めぼしいものはない。しかし釣り竿がこんなたくさん積み込まれているのはなぜだ？」

玉村は得意げに解説する。

「主役の貴婦人探偵・月野ひかりはご主人が元警視庁の刑事ですが、夫婦揃って釣りが趣味という設定です。このシリーズでは釣り竿は重要なアイテムになるんです」

「ふん。くだらん知識は豊富だな、タマ。一室七万円近い部屋を荷物室にするなんて贅沢だ。この貸し切り列車の乗客は、俺たち以外は七名しかいないんだからな」

「え？　何でそんなことをご存じなんですか？」

加納は玉村を呆れ顔で見る。

「その目は節穴か、タマ？　乗せろ、乗せないで押し問答をしていた時、女ばかり五人が乗り込んできた。それに口利きをしてくれたアベック二人を加えて七人だろ」

警察庁のデジタル・ハウンドドッグ（電子猟犬）と呼ばれるのは伊達ではない。同じ時空間にいたのに、情報取得にこれだけ差がつくのだから、事件現場での観察力が段違いなのも当然だ、と玉村はしみじみ思う。

「でも、おかげで警視正は会議に間に合うんですから、ありがたいと思わないと」

「俺としたことが感謝を忘れていた。では心の広いパトロンに尻尾を振りに行くか」

基本ツイン車両の先頭四号車を過ぎると、笑い声が聞こえてきた。加納が振り返る。

「パーティ会場に到着だ。タマ、身だしなみを確認した方がいいぞ」

言われて暗い車窓に目をやった玉村は、そこに映った髪の乱れを発見し、髪をなでつけた。ぼんやりした暗い姿見が、列車の振動と共にかすかに揺れている。

三号車のダイニングカーには、女性の笑い声が溢れていた。

女性は六名、普段着姿が三人、盛装が三人。ジャージ姿の女性は先ほど加納たちを迎えにきたAD賀茂で、あちこちにカメラを向けている。華やかな会場の片隅には、むさくるしい顎鬚を生やした中年男性が一人椅子に座り、壁にもたれていた。

「ようこそお越しくださいました」

華やかに加納と玉村を迎え入れたのは特別列車の女主人、望月ゆかりだ。大輪の牡丹が一輪、咲き誇ったかのような彼女が、二人を座席までエスコートしてくれた。

「飛び入りゲストは、なんと本物の刑事さんのお二人です」

座がざわめいた。女性たちは顔を見合わせ、小声でひそひそ言葉を交わす。いたたまれなくなった玉村が身を縮めると、加納はぶっきらぼうに尋ねる。

「おい、そのカメラの撮影目的は?」

ＡＤの賀茂はあわててカメラを下ろすと、小声で答えた。

「監督の指示で、帰京列車の様子を撮影するようにといわれているんです」

「ならば俺は撮影しないでもらいたい。捜査上、面が割れてはまずいのでね」

壁にもたれてブランデーグラスをもてあそんでいた、肥満体の中年男性が口を開く。

「心配するな。〝警察二十四時〟風に、後で顔にモザイクを入れてさしあげよう」

加納は男性を見て、冷ややかに言う。

「俺は特番に尻尾を振って出るような類の輩ではない。出演は断固辞退する」

男性はグラスのブランデーを一気に飲み干すと、反体制の闘士らしい口調で言う。

「賀茂、聞いたか？　以後はこのめんどくさい刑事さんたちにはカメラを向けるなよ」

「了解しました、道明寺監督」

低い声で答え、ＡＤの賀茂はレンズを他に向けた。加納は一礼し、着座する。

白けた場の空気を、華やかな声が一掃する。

「さあ、堅苦しいことはおしまいにして、刑事さんたちも楽しんでいってくださいね」

「そう、気は持ちようよね。本物の刑事さんなんて滅多にお目にかかれないですもの」

「蓼科(たてしな)さんはどんな時も貪欲ね。ほんと、プロデューサーの鑑(かがみ)よね」

「そりゃあそうよ。ロハで刑事さんに話を聞ける千載一遇のチャンスですもの」

発言の主が代わるたび、ＡＤの賀茂が持つカメラのレンズの向く先が変わる。

望月ゆかりが会話を引き取り、言う。

「内輪話ばかりではゲストの方も面食らってしまいますから、まずみなさんにご挨拶してもらいましょう。よろしいかしら、道明寺監督？」

勝手にしろ、と吐き捨てると道明寺はコップにどぼどぼとブランデーを注ぎ、ぐびりと飲み干した。蓼科プロデューサーが目配せをすると、ウエイトレスがシャンパングラスを運んできた。

「まず乾杯を。三年ぶりの看板シリーズも無事クランクアップし、今はすっかり呑(の)んだくれている道明寺監督に、音頭とひと言をお願いします」

道明寺監督は、ち、と舌打ちをすると、めんどくさそうに立ち上がる。

「予算が削られカメラマンも一人しか雇えなかったが、クランクアップできたのは、まあめでたかろう。俺はここからが地獄なんだが、とりあえず乾杯」

一斉に掲げたグラスの水面が、列車の揺れと共に上下動する。

掲げた杯を一気に飲み干し、道明寺監督はどすんと腰を下ろす。

「監督、お疲れさまでした。ではみなさんからひと言ずついただきましょう。せっかくのお料理が冷めてしまうので、召し上がりながらにしましょう」

蓼科Pが合図すると料理が運ばれてきた。皿の触れあう音が食欲をそそる。

「先頭バッターとして、本シリーズの主役、望月ゆかりさんに、ひと言お願いします」

望月ゆかりが立ち上がると、一斉に拍手が起こった。

「みなさん、お疲れさまでした。『貴婦人探偵シリーズ』も最新作『カシオペアの悲劇』で八作目、早いもので私と監督が組んで足かけ十年ですが、今回が一番、力が入っています。これは大ヒット間違いなしですよね、蓼科プロデューサー？」

「もちろんです」

望月ゆかりは視線を、ひっそりと車窓から外を見ている窓際の若い女性に向けた。

「道明寺監督を本気にさせたのも、五百倍の倍率を勝ち抜いてデビューしたシンデレラガール、樫村愛菜(かしむらまな)さんのお力です。改めて御礼を言わせていただくわ」

若い女性は赤面してうつむいてしまう。望月ゆかりは更に続けて褒め上げる。

「本当に立派だったわ。初めての演技だなんて思えなかった。というわけで、次はWヒロインの樫村愛菜さんにご挨拶をお願いしましょう」

ぱらぱらと拍手の音がした。主役からの指名に戸惑いながら立ち上がると、消え入りそうな声で話し始めた。

「生まれて初めての映画出演が、貴婦人探偵シリーズのWヒロインだなんて、夢みたいです。あの、今後もよろしくお願いします」

望月ゆかりが大輪の牡丹とすると、顔を伏せた新人女優・樫村愛菜は、森の片隅にひっそりと、だが誰の目をも惹(ひ)きつける白百合だった。

樫村愛菜はあっさり挨拶を終え、すっと腰を下ろす。一瞬、場が静かになった。

望月ゆかりの声が空気を攪拌する。

「樫村さん、次の人を指名しないと、友達の輪が途切れちゃうわよ」

はっとして立ち上がる樫村愛菜。すかさず蓼科プロデューサーが言う。

「そう言えば望月さんは来週、映画の宣伝で『フレンド・リング』に出るんでしたね」

「蓼科さん、相変わらずお口が軽いわね。あの番組は出演の前日まで情報をオープンにできないことになっているでしょう?」

望月ゆかりがやんわり言う。蓼科プロデューサーは両手で口を押さえ、身を縮めた。だがその目は笑っている。

お昼の情報番組の超有名な人気コーナーです、と玉村が解説すると、それくらい知っている、と加納は憮然として言い返す。その間を捉え、樫村愛菜がすかさず言う。

「次は、この映画のため一番ご苦労なさった蓼科プロデューサーにお願いします」

大女優は優雅なドレス、新進女優は洒落たワンピースにカーディガン姿と、それぞれ自分たちのポジションと年齢に見合って着飾っているのと対照的に、蓼科プロデューサーはラフなジャケットにコーデュロイのパンツというカジュアルな普段着姿だ。

「道明寺・望月コンビと組んで十年目ですが、こんな華やかな打ち上げは初めてです。女性ばかりのハーレム列車という監督の不埒な願望を、神さまはお許しにならず男前の刑事さんも同乗させてしまったようです。残念でしたね、監督」

　道明寺はぶすっとした表情で言った。

「そんなことはどうでもいい。それよりも今後の露出をしっかりやってくれ」

　蓼科プロデューサーは苦笑する。

「今回は予算面でご期待に沿えず、スケジュールも実質二週間という突貫撮影になり、現場にご迷惑をお掛けしました。とまあ不景気な話で場を暗くしてしまったので、道明寺組のムードメーカー、袋田（ふくろだ）助監督にバトンタッチしたいと思います」

　ジーンズの上下を着た女性が立ち上がる。

「道明寺監督のお世話係、袋田です。ワンパターンですが、今回も言います。道明寺作品は最高ですが、中でも今回の作品が一番です」

　場に笑いが零（こぼ）れた。いつも同じ挨拶をしているのだろう。

　道明寺が髭面でぼそりと言う。

「つまりこの作品が頂点で、後は没落するばかりだと言いたいわけだ」

　場の空気が凍る。愛想笑いをした袋田が言う。

「撮影が終わると、監督はいつもこんな風にご機嫌斜めですから、初参加の樫村さんは気にならないでください。その面白いお話を作ってくれる脚本家の尾藤（びとう）さん、いつもの尾藤節でお願いします」

年配の女性が立ち上がる。厚手のごわごわした生地のスーツに、大きい指輪を両手に二つずつ嵌(は)めている。いかつい指輪だが、体格がいいのでよく似合う。

堂々たる体格で盛装した姿は、裏方にしては迫力満点で、見ていた玉村が胸焼けしそうになったくらいだ。

「袋田ちゃん、よく言った。『貴婦人探偵シリーズ』は、十年前にベストセラー作家・緋文字(ひもんじ)先生のお話を換骨奪胎して作ったけれど、ミステリのかけらもない原作をここまでの映画シナリオに仕立て上げたのはあたしの腕。ま、身内の会だから言える本音だけどね。ついでに言わせてもらえば、あたしの傑作を監督がクランクイン後に〝微修正〟するのはせいぜい二回までにしてほしいものね」

大口を開けて笑う口元に金歯が光る。ちらりと加納たちを見て、言い直す。

「あ、それこそ今の発言は微修正しないとダメね。身内じゃない方々もいるから」

「元のシナリオができそこないなんだから仕方がないだろう。いいものを作りたいという、現場の当然の努力に、とやかく口を挟んでもらいたくないいな」

監督の言葉にかちんときたのか、尾藤は即座に言い返す。

「別にあたしは何回書き直そうと構わないんだけどさ、台詞(せりふ)を覚える俳優さんや女優さんの負担を思うとちょっと、ね。二ページの長台詞を三カ所も丸々書き換えたら、演技の質が落ちても仕方がないわ。まあ、大女優の望月さんだからこそ対応できるわけだけどさ」

　望月ゆかりが笑う。

「私は慣れているけど、樫村さんも同じくらい直しがあったのに、難なくやり遂げたのは感心したわ。さすが大変な競争率を勝ち抜いてきたシンデレラガールだけのことはあるわね」

「お、二代目望月ゆかり、ついに誕生か」

　尾藤の言葉に望月ゆかりの表情が一瞬曇る。だがすぐに笑みを浮かべ、樫村愛菜に言う。

「二代目望月ゆかりなんて襲名したらダメよ。初代樫村愛菜にならなくちゃ、ね」

　どういう顔をすればいいのかわからない様子で、樫村愛菜は黙り込む。望月ゆかりが言う。

「尾藤さんがおかしなことを言うからフレンド・リングが途切れちゃったじゃないの。仕方がないからあたしがつなぐわ。道明寺組の雑用の吹きだまり、この方なくして道明寺組は存在しない。縁の下の力持ち、AD賀茂ちゃん、よろしく」

　道明寺監督は壁にもたれていた身を乗り出し、ぱちぱちと投げやりな拍手をする。

「まったくその通り。お前たちが好き勝手なことを囀(さえず)れるのも、賀茂の献身あればこそだ。さあ、みんな、謹んで賀茂の演説を拝聴しよう」

真っ赤になって立ち上がった賀茂は、道明寺監督に向けていたハンディカメラを取り落としそうになったところを、監督が危うくキャッチする。

「賀茂のスピーチは俺が撮影してやる。ここまで費用を削減されたら、次はカメラマンを雇えなくなりそうだから、その予行演習にもなる」

道明寺は嫌味たっぷりに言うと、おどけた調子で袋田助監督がはやし立てる。

「監督自らカメラを取られるのは、何と十三年ぶりです。よろしくお願いします」

道明寺はカメラをびしりと構える。大監督と言われるだけあって、酔っていてもカメラを手にすれば別人のように雰囲気が引き締まる。望月ゆかりが賀茂に歩み寄る。

「あたしもお手伝いしようかな。賀茂ちゃん、少しいじらさせてもらうわよ」

ひっつめ髪をほどくと、手早くブラッシングする。ポーチからルージュを取り出し、すっと引くと、お、と道明寺監督が声を上げる。

「いいぞ。そのままそのまま。笑え、賀茂」

言われるまま唇の端を上げると、春の陽差しのような暖かさが周囲に漂った。

「その笑顔を続けられたら賀茂をヒロインにして『カシオペアの悲劇』を帰りの列車で撮り直し大傑作に仕立て直してやるんだが。『カシオペアの惨劇』なんてどうだ?」

望月ゆかりは肩をすくめ、脚本家の尾藤はむっとした表情を隠さない。

うつむいていた樫村愛菜はちらりと顔を上げ、印象的な瞳で監督を凝視した。

「道明寺組でお仕事ができて嬉しいです。これからも頑張ります」

動揺した賀茂は、しどろもどろでそう言うと、すとんと座ってしまう。

「おい、せっかく俺がカメラを回しているのにたった十秒か。もう少し何か話せ」

うつむいて首を振る賀茂に、望月ゆかりが歩み寄る。

「気をつけてね、賀茂ちゃん。この人、綺麗な女性には見境なしだから」

望月ゆかりが言うと、蓼科プロデューサーが言う。

「心配しなくても賀茂ちゃんは誰よりもそのことを知っているから心配ないわよね」

女三人寄ると姦しいというが、六人寄るとおどろおどろしいと読むのか、と加納はぽつんと呟く。

やがて減速した列車は止まり、くぐもった声で「森駅に到着しました」とアナウンスが流れる。道明寺監督が苛立たしげに言う。

「つまみが足りん。賀茂、森駅名物、いかめし弁当を買ってこい」

賀茂は弾かれたように立ち上がると、一目散に走り出した。

森駅の停車時刻が過ぎ、列車が走り出す。心配そうな面々が視線を交えていると、列車が巡航速度に達した頃になって、いかめし弁当を手にした賀茂が戻って来た。

「すみません。もう少しで乗り遅れるところでした」

息せき切って報告する賀茂に、道明寺監督が舌打ちをする。

「生真面目なのは結構だが、その要領の悪さは何とかしろ」

そう言いながら嬉しそうに、にいっと笑うと、いかめし弁当を受け取りごそごそ開ける。そんな監督の様子を横目で見ながら、望月ゆかりが言う。

「流れが途切れてしまいましたが、改めまして、ここで特別ゲストのお二人にご挨拶をいただきましょうか。もちろん、カメラは止めますわ」

フィレ・ステーキを口に運ぼうとしていた加納は、いきなり話を振られ、フォークを置いて立ち上がる。

「警察庁刑事企画課電子網監視室の加納達也です。荒天のため羽田空港が閉鎖、フライト・キャンセルで業務遂行に難渋していたところ、ご厚意で同乗させていただき感謝しております」

話を小気味よく切り上げると咳払いをして、玉村を目で促す。

玉村は立ち上がり、直立不動の姿勢を取ろうとしたが、その時列車が急カーブしたので、思わずよろめいてしまう。

場に、さざめくように笑い声が響き、玉村は頭を搔きながら、言う。

「桜宮市警の玉村警部補です。今、ちょっとよろめいてしまいましたが、まだ酔っぱらってはおりません。あ、でも華やかな雰囲気に少し酔ったかも……」

絶妙なボケでそつなく場の笑いを取った玉村は、気をよくして続ける。

「私は貴婦人探偵の大ファンで、感激しております。前作『滝に消えた貴婦人』から三年、ファン待望の新作がクランクアップしたと知っただけでなく、その打ち上げパーティに参加させていただけるなんて、本当に夢のようです」

「こちらの方は本当によくご存じね」

望月ゆかりが嬉しそうに言う。監督の表情も和んだ。隣に座った加納が言う。

「俺は部屋に戻る。明朝、東京到着まで自由行動とするからせいぜい楽しんでこい。ま、タマにもたまにはこんな夜があってもいいだろう」

狼狽する玉村警部補を横目に、メインディッシュを平らげた加納は立ち上がる。

「私は明朝、会議があるのでこれで失礼します。玉村警部補は明日は休暇ですので、私の代わりに思う存分に可愛がってやってください」

そう言い残した加納の後を追おうとした玉村は、蓼科プロデューサーに袖を引かれ、すとん、と腰を下ろしてしまう。玉村の周りに、女性たちがわらわらと集まってきた。

加納の予言通り、どうやら玉村は今宵のパーティの主役の座を射止めたようだ。

玉村は何が何だかわからないまま、美女たちに注がれるがまま、ビールやワインの杯を次々に飲み干していった。テーブルに林立したグラスの水面は、列車の振動と共に、まるで今の玉村の気持ちを表しているかのように華やかに揺れていた。

午後9時　函館駅

3

午後九時。北海道南端の駅、函館を出発した特別列車は、いよいよ北海道と本州を地続きにした青函(せいかん)トンネルに入る。

ディナーも終わり、パーティ会場は三号車のビュッフェから最後尾車両のラウンジカーに場を移していた。道明寺は早々に部屋に戻っていったが、女性陣は全員参加している。会場が替わっても、玉村警部補のモテ期は続いていた。

望月ゆかりに言葉を掛けられ、玉村は舞い上がっていた。

「一般視聴者のファンに直接お目にかかる機会なんて滅多にないから嬉しいわ。玉村さんはあたしたちの福の神みたいね」

「そんなことありません。貴婦人探偵シリーズのファンは警察内部にも大勢います」

「でも最近はそうでもないわよ。道明寺監督も賞味期限が切れかかっていると言われるし、興行成績もおもわしくなくて、三年間、新作を作れなかったのよね」

脚本家の尾藤が大声で言うと、すかさず蓼科プロデューサーが反駁(はんばく)する。

「尾藤さんに言われるのは心外ね。道明寺組の作品イコール尾藤脚本なんだから」

「つまりあたしも賞味期限切れってこと。今回は苦労したわ。豪華寝台特急カシオペア内で死体が見つかり、札幌到着までの十時間で解決するなんてハードル高すぎ」

「でも今回のシナリオは傑作だった。尾藤節炸裂（さくれつ）って感じね」

尾藤は急に口ごもり、玉村はあれ、と思う。遠慮知らずの豪放な尾藤にしては違和感がある反応だな、と感じた。そこに望月ゆかりの穏やかな声が響く。

「せっかくシリーズのファンがいらっしゃるのだから、暴露話はやめましょう」

尾藤は周囲を見回して言う。

「でも作品からエロ抜きしてミステリ仕立てにしたのに、スイートでふて寝しているあのオッサンは現場で個人的にエロ追求ばかりするんだもん、いやになるわ」

尾藤は、隅の席でぼんやりしている樫村愛菜に胴間声（どうまごえ）を掛ける。

「樫村ちゃんも気をつけて。あのオッサンは手が早くて、あなたみたいな清楚（せいそ）な娘が大好物なんだから。歴代のヒロインはみんな同じ系統よ。それにしても危ない部屋割りね。監督が先頭車両の展望室スイート、デラックスルームに樫村ちゃん、隣の二号車のスイート・メゾネットに望月さんとW主演の名花が揃い、両手に花だもん」

「尾藤さん」

望月ゆかりの声が変わり、語尾が鋭く跳ね上がる。蓼科プロデューサーが二人の間に割って入ろうとしたその時、望月ゆかりの携帯が鳴った。

望月ゆかりは、黙って聞いていたが、携帯を切ると場に居合わせたみんなに言った。

「十五分後に撮影の反省会だそうよ。各自、反省点を考えておくように、ですって」

そして玉村に、微笑する。

「もう少しご一緒したかったけど、パーティはお開きです。追い出すみたいでごめんなさいね。監督は焼き餅焼きで、玉村さんの人気をやっかんでいるみたい」

「いえ、楽しかったです。では、失礼します」

直立不動になろうとした玉村は酔ったせいか、不動どころか挙動不審になった。

玉村が部屋を出て行く姿を見送ると、蓼科プロデューサーが言った。

「ご機嫌斜めの御大をなだめないと大変。ハーレム列車のつもりだったのに飛び入りゲストに全部持っていかれちゃったら、そりゃ、ヘソを曲げたくもなるわよね」

尾藤が苦笑いして、樫村愛菜に言う。

「樫村ちゃんにとってはラッキーだわよ。監督の隣の一号車のデラックスルームを割り当てられた時は心配したけど、さすがにあそこまで酔っぱらったら大丈夫でしょ」

「そうかしら。さっきの監督は、酔ったフリをしているだけにも見えたのだけれど」

望月ゆかりがぽつりと言った。

列車の揺れで千鳥足に拍車がかかってしまうので、注意深い足取りで客車最後尾の六号車に舞い戻った玉村警部補は、扉のオートロックの暗証番号を打ち込む。

だが扉は開かない。押し間違いかと思いもう一度、慎重に試したが、やはりドアはぴくりともしない。ひと足先に戻った加納警視正が、暗証番号を変更してしまったとしか考えられない。玉村は半泣きになりながら、扉をどんどんと拳で叩いた。

「警視正、お願いです。ドアを開けてください」

反応はなく、泣き濡れた玉村が階段のところに座り込むと、しばらくして唐突に扉が開いて、ジャージ姿の加納が顔を出した。

「何だ、タマ。戻って来たのか。こんなチャンスは二度とないぞ。タマは明日は年休が取れるんだから、今夜はオールナイトで楽しんでこい」

「でも、反省会があるからって、お開きになっちゃったんです」

「自分がモテなくてひがんだ監督が、タマを追い出しただけだ。心配するな。夜は長い。廊下で待機していれば、いずれ女性陣の誰かがお前を呼びに来るはずだ」

「そんなこと、絶対にあり得ませんよ」

「ま、ワンナイト・ギャンブル、俺の勘を信じろ。必ず誰かがタマを迎えに来るぞ」

加納はぴしゃりと扉を閉めた。玉村は呆然とした。だが、諦めがいいのが彼の長所だ。深夜の張り込みだと思えばいいか、と気持ちを切り替え、階段で座り心地がよくなるようにもぞもぞしていたが、やがてベストポジションを確保すると、列車の心地よい揺れに身を任せ、扉にもたれた玉村は、すうすうと寝息を立て始めた。

どれほど時が経ったのだろう。玉村は身体を揺すられ目が覚めた。

ぽっかり目を開けると、艶やかな口紅が目に飛び込んできた。

——警視正の予言的中か？

酔った玉村がまっさきに思い浮かべたのも仕方がない。それはＡＤの賀茂だった。

女性は化粧をすると相当化けるな、と玉村は酔った頭でしょうもないことを考えた。

賀茂は小声で言う。

「すみません。妙なことが起こっているみたいで、刑事さんのお力をお借りしたいんです」

玉村は首を振って酔いを追い出す。身体は多少ぐらついているが、気持ちはしゃんとした。どんなに酔っていても、問題があれば、即座に対応できるよう、いつも心がけている。ぼそぼそと小声で話す賀茂の言葉に、玉村警部補は耳を傾けた。

☆

話は玉村がラウンジから追い出され三十分後、今から二十分前にさかのぼる。

最後尾のラウンジカーに集まったままの美女六人は、ハーレム列車の天皇が姿を現すのを、今か今かと待ち構えていた。尾藤がちらりと時計を見ると大あくびをした。

「あのオッサン、十五分も遅刻してる。このままお開きにしちゃわない?」

望月ゆかりが首を振る。

「そんなことしたら完全にヘソを曲げてしまうわ。たぶんこれは誰か迎えに来いというサインよ。賀茂さん、悪いけど監督に声を掛けてきてくださる?」

「承知しました」と答えた賀茂は、ハンディカメラを手に立ち上がる。自分の挨拶の時以外賀茂は監督の指示で、律儀にカメラを回し続けていたのだった。

最後尾のラウンジカーから監督の個室の先頭車両・スイートに向かう。途中、六号車の廊下に面する階段で眠っている玉村を見て、ぎょっとして立ち止まる。

思わずカメラを向けそうになったが自制し、微笑する。そのまま薄暗い廊下を、揺れに身を任せて歩く。思えば賀茂はいつも、こんな雑用ばかりさせられた。でも、映画大好き少女が大人になったような賀茂は、業界の隅にいられるだけで幸せだった。

顔立ちが幼いから若いと思われるが、実は来年で三十路だ。現状に焦りがないと言えば嘘になる。将来の不安もある。

普段考えないようにしていることを思ってしまうのも、さっきのパーティの一幕のせいだ。あの瞬間、自分も道明寺組の一員と見なされ、こころが弾んだ。

だが、それがいつまで続くのだろうと考えた途端、賀茂の心は一気に暗くなってしまった。

気を取り直し、行きは撮影のメイン会場、帰りは監督部屋になったスイートの扉をノックする。返事はない。

扉に手を掛けると、鍵は掛かっておらず簡単に開いた。

スイートルームは、自分の部屋とは違い格段に広かった。

室内は灯(あか)りが煌々(こうこう)と点(つ)いていて、テレビの映像がダダ流しになっている。

「監督?」と部屋をのぞき込んだ賀茂は次の瞬間、息を呑んだ。

ひっ、ひっ、と息を荒らげながら、走行する列車の振動で揺れる床を蹴り、最後部のラウンジカーに駆け戻ると、賀茂は叫んだ。

「監督が倒れています」

「何ですって」

酔っぱらいばかりで、弛緩(しかん)していた空気がぴん、と張り詰める。

「お部屋に行ったらベッドに監督が寝ていて、胸にナイフが刺さっていて」

一同、声を失い互いに顔を見合わせた。

やがて、掠(かす)れ声で蓼科プロデューサーが言う。

「大変。すぐ刑事さんに来てもらわないと」

その時、賀茂の脳裏には、階段で身を丸めて眠っている玉村の姿が浮かんだ。だが、すぐに首を振ってその光景を脳裏から追い出した。

――警察沙汰になったら大変だわ。

しばらくして、気を取り直したように望月ゆかりが言った。

「ちょっと待って。刑事さんに声を掛ける前にあたしたちで確認してみない？　賀茂ちゃんの見間違いや監督のイタズラだったら大変だもの。だからまずは、あたしが賀茂ちゃんと一緒に確かめに行って、それから刑事さんを呼びに行くかどうか判断しても、遅くはないでしょう？」

「そうね、その方がよさそうね」

尾藤が言うと、部屋の片隅から声が上がった。

「私もご一緒させてもらっていいですか？」

Wヒロインの樫村愛菜だった。

「構わないけど、死体があったらショックよ」

樫村愛菜はきっぱりと首を振る。

「監督の冗談なら、びっくりする人は多い方がいいでしょう。監督が亡くなっていたらその様子を見ておきたいです。お芝居のため、何でもこの目で見たいので」

望月ゆかりは一瞬、目を見開いたが、すぐに微笑して言った。

「いい心がけね。それなら一緒にいらっしゃい」

第一発見者の賀茂を先頭に、二人の女優が先頭車両に向かう。途中、六号車の廊下の階段で、玉村が膝を抱えて眠っている姿を見た二人は、見てはならないものを見たような表情で、何もコメントせず通り過ぎた。長い旅路を経て、先頭のスイートに到着すると、開けっ放しの扉から灯りが漏れ、深夜番組のナレーションがぼそぼそ聞こえてきた。躊躇している賀茂の代わりに望月ゆかりが部屋に足を踏み入れる。その後に樫村愛菜が従う。

「賀茂ちゃん、ちょっと来て」

賀茂が、おそるおそるスイートルームに入ってみると、部屋は空っぽだった。

「そんな……さっき見た時は、確かに監督の胸にナイフが刺さっていたんです」

賀茂はベッド上の掛け布団をめくる。そこには出血の痕跡すらなかった。

「思った通り。賀茂ちゃんは騙されたのよ。小道具のナイフは本物の他に、刺そうとすると刃が引っ込む模造ナイフもあったから、そっちを使ったのね」

望月ゆかりの言葉に、賀茂は震える声で答える。

「そんな……私、確かに見たんです」

「本人は、あたしたちがおろおろするのを隠れてこっそり見ているのよ、きっと。たとえばこのトイレとか」

望月ゆかりがトイレの扉を開けてのぞき込んだが、人影はなかった。樫村愛菜がぽつりと言う。

「そういえば監督は、帰りにあっと驚く特典映像を撮るぞとおっしゃっていました。冗談かと思っていましたが、ひょっとしたらこのドッキリだったのかもしれませんね」

「賀茂ちゃんが見たという、監督の死体はここにはない。つまり殺されても、列車の中をふらつけるくらい元気なの。だから心配いらないわ」

「ほったらかしにしたら、監督のご機嫌を損ねてしまいませんか」

樫村愛菜が心配そうに言うと、望月ゆかりはにっこり微笑む。

「そうね。でも万が一、明日の朝になって監督が激怒したら、その時はあたしが納めてあげる。というわけで賀茂ちゃん、ラウンジカーに戻ったら、今度こそお開きよ」

賀茂は解せないという表情だったが、うなずくしかなかった。

望月ゆかりはドアのところで振り返り、スイートに残った樫村愛菜に声を掛ける。

「樫村さん、鍵は掛けないでね。でないとこっそり戻った監督が困ってしまうから」

「わかりました」

先頭車両のスイートルームの扉を閉めた樫村愛菜が、先を歩く二人に急ぎ足で追いついたのは、隣の二号車、望月ゆかりの部屋を通り過ぎた時だ。

樫村愛菜は、一人置き去りにされそうで怯えているかのような表情をしていた。

☆

そこまでの経緯をＡＤの賀茂から聞いた玉村が言った。

「わかりました。でもそれなら、どうして今頃になって、相談に来たんですか？」

ようやく酔いを追い出した玉村は、階段から場所を移し、加納が休んでいるはずの隣の荷物室の前で、賀茂と向き合っていた。

「監督はイタズラがお好きで、よく今回みたいなこともしますけど、その時はどこかから様子をのぞき見て楽しんでいらっしゃるんです。それなのに今回はパーティがお開きになっても全然姿をお見せになりません。これってとってもおかしいんです。監督のことが心配で」

「なるほど。それで私にどうしろ、とおっしゃるんですか」

「一緒に監督の部屋に来ていただき、専門家の目でもう一度確認してほしいんです」

「おやすい御用です。では取りあえず監督の部屋を見に行きましょう」

先頭車両、スイートルームの扉は閉まっていた。

「望月さんのご指示で鍵は掛けてないんでしたよね」

玉村の言葉にうなずきながら扉を開けた賀茂は、入口で固まって動かなくなった。

おずおずと玉村を振り返ったその顔は、蒼白だった。

震える指でさした広いベッド上には、あざらしのような巨体が転がっていた。

列車の振動で足を取られないように、そろそろと部屋に入った玉村は、ベッド上の物体に手を触れた。それが道明寺監督の遺体だということは疑いようがなかった。胸にはどす黒い染みが広がっている。ただし凶器は見当たらない。

「賀茂さん、みなさんを全員、最後尾のラウンジカーに集めてください。私はこの部屋に鍵を掛けたら、加納警視正を呼んできます」

賀茂は返事もせずに、もつれる足取りで部屋を出て行った。

扉を閉めた玉村は、新しい暗証番号を設定し、誰も入れないように客室をロックする。

二号車のスイート・メゾネットの部屋の扉を叩き、望月ゆかりを呼ばわる賀茂を横目に、急ぎ足で加納警視正の六号車に向かう。

走行の振動音が響く廊下を走り抜けながら、加納が乗っている客車がどんどん自分から遠ざかり、永遠に加納の許にたどりつけなくなるのではないかという錯覚に、玉村は怯えた。

疾駆する夜行特急の窓の外に広がる漆黒の闇には、霏々とした白雪が吹き荒れていた。

4　午後11時　青森県南部

寝間着代わりのジャージの上にトレンチを羽織り、加納警視正は客車の廊下を大股で闊歩していた。途中、玉村の指示で賀茂に集められた不安げな表情の一行とすれ違ったが、加納は「呼び出すまで一カ所に固まっているように」という、簡潔な指示を出しただけでまっしぐらに通り過ぎた。一行は、最後尾のラウンジカーに向かった。

事件現場・先頭車両のスイートに到着した加納は腕組みをして、列車の揺れに身を任せながら部屋の様子を眺めていた。やがて道明寺監督の死体に顔を近づけ、傷口を凝視する。

「凶器はナイフのようだが周囲にはない。犯人が持ち去ったのか」

洗面所の中を確認してから、内ポケットからビデオカメラを取り出し撮影を始める。

加納警視正の特技、デジタルムービー・アナライシス（DMA）はビデオに現場状況をすべて撮影し、パソコン内に現場環境を3D再構築する、という捜査手法である。

「洗面所の扉が開きっぱなしなのは、意味がありやなしや、はたまた偶然か」

洗面台には水が張ってあった。加納はちょっと触れて、生ぬるいな、と呟く。

洗面所に、釣り竿が立てかけてあるのを見つけ、接写してから手に取る。自動巻き取りリールの最新作か、と呟いて天井を見上げ、ため息をつく。

「偶然ではなく必然か。それにしても稚拙な……」

五分ほどで撮影を終えると、加納はパーティルームに向かう。

「現場検証が済んだので、次は容疑者の尋問に入る」

「まず、車掌に事態をお知らせしないとまずいのではないでしょうか」

スタッフルームでメンバーを落ち着かせていた玉村がおそるおそる言うと、加納は呆れ顔で玉村を凝視した。

「バカか、タマは。これは突発的、かつ偶発的なトラブルで、車掌は無関係だ。さらにこの特別列車では通常業務は要請されていない。ならば余計な手間を掛けさせるのは気の毒だろう」

「でも車掌に伝えないと、緊急停車で列車を止めて近くの県警に連絡を取ることができません」

「素っ頓狂なことを言うな。そんなことをしたら明朝の会議に間に合わなくなるだろ」

「でも、人が死んでいるんですよ？　捜査が最優先です」

「タマの言う通りだが、幸いこの列車は貸し切りで、誰も出入りしない。ならばこのまま東京に到着するまでに真相を突き止めてしまえば無問題（モウマンタイ）だろう」

玉村は仰天して、時計を見る。

「そんな無茶な。あと六時間しかありませんし、ここには鑑識もいません」

「相変わらずネガティヴだな。いいか、この事件は自殺と他殺の両面が考えられる。自殺なら大騒ぎする必要はない。他殺であれば容疑者はこの列車に乗っているが逃亡の恐れはなく、他にやることもないから捜査協力も積極的にしてくれるだろう。となれば列車内は理想的な捜査環境だ。なのに見ず知らずの頭の固いボンクラ地方警察を招き入れ、事件の捜査を無意味に遅滞させて、捜査方針を攪乱させようだなんて、発想が根本的にズレているぞ」

玉村はため息をついた。そうだ、この人は警視正で、警察庁の審議官にもうすぐ手が届くような偉い人だった。玉村は加納警視正の後を、忠犬の如く追いかけた。

最後尾の七号車、ラウンジカーには、六人の女性が集まっていた。彼女たちが不安を隠しきれない様子なのは仕方ないだろう。ラウンジカーは広々としたオープンスペースで、ソファが車両の壁際に配置されている。左右のソファに三人ずつ、スタッフが並んで待機している。

午前一時。流線型の天井が透明なプラスチック張りになっていて、夜空が見えた。雪は止んでいた。見上げた夜空には満天の星が瞬いている。大雪の翌日は快晴だ。彼女たちから騒動の一部始終を聞いた加納は、六人の居室を確認した。一号車スイートが亡くなった道明寺監督、ひと部屋間を置いてデラックスルームに樫村愛菜。二号車のスイート・メゾネットは望月ゆかり。三号車はダイニング、四号車の基本ツインタイプには二階の二室に袋田助監督と蓼科プロデューサー、一階の二室に脚本家の尾藤とＡＤの賀茂が、ひと部屋間を置いて滞在している。貸し切りだけあって贅沢な部屋の使い方だった。

加納は部屋割りをメモに書き留め、行きの撮影状況を袋田助監督に尋ねた。

「撮影に使ったのは一号車の展望室スイート、三号車ダイニングカー、四号車ツインと車椅子対応室、五号車のツインと車掌室、それから七号車のラウンジカーです」

「すると監督はすべての部屋に立ち入ったわけだな」

「撮影用以外のツインルームと、女優の居室には立ち入っていません」

「だが、聞けば道明寺監督は、相当お盛んだったそうだが」

袋田助監督はむっとした顔で答えた。

「悪いウワサが絶えない監督でしたけど、撮影中は女優さんのプライベートルームには入りません。お芝居の邪魔になることは一切やらない方でしたから」

「その通りよ。監督は撮影中には、長年一緒に作品を作ってきたあたしの部屋にさえ立ち入ろうとはしなかったわ」

望月ゆかりが静かに言う。

「なるほど、だが、帰りなら気が緩んでそんなこともするんじゃないか？」

「でも帰りの列車では、あの人にはそんなことをしている時間がなかったの」

望月ゆかりは笑みを浮かべた。加納は黙って腕組みをした。

それから加納は、ＡＤの賀茂が道明寺監督の死体を発見してから、呼び戻しにきた後の様子を特にしつこく尋ねた。そして最後に総括するように言った。

「被害者は死亡後、カシオペア内部をひとりふらつき、疲れて戻って来たところをＡＤの賀茂嬢が、ウチの玉村と一緒に発見したということになるわけか」

六人の女性は一斉にうなずく。加納は、小声で「バカバカしい」と吐き捨てる。

「みなさんはミステリ映画の撮影隊だ。みなさんの推理をお聞きしたいものだな」

即座に反応したのは、袋田助監督だった。

「無理です。私たちはリアルな犯罪捜査なんてやったことがない素人集団ですから」

「でも捜査のセミプロ並みの力はあるはずよ。不謹慎だけど監督がここにいたら、推理合戦してみろ、とけしかけたわ。泣くばかりでは監督も浮かばれないわ、袋田さん」

目を真っ赤にしている袋田助監督は、望月ゆかりにそう言い返されて唇を噛む。

「望月さんって冷たいんですね」

「私だってこんなことやりたくないわ。でも、どうせ東京まで時間があるのなら、刑事さんに協力して一刻も早く真相を明らかにしてもらった方がいいでしょう？」

「まさか、望月さんは監督を殺した犯人がこの中にいると思っているんですか？」

「そうであっても不思議はないわ。この列車には、あたしを筆頭に大なり小なり監督に恨みを持つ人たちが乗り合わせているんだから」

「愁嘆場と修羅場はその辺にして、ひとつ頼みがある。東京に到着するまではこの部屋からは決して出ないように。さて、この事件の真相に関する推理をお聞きしようか」

加納がこほん、と咳払いをした。左右を見回すと、おずおずと手を挙げたのは、Wヒロインの新人女優、樫村愛菜だった。

「あの、これは私の推理ではなく、本編の脚本通りですが、この中に犯人はいません。監督は自殺したんです。ですよね、尾藤さん？」

樫村愛菜は、バトンを脚本家の尾藤に回した。

「その通り。映画の設定は、ある企業の研修旅行の面々だけど、死体が発見されたあたりは同じ状況ね。自殺を殺人に誤誘導するため、凶器に氷のナイフを使い、死体発見時には氷は溶けてしまって見つからないようにする。氷のナイフは専用の作製キットで、ゆうべのうちにフリーザーで作り、ポットに入れて持ち込めば一件落着ね」

加納警視正は追加する。

「自殺後、セッティングしてあった釣り竿の自動巻き取りリールを発動させて、氷のナイフを洗面台に運ぶわけだ。確かに滑車が洗面台の上の方に取り付けてあった」

「あたしの自信作よ。主人公は釣りが趣味だから、テグスを使って胸に刺さったナイフを、ピタゴラスイッチ風に洗面台に落とし込む仕組みを作っておく。映画の設定のままの再現だから楽勝よ。でも困った点がひとつある。台本では遺体が発見されるのは翌朝だから氷のナイフは溶けるけど、今回は自殺してから発見まで時間がないわ」

加納はにっと笑う。

「その点は解決できる。洗面台に張った水は生ぬるかった。監督はおそらく熱湯を張っておいたのだろう。そうすれば氷のナイフはすぐに溶けてしまうからな。なるほど、するとまさに脚本通りの自殺というわけだな。だが今の話では、凶器はここにいるスタッフなら誰でも入手可能だったということにもなる」

言われて脚本家の尾藤は顔をしかめる。だが、気を取り直して言う。

「監督への恨みは各人みんな持ち合わせているから、否定はできないわよね」

「興味深い発言だな。各々、どういった恨みを持っているんだ？」

「要するにあのオッサンはズルいの。脚本を上げると、素晴らしい出来だなんてものすごい勢いで持ち上げるクセに、酷評が続くと掌返し(てのひらがえ)しで脚本のせいにして、もっとマシなトリックがあったはずだなんて言うんだもの。一事が万事、この調子。恨みたくもなるわさ」

望月ゆかりはうなずいて同意する。

「そういえば撮影の終わり際に、思いついた大どんでん返しのプロットを披露してやる、なんて豪語してたわね。いつものことだから聞き流したけど、今の話を聞いて思い出したわ」

「帰りの列車を貸し切りにしたのも番外編撮影のためだ、と屁理屈をこねたそうね。大言壮語を実現できず現実逃避した結果と考えれば、この騒動も納得できるけどさ」

尾藤の発言を聞いた玉村は、さっきの打ち上げの席で監督が『カシオペアの悲劇』ではなく『カシオペアの惨劇』を撮り直すぞ、と宣言していたのを思い出す。

ひょっとして、あれはジョークではなかったのかも……。

「でもそれって変です。すると監督は尾藤さんのシナリオをそのままなぞったことになるから、尾藤さんよりすごいトリックのお披露目にはなりません。それに監督は、できもしないことは口にしません。根拠もないのに故人を貶める(おとしめる)のは礼儀知らずです」

袋田助監督の非難に尾藤は言い返さず、肩をすくめる。どうやら袋田は徹底的な道明寺シンパのようだ、と玉村はこころのメモ帳に書き留める。

こうしてみると、道明寺組はお世辞にも一枚岩とは言い難そうだ。

完全なシンパは袋田助監督とADの賀茂くらいで、堂々たるアンチが脚本家の尾藤、愛憎相半ばするのが蓼科プロデューサーと望月ゆかり。樫村愛菜は新人だけに愛憎は浅く、気持ち的にはニュートラルと考えて差し支えはないだろう。

つまり四つに色分けされるように思える。

「ここにいるみなさんの結論は、監督は映画で使われたトリックをそのまま使用して自殺したということでいいのかな」と加納が咳払いをして、言う。

「ギャンブル好きの監督は多額の借金を抱えていて、今回の製作で前借りもしていました。この映画が失敗したら破産です。監督がストーリーそのままに自殺すれば話題になりヒットの可能性も高くなる。だから自殺したのかも……」

蓼科プロデューサーが考え考え言うと、即座に望月ゆかりが言い返す。

「それはあり得ないわ。あの人は天性のエピキュリアンだから、借金苦で自殺なんて、絶対に考えられない。借金塗(まみ)れでものうのうと生き存(なが)える、鈍感で図々(ずうずう)しい人だもの」

「あたしも望月さんの意見に賛成。映画をヒットさせるため自分が踏み台になるなんて、あのオッサンは絶対しないし、ましてあたしのトリックをそのまま使うなんてプライドが許さないわよ」と尾藤もうなずく。

「状況的には自殺が考えられるが、動機から見ると自殺でないという線が濃厚なわけだな。それなら他殺というラインで何かアイディアはあるかな?」

加納が尋ねると、場に沈黙が流れた。誰も口を開こうとしない。その言葉が意味するところは、この中にいる殺人犯は誰だと思いますか、と尋ねたに等しいのだから。

加納警視正は無神経すぎる、と玉村はひそかに憤慨する。

「こういう場合、ミステリ映画では真っ先に現場検証の情報を検討するものですが」

望月ゆかりが言うと、加納がにっと笑う。

「現場検証の重要性は、実際の捜査でも同じだ。そう言うからには、あんたは何か強力な証拠があると考えているのかな」

「監督の死体を見つけた時も、打ち上げ撮影用のビデオは回しっ放しだったわ。それを確認してみるのが先決でしょう」

望月ゆかりの言葉に、ＡＤの賀茂があわてて言う。

「でもあの時はすっかり動揺してしまって、ちゃんと撮影できていないと思います」

「とにかく見てみましょうよ」

蓼科プロデューサーが賀茂の手からビデオカメラを取り上げ、部屋に設置されたモニタにつなぐ。白黒の粗い場面が流れた後、ディナーの画面になる。

加納の指示で画面が早送りされ、パーティルームでの雑談の場面になる。

——賀茂ちゃん、監督を呼んできて。

画面の中で望月ゆかりが言う。賀茂が立ち上がり画面がぶれ、廊下の天井が映り込む。足取りに合わせ画面が左右に揺れる。カメラをぶらさげて歩いているようだ。

——監督、みなさんがお待ちです。

階段が映っている。扉が開く音。ひっ、という声。画面が大きく揺れる。

床が、壁が、天井が交互に乱雑に映り込み、見ているだけで酔いそうになる。

——大変です、か、監督が……

蓼科プロデューサーはビデオを止めた。

「映っているのは壁と天井ばかり。監督の遺体を見事に外しているわね」

賀茂は「すみません」と頭を下げる。望月ゆかりがその肩にそっと手を置く。

「仕方ないわよ。いきなり死体と出くわしたら、誰だってこうなるわ」

加納が冷たく言う。

「確かにひどい。これでは証拠の価値はゼロだ。だがおかげでわかったこともある。他殺だった場合、この場に顔を揃えた全員が容疑者だということだ。玉村情報によればディナーが終わり二次会会場のラウンジカーに集まる前に全員が一度、自分の部屋に戻ったという。さらに二次会が終わり、賀茂嬢と玉村警部補が一緒に死体を発見するまでの間も各自部屋にいた。つまり、ここにいる全員、アリバイがないわけだ」

居合わせた全員が息を呑む。とんでもない状況になったことを実感したようだ。

加納は、戸惑いを隠せない六人に視線を投げながら、言う。

「経緯はだいたいわかった。次に個室で一人ずつ聴取したい。場所は我々の六号車一階のツインルームにする。その間、誰もこの部屋から外には出ないように」

六人の女性はうなずいたが、表情は硬い。その雰囲気をほぐすように、玉村が言う。

「この聴取は手続きみたいなものですので、あまりご心配なさらないように。みなさんのうち、少なくとも五人は無実なんですから」

とたんに六人の顔が強張った。口が滑ったと悔いた玉村に加納が追い打ちを掛ける。

「おい、タマ、この中の一人が殺人犯かもしれないだなんて恐ろしいことを無責任に口にして、素人さんを脅すなよ」

いつもはもっと酷い恫喝をしているくせに、とも思ったが言い返せない。加納は楽しげに続ける。

「だが、走行中の列車内での殺人事件といえばまっさきに頭に浮かんでくる、イギリスのおばさん作家のミステリのようなケースもあり得る。設定は今の状況にそっくりだが、あの真相はぶっ飛んだバカミスもどきだったが」

それを聞いて望月ゆかりはくすりと笑い、樫村愛菜は微笑を口の端に浮かべた。他の四人はきょとんとしている。そうした表情を興味深げに眺め、加納は言う。

「次の順で事情聴取を行なう。賀茂嬢、尾藤嬢、蓼科嬢、袋田嬢、樫村嬢、最後は望月嬢だ」

「わかりました。みなさん、刑事さんに協力しましょう。それが監督への供養よ」

一同、うなずく。玉村が、おどおどしている賀茂に声を掛ける。

「ではトップバッターの賀茂さん、隣の車両までご一緒しましょうか」

5

2月14日　午前零時　岩手県北部

時刻は午前零時を過ぎ、日付けが替わった。

玉村警部補が六人の取り調べ順を考えていたら、なんだかフルコースのメニューみたいに思えてきた。そして「ミッドナイト・ディナーは殺人の味付けで」などという、出来の悪い二流ミステリのようなサブタイトルが脳裏に浮かぶ。すると目の前で身体をすくませている賀茂はさしずめ、小さなグラスに注がれた食前酒（アペリティフ）だ。人を酔わせるだけの度数はなさそうなので、果実酒に譬（たと）えた方がいいかもしれない。

加納警視正が満面の笑みを浮かべ、茶目っ気たっぷりに言った。

「玉村警部補の取り調べ室にようこそ」

開口一番、加納に言われ、玉村はあたふたする。

「何をおっしゃるんですか。これは警視正の仕事……」

加納は玉村の肩を、ぽんぽん、と叩いて、言葉を遮った。

「俺は警察庁所属で全国の警察を束ねる立場にある。だから特定地域で本部を立ち上げることはできないから、桜宮市警の警部補に代行を頼むわけだが、そんな組織の内情を被疑者の前であからさまにしたいのか、タマは？」

玉村は押し黙る。自分は誰の味方でもない、正義の味方だ、とひとり嘯く。たとえ法規を一時的に逸脱しても、真相を暴き真犯人を捕らえられれば本望だ、と自分に言い聞かせた。加納は、そんな千々に乱れている玉村の心中など思いやる様子もない。玉村は取り調べを開始する。

「第一発見者として、何か言いたいことはありますか？」

「ありません。私、あまり深く考えない人なんです」

「ではお尋ねしよう。道明寺監督はひと言で言うとどういう人だったかな？」

優しい口調の加納の問い掛けに、しばらく考えていた賀茂は、ぽつんと言った。

「わがままな方でした。でもいい映画を作りたいという情熱は本物だったと思います」

「女グセが相当悪いと言われていたようだが」

「そんなウワサはありましたが私にはわかりません。でもそれは仕方がないことです。女優さんはみんな、撮影中は監督に気に入られようと一生懸命ですから」

「あなたに手を出したことは？」

賀茂は驚いたように目を見開いた。

「まさか。周りには綺麗な女優さんばかり、私なんか相手にされるはずがありません」

「でもあなたは監督のことをこころの底から尊敬していた。だからこそ、女として無視された恨みは深かった、なんて気持ちはなかったのかな？」

賀茂は目を丸くして加納を見つめた。

何も言わずに凝視し続ける賀茂に、やがて加納は、ふ、と微笑する。

「結構です。部屋に戻って、次の尾藤さんを呼んでください」

賀茂は返事もせず立ち上がり、部屋を出て行った。礼儀正しかった賀茂の行動とは全然違ったが、それもやむを得ないだろうな、と玉村は納得し、同情した。

加納は涼しい顔をして、今回の台本をぱらぱらと眺めている。

満艦飾に着飾った脚本家の尾藤が顔を出すと、加納は笑顔で迎え入れる。

「ミステリ映画シリーズを十年以上も続けるのは、さぞ大変だろうな」

「そりゃそうよ。脚本家は縁の下の力持ち、映画がヒットすれば功績は監督と役者さんの力、コケたら脚本家や宣伝のせいにされるんだから、やってらんないわ」

「この脚本を眺めただけで、ご苦労が拝察できる。ところでミステリ映画を作るには、古今東西のミステリ小説に通暁していないと難しいだろうな」

「そんなことはないわ。あたしはミステリ小説にはまったく興味がないもの。あたしの得意分野は嫁と姑(しゅうとめ)の確執とか男女の機微とかよ。たまたま緋文字作品の脚本を手がけたのが機縁でシリーズ化されたから、トリックにはいつも苦労させられるのよね」

がはは、と豪快に笑い飛ばす尾藤に、加納はあっさりと言う。

「台本を読んだが確かに登場人物の造形はひどすぎる。警察は愚鈍、名探偵を僭称する主役の貴婦人の推理は穴だらけ。俺が上司ならこんな連中は即刻、左遷するぞ」

尾藤の顔色がかすかに変わった。

「そこまでひどくはないわよ。少し謙遜してみせただけなんだけどな。警察の現場に関しては元警察官のお話も聞いてるし、トリックはいろいろな人がアイディアを提供してくれる。あたしの仕事はその中からウケそうなものを選択するだけなのよね」

「それなら警察関係の監修者の賞味期限が切れている。そういえば元捜査一課長が番組で『犯人像は男性、もしくは女性。年齢層は十代から七十代まで』なんて言ってたな。日本国民ほとんどが容疑者というワケだ。これなら当たるさと思っていたらなんと真相は自殺だ。よくまあ、そこまで外せるものだとつくづく感心させられたよ」

青ざめた尾藤だが、さすが長年業界を生き抜いてきた、したたかなプロだった。

「それなら次から刑事さんに、スタッフの一員に加わってもらおうかな」

加納は片頰を歪めて笑う。その申し出は完全にスルーして、言う。

「さて、ミステリ部分は外注している脚本家にお伺いしたい。外注先は何人いるのか。そして今回の映画における外注相手は誰か、お答え願いたい」

「ミステリ作家三人、ミステリファンが一人。彼らは折に触れ思いついたトリックをメールや手紙でくれる。でも今回は偶然あたしがトリックを思いついちゃったのよ」

「そんなこともあるんだな。ある日突然、それまでなかった才能が生まれたわけか」

「そりゃ十年もやれば才能も多少は生まれるわ。でも不安はあるわ。前作でとんでもない目に遭ったからね。会心のトリックだと思ったら物理的に成立しないと偏屈な評論家が騒ぎ立てたおかげで一気に轟沈(ごうちん)。シリーズ製作にもストップがかかっちゃってさ。今回、三年ぶりに新作ができてほっとしたわ。もう以前の威光はなくなったけど」

「三年の間、どうしていたんだ？」

尾藤はむっとしながらも、おずおずと答える。

「スランプだったの。去年出したシナリオはボツ。書き上げたらけちょんけちょんにけなし、脚本に勝手に手も入れるくせに、書かなければ書かないでやいのやいのうるさかったのよ、あのオッサンは」

加納はまじまじと尾藤を見つめた。

「そこまで苦労して書き上げた作品をぼろくそに言われたら、殺意が芽生えるな」

加納がぼそりと言うと、尾藤はぎょっとして顔を上げる。だが反論はなかった。

尾藤との会見は濃厚なとんこつスープのような飲み心地だったが、蓼科プロデューサーとの面談は何にでも合う気安いアミューズの舌触りというように玉村は感じた。まあ、人当たりがよくなければプロデューサー稼業は務まらないから当然だろう。

「プロデューサーの大変さはふたつあります。ひとつは資金調達、もう一つは人間関係の調整です。貴婦人探偵シリーズは両方とも大変で、そろそろ潮時かなと思っていました。そのことは今回の撮影に入る前に、監督にははっきりお伝えしました」

「そんなことを直接言ったりして、道明寺監督は怒らなかったんですか？」

「いいえ、ちっとも。映画撮影のこと以外では、きわめて常識的な方でしたから」

「なるほど。夢見る映画少年ではなく、地に足が着いたプロだったわけか」

「映画を撮る時は少し横暴にもなりますが、それ以外では常識人でした。でも監督と接する映画関係者にはそんな顔を見せることはほとんどなかったようですけど」

「女グセの悪さも常識の範囲内だと？」

「病気ね。でも呑む、打つ、買うの三拍子が揃ったのはクズ、二つの男は無能、ひとつだけの男性は可愛いと考えてあげるべきだそうなので、道明寺監督は可愛い方です」

「女性問題だけなら許せる、というわけか」

「プロデューサーという仕事は綺麗事では務まりませんので」

「なるほど、道明寺組全体を見渡せるのはあなたくらいのようだ。まあ、望月嬢という妖怪もいるが、彼女の立ち位置は特殊だからな」

「望月さんは本当にすごい女優さんです。道明寺監督と二人三脚で人気シリーズを立ち上げ、今日まで支えてこられたんですから」

「あんたには人を見る目がありそうだ。なのでご教示願いたい。この場に集った六名の女性にとって、監督の殺害で受けるメリットと蒙るデメリットは何か」

蓼科プロデューサーは目を見開いた。

「私がそんなことを言えるはずがないでしょう」

「この期に及んでなお綺麗事を貫こうとするところは、敏腕プロデューサーたる由縁だな。でもそれは小さき正義だ。あんたが情報を伝えなければ、無実の五名に不当な嫌疑が掛かり、真犯人がのさばることになる。これは映画ごっこじゃないんだ」

蓼科プロデューサーは、加納警視正を凝視した。やがて静かに言う。

「私たちがやっているのはごっこや遊びではありません。形は違えど、その心意気は刑事さんが正義を守るために働くのとちっとも変わりません」

蒼い目をして、蓼科を凝視していた加納警視正は、やがて微笑した。

「悪かった。『ごっこ』は撤回する。捜査協力のため、質問に答えていただきたい」

蓼科プロデューサーは、ほっとしたように吐息をついた。

しばらくうつむいて考えていたが、やがて顔を上げるときっぱり言った。

「確かにそんなことを考えられるのは、私くらいですね。賀茂さんは職を失います。尾藤さんは収入が激減します。袋田さんは再就職が難しいでしょうね。道明寺色が強すぎて他の監督から敬遠されますので。樫村さんはデビュー作がお蔵入りになり、望月さんは看板シリーズを失うわけですから言わずもがなでしょう」

「なるほど。この列車に集った女性はみんな大なり小なり、道明寺監督の巨軀(きょく)にへばり付いたコバンザメみたいな連中だったわけか。では彼らのメリットはどうかな」

加納の言葉に一瞬色をなした蓼科だが、すぐに気持ちを切り替え冷静に話し始める。

玉村は、プロデューサーは〝ならぬ堪忍、するが堪忍〟だと聞いたことを思い出す。

だが、それは今の自分の身の上とそんなに変わらないと気がついて、同情はやめた。

「メリットもみんなにあります。賀茂さんは道明寺監督のお気に入りのままだと、他の仕事ができなくなってしまうところで、今解放されるのは結果オーライです。尾藤さんはベテランだけど、このシリーズに膨大なエネルギーを取られ新領域へ進出できませんでした。これを機に新しいオファーがくるかもしれません」

「だが尾藤嬢がスランプだったせいで、三年間、シリーズが途絶していたと聞いたが」

「その通りですけど、今回は別人みたいにシャープな脚本で、見違えるほど素晴らしかったです。スランプを乗り越えることでひと皮剝(む)けたんでしょうね」

「では袋田助監督はどうだ」

「彼女には一番、ビッグチャンスがあります。道明寺監督の遺作として公開することになれば、映画を作り上げることができるのは袋田さんしかいませんから。つまり監督に昇格することになるかもしれません」

「それならメリットはあるが、そのために監督を殺すのは、ちと極端だな」

「おっしゃる通りです。遺作が公開されるかどうかも定かでなく、お蔵入りになる可能性もあるので、監督を殺害するのは結局、誰にとっても割に合わないでしょう」

「女優二人のメリットはどうかな?」

「樫村さんは、監督のしつこいお誘いから逃れられたということくらいです。でもあの娘はしっかり者で自力で逃れたでしょうから、メリットはないに等しいでしょうね」

「望月嬢は?」

「日頃常々、腐れ縁の監督とは縁を切りたいと言っていましたが、口癖みたいなもので、今さら殺してまでどうにかしたい、なんて情熱はなかったんじゃないかしら」

「すると女優陣にとって、監督を殺害して得られるメリットは皆無ということだな」

加納警視正は蓼科プロデューサーをしばらく見つめていたが、続けて言った。

「おおよその輪郭はわかった。だがまだ一人、利害をお聞かせ願えていない方がいる」

蓼科プロデューサーははっとした表情になると、顔を上げて微笑する。

「まさか、自分自身について解析しろ、と言われるなんて思いませんでした。まあ、いいです。私も大体同じです。デメリットはこれまで続けてきたシリーズを失うこと。メリットはその裏返しで、シリーズを続ける苦労をしなくて済むこと。特に資金調達を考えなくて済むのは助かります」

「なるほどな。人間とは現状維持なら多少の不満は我慢する生き物だから、少なくともあんたが監督を殺したいと思う動機は薄そうだ。もっともそれは、あんたが知っていることを洗いざらい話している、という前提での話だが」

蓼科は一瞬、加納を凝視すると、深々と吐息をついて、立ち上がる。

「刑事さんなら、そんな風なことをおっしゃるかな、と思っていました。次に袋田助監督をお連れしますが、純粋な映画オタクみたいなお嬢さんですから、あまりいじめないでくださいね」

「俺はいじめなどしない。真相を暴くために最短距離を突っ走っているだけだ」

加納がそう切り返すと、蓼科プロデューサーは、あきらめ顔で笑みを浮かべた。

袋田助監督は堅実一筋、フルコースでは合間のパン、という印象を玉村は感じた。

「監督が亡くなって一番利益を得るのはあんたではないかと思うが、いかがかな？」

いきなり加納警視正に指摘された袋田は、え、と声を上げた。

「どういうことでしょうか。さっぱり意味がわからないんですが」

玉村は思わず、顔色を青くしたり赤くしたりしてやきもきしてしまう。

「クランクアップした今、監督が急逝すればあんたは監督に成り上がれるだろ？」

袋田はぶるぶる震えだした。顔色は血の気が失せたように蒼白になっていた。

りません」

「誰がそんなことを言ったんですか？　無理です。私に監督は務まりません」

「でも、監督の供養と言われたら、やるしかないだろう」

「できないものはできないんです。私は助監督とは名ばかりで、内実は映像分野の雑用係です。この世界に入ったのは道明寺監督への憧れからで、その気持ちは今も変わりません」

加納は袋田の表情を見つめた。やがて深々と頭を下げた。

「下司の勘繰りだった。素人考えで失礼なことを申し上げてしまったようだ」

袋田がほっとしたような表情を見せた。加納はすかさず畳み掛けるように質問する。

「では、Wヒロインの二人について、助監督としての本音を聞きたい」

袋田助監督はしばらく考えていたが、やがてうなずいた。

「これは誰にも言わないでほしいんですが、今回の映画で望月さんは新人の樫村さんに食われたと思っています。尾藤さんは樫村さんが望月二世になれるようなことを言っていましたが、そんな生やさしい話ではなく、世代交代する可能性もあります」

「二人の演技力には、そこまでの差があったのですか？」

思わず横から玉村が尋ねると、袋田助監督はうなずいた。そしてあわてて首を振る。

「もちろん演技力では望月さんに敵いっこありません。でもこの作品に関しては、樫村さんの演技は鬼気迫るもので、もし映画が公開されたら、彼女の代表作になったでしょう」

「そこまで確信できるなら、編集の代行なんて簡単なことだろうに」

「物語の編集だけなら私にも自信はあります。でも女優さんや俳優さんの事務所の力関係による出演時間の割り振り、スポンサーに対するサービスショットを入れたりという、本筋に関係ないけれど経営的に重要な部分がダメなんです。そこさえクリアできればいつでも独立させてやる、と監督に言われ続けてきたのですが、とうとう卒業証書はいただけませんでした」

袋田助監督はひっそりと目元を指先でぬぐう。玉村警部補が言う。

「新人の樫村さんが望月さんを越えたということになると、よほど脚本と相性がよかったんでしょうね」

「あるいは、天才女優の誕生場面に立ち会えたのかもしれません」

聴取終了を告げられた袋田助監督は立ち上がると部屋を出て行こうとして、一瞬立ち止まってから振り返る。

「私は道明寺監督を心から尊敬していました。まず自殺かどうか、はっきりさせてほしいんです。そしてもし自殺でないなら、一刻も早く犯人を捕まえてください」

「もちろんだ。それが我々の職務だからな」

加納警視正の返事を聞いて安堵（あんど）した表情を浮かべた袋田は、部屋を出て行った。

6　午前1時〜2時　岩手県南部

フルコースも終盤、最初のメインディッシュは、魚だ。

その新人女優が部屋に入ってきた時、まっさきに玉村警部補の目に留まったのは、悲しげな瞳でも、切りそろえた黒髪のしなやかさでも、思わず触れたくなってしまうような、みずみずしく赤い唇でもなかった。

ほっそりした指先。白魚のような、という形容詞がぴったりの細い指だった。

登場するだけで場の空気を変えることができるのは大女優の資質だろう。

加納は、うっそりとソファに身をもたせかけている。そんな加納から指示されていた玉村は、こほん、と小さく咳払いをすると質問を始めた。

「今回、Wヒロインに抜擢されたのは、何が決め手だったと思いますか？」

予想もしなかった質問だったのか、あるいは玉村が質問することが意外だったのか、樫村愛菜は小首を傾げて、しばらく考え込んだ。

「全身全霊で役に没頭できたからだと思います。でもWヒロインというのは、周囲の人が気を遣って言ってくださっているだけで、実情は単なるゲストだと思っています。望月さんあっての貴婦人探偵シリーズですから」

言葉の端々に育ちのよさが見え隠れしている。玉村は感心し、思わず尋ねる。

「女優として、望月さんを越えたいという気持ちはありますか？」

「そんな大それたことは、考えたこともありません、と答えるべきなんでしょうけれど、お芝居のことでウソはつきたくありません。私は望月さんをいつか越えたいと思っています。望月さんは、私のような新人にもそんな闘争心を抱かせてくださる、素晴らしい先輩です」

加納がすかさずむくりと頭をもたげた。

「闘争心を抱かせるのが素晴らしい先輩なのか」

「本音の体当たりをしてくださらなければ、そんな気持ちにはなりませんから」

「ではもう一つ尋ねる。あなたにとって道明寺監督はどういう存在だったのかな？」

「神さま、です」

樫村愛菜は即答した。そしてそれからいたずらっぽく笑って言う。

「ただし期間限定、カメラの前でだけの、ですけど。クランクインしてお部屋に呼ばれた時に、はっきりとそうお伝えしました。道明寺監督は才能豊かな監督ですけど、その、いろいろとお噂もおありの方でしたので」

年端もいかない小娘に機先を制された〝神さま〟は、後で歯噛みをしたに違いない、と玉村は苦笑する。加納は突然、玉村から質問権を取り上げて、自ら尋ねる。

「あんたの目には、望月嬢にとっての道明寺監督とはどのような存在に映ったのかな」

「ひと言で言えば、ベターハーフかしら。でもそれは、私の印象にすぎませんけど」

加納警視正はまじまじと樫村愛菜を見た。

「わかりました。結構です」

お辞儀をして、立ち去ろうとするヒロインの後ろ姿に、加納は声を掛ける。

「ミステリ小説はお好きかな？」

は？と振り返った樫村愛菜は、すぐにうなずく。

「幼い頃からよく読んでいました。ミステリ好きは叔母の影響です。でも、なぜ？」

「先ほど、イギリスのおばさん作家が書いたミステリにそっくりと言ったら、笑ったのはあんたと望月嬢のお二人だけで、尾藤嬢はわからなかったようだったのでね」

「クリスティの『オリエント急行殺人事件』は、有名ですから」

「そんな有名な作品を脚本家がご存じなかったというのは、どう感じたかな？」

「あの方がトリック部分をミステリの専門家に丸投げしているというのは、業界の方なら誰でも知っていることですから、特に感想はありません」

「ミステリ好きの叔母さんは、ミステリ映画の金字塔であるこのシリーズに、あんたがゲスト出演したことを、さぞかし喜ばれただろうな」

「もう確かめようがないんです。叔母は二年前に亡くなりましたので」

樫村愛菜は淋しそうに笑った。加納警視正は押し黙る。やがて玉村が言った。

「それは……ご愁傷さまでした」

樫村愛菜は軽く会釈すると、重い会話とはうらはらの、軽い足取りで姿を消した。

最後に登場するのは、フルコースの最後にふさわしい豪奢な肉料理の皿だった。

大女優がソファに座ると、スポットライトが当たったみたいに仄かに明るくなった。羽を広げた孔雀のような印象だ。もっとも孔雀で派手なのはオスなのだが。

「みなさんに根掘り葉掘り、いろいろとお聞きになったようですね」

「パーティルームはこちらの取り調べの話題で、さぞや姦しいでしょうな」

「まあ、ぼちぼちね。でも、話の途中でため息をついたり、私をちらりと見て目を伏せたり。どんなことを聞かれたのか、大体想像はつくけど」

「樫村さんも同じようなご様子でしたか？」と玉村が尋ねる。

「あのお嬢さんは堂々としているわね。きっと大女優になるでしょう」と言って、望月ゆかりはゆっくりかぶりを振る。加納は頭を下げる。

「今夜、この列車に同乗させていただいて感謝している。そんな中で起こった不測の事態に対応させていただくことで恩返しをしたい。ただし、不躾な質問もすることもあり、気分を害されることもあるかとは思うが、ご容赦を」

「ご心配なく、強面刑事さん。〝真相を暴くため最短距離を突っ走る〟ような殿方は、そんな無駄口も利かないものよ」

先ほど蓼科プロデューサーに自分が言ったばかりの台詞を目の前で復唱され、加納は苦笑する。別室での取り調べ内容は、パーティルームで共有化されているようだ。

「では早速。『貴婦人探偵シリーズ』の大ファンで、舞台裏の事情にも詳しい玉村警部補の情報によると、あなたと監督は深い関係だったとか。それは本当かな」

ぼんやりと望月ゆかりの美貌に見とれていた玉村は、唐突に自分に振られた冤罪に、ぎくりとする。だが無罪を言い立てれば五人の誰か……実はほぼ全員……がそう告げたとわかってしまう。なので玉村はぎゅっと唇を噛みしめ、不当な冤罪を甘受しようと健気に決意する。ほほほ、と華やかな笑い声がこぼれる。

「それを誰が言ったかは詮索しません。ですので気配り刑事さんに情報漏洩の冤罪を被せなくてもいいわ。今は長年連れ添った道明寺の冥福を祈る気持ちでいっぱいです」

「そういう関係であれば愛情だけではなく、当然憎しみもあっただろう。今回の撮影で樫村嬢があなたの演技を越えたという声もある。そんなこころ穏やかではないところに監督の、男としての興味まで樫村嬢に持って行かれたら、女としてとうてい許し難いことだったのではないかな」

望月ゆかりは、一瞬、深い悲しみの色をその瞳に浮かべた。

だが、すぐにその色を吹き消し、艶然と微笑んだ。

「すべてを包み隠さずお話ししますので、刑事さんらしからぬもってまわった言い方で、私のこころを無理やり揺さぶるようなやり方はしないでいただけないかしら」

加納は深々と頭を下げる。

「失礼の段はご容赦願いたい。では端的にお尋ねしよう。自分を越えられてしまったと思える樫村嬢に対し、女優として、あるいはひとりの女性として、嫉妬の念はありやなしや？」

玉村は呆然と加納を見た。天下の大女優に面と向かって、こんな不謹慎な質問をできるなんて、加納はただ者ではない。そう、確かにただ者ではないとんでもない不届き者だ。

玉村がこっそり睨み付けても、加納はどこ吹く風で意に介する様子もない。

望月ゆかりは吐息をついて、顔を伏せる。

「酷な聞き方をなさるのね。でもさっきよりは刑事さんらしいわ。若い才能に対して嫉妬心はいつだってある。けれども今回は特別で、彼女に対する嫉妬心は特に強かったわ。だって彼女は、あたしがとうの昔に失ってしまったものを溢れるくらい持っているのだから」

「ほう、それは何かな」

「才能の埋蔵量と未来への手放しの信頼感です。そんな嫉妬心を掻き立ててくれる、純正の女優さんと出会うことは稀なこと。なので樫村さんと共演できて嬉しかった。でも女としての悔しさはありません。あたしと道明寺は男女の気持ちはとうに枯れています。今のあたしたちは恋人、愛人というより、戦友、同志と言った方が正確なの」

列車が大きく揺れた。すかさず加納が冷や水を浴びせるような口調で言う。

「さすが大女優だけあって、説得力だけは抜群だな」

「刑事さんのような生き方を続けていくって、さぞや難儀なことでしょうね」

そう言って小首を傾げ、人差し指を頰に当てる。

「違うか。むしろラクなのかもしれないわね」

吐息と共に吐き出された自分への批判を、加納は唇の片端を上げた微笑で受け流す。

「もうひとつ。道明寺監督が亡くなって、あなたご自身のメリット、デメリットを挙げてほしい。ちなみにこれは全員に聞いている質問だ」

「もう私には、メリットもデメリットもありません。道明寺という光が消え失せてしまった今となっては、あたしは闇になってしまったのですから」

その言葉が真実かどうかなど、どうでもよかった。ただ、圧倒的な真実に聞こえた。それだけで充分だった。そう思った玉村の耳に、加納の質問が飛び込んできた。

「では、そんな監督を殺したいと思ったこともあったのかな？」

一瞬、望月ゆかりは息を呑んだ。それからゆっくりと笑みを浮かべた。

「……もちろん、あるわ。数え切れないほど」

玉村はごくりと唾を飲み込む。加納は立ち上がると言った。

「ご協力、感謝する。これで関係者の聴取は終了だ。二時間後に結果を伝えるので、いましばらく窮屈なところで我慢してほしい。それと蓼科プロデューサーをもう一度呼んできてくれ」

「彼女へのご用件は何でしょう」

「過去のシナリオを通読したいのだが、ここにあるだろうか。あとＡＤの賀茂が撮影したビデオも見直してみたいので手配を頼もうと思ってな」

「過去のシナリオは道明寺のこだわりですべて現場に揃えています。シナリオの置き場所は知っているので、あたしがご案内しましょうか」

「では、そっちはあんたにお願いしよう。タマ、お前はパーティ部屋に行って今後のスケジュールをみんなに伝えて、ついでに賀茂嬢からビデオを借りてこい」

「ラジャー」と弾かれたように立ち上がり姿を消した玉村の後ろ姿を見遣（みや）り、望月ゆかりは笑みを浮かべる。

「健気で忠実な部下さんをお持ちのようね」

加納はその言葉には応えず、片頬を歪めて微笑した。

☆

六号車の一室にはシナリオだけでなく、アルバムや小冊子、新聞記事スクラップが乱雑に積まれていた。加納が部屋に入るとそれまで気にならなかった、かたん、かたんという単調な走行音がモールス信号のように聞こえてきた。

それは亡くなった道明寺監督からのメッセージのようにも思われた。

その様子を見た加納は「ちょっとした資料館だな」と呟く。望月ゆかりが微笑する。

「道明寺は撮影中も部屋に時々籠もりました。映画監督はいつも周囲に人がいるから、時々無性にひとりになりたくなるんですって。だから死体が消えた時、道明寺はここに隠れてあたしたちをびっくりさせようとしているのかな、と思ったんです」

「誰よりも監督をよくご存じのあんたならではの判断、だな」

皮肉に聞こえる言葉の響きを、望月ゆかりは優雅な微笑でさらりと受け止める。

シナリオを脇に抱え、部屋を出て行こうとした加納を望月ゆかりは呼び止めた。

「強面の刑事さん、こちらも参考になるかもしれません。毎回、撮影の度にスタッフが撮り溜めたアルバムです。ただし肝心の、今回の撮影分はまだですけど」

加納はアルバムの一冊を手に取ると、ぱらぱらとページをめくりながら言った。

「撮影現場のショットから最後のスタッフ総出の集合写真まで揃っているとは、道明寺組には相当しっかり者の整理係がいたようだな。記録魔は捜査のよき協力者だ」

「お褒めにあずかり光栄です。写真や資料の整理係はあたしがやっていたんです。ところでここまで捜査に協力しているのだから、ひとつお願いを聞いてほしいのだけど」

「職務妨害にならないことであれば、何なりと」

「道明寺が亡くなり、皆は動揺しています。できればもう少しやさしい言葉を使っていただけると助かるんですけど……」

「残念ながらそれはできない。〝最大限の情報を最低限の労力で得る〟という基本方針に則り、一番有効な質問をしているだけだからな」

八冊のシナリオと七冊のアルバムを両手に抱え、加納が部屋に戻ると、玉村はビデオをセッティングし終えていた。

「天下の大女優が、タマを忠実でいい部下だ、と褒めていたぞ」

「そうですか。パーティルームの方はお通夜みたいでした」

「だろうな。連中のボスのお通夜だからな。タマ、ビデオ再生を頼む」

加納はベッドに寝そべる。列車の振動から離脱したような空間で、画面の再生が始まりその雑音に、ハイスピードでシナリオのページをめくる時に紙が擦れる音が重なる。しばらくして、ストップと声を掛け、読み掛けのシナリオを放り出し、画面にかぶりつく。賀茂が最初に死体を発見した場面だ。

　床と壁と天井しか映っていない、ブレた画面を穴があくほど凝視していた加納は、その場面が終わると早回しして、三人の女性が監督の部屋に確認に行くまでの場面を再生する。やがて興味を失ったようにベッドに倒れ込み、腕組みをして目を閉じる。

　それから身体を起こし、再びシナリオをものすごい勢いでめくり始める。一冊シナリオを読み終えると写真アルバムを手に取る。上司の邪魔をしないように、玉村は片隅でぼんやりビデオの画面を眺めていた。シャッター音とストロボのフラッシュに驚いた玉村が顔を上げると、加納は前作のアルバムの、打ち上げの集合写真を接写していた。加納は、ペンでさらさらとメモ書きすると、その紙片を玉村に手渡した。

「タマ、この連中の情報をネットで調べてくれ」

　リストには男女二人ずつ、計四名の名が記されていた。名前の隣には数字が書き込まれている。熊谷欽一(くまがいきんいち)３、阿部(あべ)とも１、大西(おおにし)ひろ子２、川村美都(かわむらみと)１。

　聞いたことがない名ばかりだが、玉村は何も尋ねなかった。加納のオーダーは彼らについて調べることだ。調べればわかることをわざわざ尋ねるのはムダ口になる。

　玉村は携帯電話を取り出し、ネットの検索画面を開いた。

「全員に動機があり、しかもアリバイは誰にもない。コイツは厄介だ。それにしても、あの面影はどこかで見たことがあるような……」

　そう呟いた加納は手枕をしてベッドにごろりと横たわると、目を閉じた。

列車が減速し、ごとりと停車した。玉村がブラインドを細く開けると、仙台という駅名表示と、隣の時計の針が四時三十分を指しているのが見えた。終点の上野駅到着は午前九時三十分だから、あと五時間で真相にたどりつかなければ、事件発生時に列車を止めず、最寄りの県警本部に連絡を取らなかった独断専行の加納の捜査が、また警察庁上層部に不快感を与えて大変なことになってしまう。だが玉村は不安は感じなかった。加納の態度に、微塵(みじん)も不安感がなかったからだ。玉村がブラインドを下げると、列車はゆっくりと物語の終末に向かって疾走し始めた。

お通夜のよう、という玉村の表現は適切だった。だが、静まり返った部屋に最後の尋問者、望月ゆかりが帰還したとたん、場の空気が和んだ。やがて各々(おのおの)酒の杯を手に、在りし日の絶対的権力者の暴虐ぶりを好き勝手に語り始めた。アルコールで緩んだ空気の中、時には笑いも交えて故人を偲(しの)ぶ。それもまた通夜の席の常だ。

「強面刑事さんの捜査中だけど、あたしたちもミステリ映画、貴婦人探偵シリーズの一員だもの、あたしたちなりに推理を作りあげ、刑事さんたちを驚かせてみない？」

「それって不謹慎すぎませんか？」

望月ゆかりの提案に、袋田助監督が異議を唱える。すると脚本家の尾藤が言った。

「でもオッサンなら喜んで参加しそうな企画ね。故人が喜ぶなら立派な供養よ」

「さすが、こじつけ上手な尾藤さんですね。私は悲しくて、そんなことをしたいという気持ちになれません。でも、やりたいという方を止めようとも思いませんけど」

袋田助監督が抗議するように言うと、望月ゆかりがしっとりと微笑する。

「でも、ただしんねりむっつりしているよりは建設的かなと、あたしも思うわ」

蓼科プロデューサーを流し目で見ると、彼女は肩をすくめて同意を示す。

「ではこの事件の真相はいかに。誰か斬新なアイディアは？」という映画の決め台詞で場を引き締めて、望月ゆかりが尋ねると、尾藤が胴間声で言い放つ。

「斬新かどうかはともかく、さっきの話し合いでは自殺の線が濃厚ね。でも仮に他殺だとしたら犯人はずばり、賀茂ちゃんしかいないね」

ＡＤの賀茂がびくっと身を縮めたのを見て、尾藤が豪快に笑う。

「ダメだよ、賀茂ちゃん、この程度でそんな風にあからさまに動揺しちゃあ」

「で、でも……」

「まあお聞き。賀茂ちゃんが最初に死体を発見した時、賀茂ちゃんだけが死体を見て、他の二人は見ていない。解散後で刑事さんのところに相談に行き、二人で死体を発見した。つまり二度も死体の第一発見者になっているわけ。これって不自然すぎるわ」

ぶるぶると震えるＡＤの賀茂の肩に手を置き、望月ゆかりが言う。

「尾藤さんの推理はもっともだけど、よくわからないのは、最初に死体を見つけた後で、あたしたちが行ったら死体がなくなっていた点ね。これはどう説明するの？」

「賀茂ちゃんが死体を隠してから私たちを呼びに来たとしか考えられないわ」

「でも賀茂ちゃんの立場で考えると支離滅裂よ。なぜそんなややこしいことをしたの？　死体を見つけた報告をするなら死体はみんなに見せたいわけだし、死体を隠したいなら報告しなければいいだけのこと。ね、とっても不自然な行為なのよ」

「まあ、それはその通りなんだけど……」

「それに賀茂ちゃんは監督を呼びに行くまではあたしたちと一緒で、ずっとビデオも回し続けていた。そのビデオには犯行の瞬間は写っていなかったわ」

「でも監督の死体も写っていませんでした」

部屋の片隅から突然会話に乱入してきたのは、Wヒロインの樫村愛菜だった。

「もちろん賀茂ちゃんが意図的に遺体を写さなかった可能性はある。でもあの場面のパニックぶりを見るとそんな余裕はなかったと思う。それに賀茂ちゃんが犯人なら、刑事さんともう一度確認しに行った時、監督の死体が見つかったのはなぜ？」

「それは……」と黙り込む樫村愛菜。望月ゆかりはにこりと笑う。

「それだけじゃない。ここにいる誰かが犯人だとすると重大な問題がある。あたしたちは誰も八十キロの肥満体の死体を、ひとりで運べない。すると監督の死体をどうやって隠したか、隠し場所からベッドの上に動かしたのか、説明できなくなるわ」

「共犯がいたらどうでしょうか？」

　樫村愛菜がおそるおそる言うと、尾藤が口を挟んだ。

「その可能性は捨てられないわ。ここにいる人はほぼ全員、共犯が成立する動機を持ち合わせた人たちだし。今回だけ参加した樫村ちゃんは例外だけど、それ以外の人たち同士の共犯関係は簡単に成立しそう。そうなると特に可能性が高そうなのはあたしと蓼科ちゃんと望月さんの三人のうち二人の組み合わせ、ということになりそうね」

「なぜそこに私が入るの？」と、戸惑いの口調で蓼科プロデューサーが尋ねる。

「映画の世界で言えばあたしと蓼科ちゃんは似た者同士。成功すれば役者と監督の功績、失敗したらプロデューサーと脚本家のせいにするのは監督の常套（じょうとう）手段でしょ」

　尾藤の言葉に蓼科プロデューサーは黙り込む。そこへ樫村愛菜が口を挟む。

「でも、自分で言い出しておいて何ですけど、やっぱり共犯の可能性はあり得ないと思います。一旦解散した時に、お二人ともお隣の部屋に戻ったのを私は見ましたし」

「事前にしめし合わせておけば、そのあたりはどうとでもなるんじゃないかしら」

　望月ゆかりが言うと、脚本家の尾藤が目を輝かせて言った。

「こういうのはどうかな。みんな自分が犯人ではないことを知っている。だから自分以外の全員が共犯というヤツ」

「何よそれ。結局、ここにいた全員が共犯ということになるわね。私は違うけど」

蓼科プロデューサーが笑うと、すかさず尾藤が言う。

「違うわよ。自分以外が全員共犯だから、全員ではないの。これって画期的よ」

「それは刑事さんが言った、イギリスのミステリの大家のトリックの変法ね」

「知らなかったけど、つまりあたしはその大作家と同じレベルに自力で達したわけね」

ミステリファンを公言している望月ゆかりと樫村愛菜は顔を見合わせた。

お互いに考えていることは同じようだと気づいた二人は、こっそり失笑し合った。

「やっぱり他殺説は無理です。自殺なら三人が見に行った時どこかに隠れ、その後で自殺し、映画と同じトリックで釣り竿を使ってナイフを洗面台に捨てれば済みます」

樫村愛菜が歯切れ良く説明すると、望月ゆかりがぽつんと言う。

「この部屋の結論は、監督は映画のトリックを流用して自殺したということでいいみたいね。刑事さんたちがお見えになったら私たちの推理をお伝えしましょう」

蓼科Pがまとめると場の空気が和んだ。この中に殺人犯がいるという物騒な考えが否定されたせいだろう。その和んだ空気をかき乱すように、ノックの音がした。

一瞬にして緊張が漂う中、ドアの外から場違いに穏やかな玉村警部補の声がした。

「十分後に加納警視正が事件の真相をお話ししますので、ご準備をお願いします」

六人の女性はそわそわと、手元にあるグラスを玩(もてあそ)んだり、ハンドバッグから化粧道具を取り出し化粧を始めたり、手帳のスケジュール表を確認したりした。

7　午前6時〜8時　福島駅〜宇都宮駅

午前六時。列車は福島に到着し、ラウンジカーにいた六名は、これまでの出来事を振り返ったり明日のスケジュールを確認したり、あるいは何も考えていなかったりした。予告時間かっきりに加納警視正がトレンチコートの襟を立て颯爽（さっそう）と現れた。

「お待たせした。では今からすべての謎を解き明かし、事件の真相をお伝えしよう」

その声と共に、ゆっくり列車が走り始めた。望月ゆかりが加納を見た。

「その前に、ひとつよろしいかしら。私たちは、監督は映画の台本をなぞり自殺後に凶器の氷のナイフを釣り竿とテグスを使って洗面台に捨てたという結論になりました。スイートルームの洗面所に釣り竿が置いてあれば、それが動かぬ証拠です」

「ふむ。確かにシナリオを読めば、そう考えたくなる気持ちはよくわかる。だが残念ながらこの事件の真相は自殺に見せかけた殺人だ。ただしここには鑑識がいないため物証はない。だが心理的証拠を積み重ねて到達した真相に沿って調べれば物証は必ず出てくる。それは東京に着いてからゆっくり確認すればいい」

望月ゆかりはうなずいた。

「真相を言い当てた後で証拠を固めるのは、映画の主人公である貴婦人探偵・月野ひかりと同じやり方ですから、あたしたちには受け入れ易いわね」

「では早速解明に入ろう。この事件は突発的なものではなく、長年の澱から生まれた悪意が結晶したものだ。なので現場検証では真相には到達しない。幸いここにいる方々はシリーズ内容を熟知しているので説明がラクだ。今回から参加した樫村嬢と第四回から参加の袋田助監督も、シリーズの基礎知識はお持ちのようだからな」

袋田助監督と樫村愛菜がうなずく。加納警視正は淡々と続けた。

「シナリオを読み返し『貴婦人探偵シリーズ』はミステリ的に高水準を維持してきたことがわかった。ただ例外がある。三年前の前作、七作目の『滝に消えた貴婦人』だ。当時の記事も酷評でシリーズが途絶する恐れさえあった。そうだな、尾藤嬢？」

いきなり話を振られ、尾藤は曖昧な微笑を浮かべる。

「我々捜査専門家から見れば、動機は叙情的にすぎ、トリックも稚拙。これほどひどい話はあまり見たことがない。これまでの尾藤脚本と思えないくらいの出来映えだ」

前回の作品を貶されても尾藤は顔色ひとつ変えない。まるで人ごとのようだ。

「どうしてそれまで高水準だった作品がいきなり劣化したか。シナリオを読み返して理由がわかった。第六作までは本職のミステリ作家三人のうち誰か一人がアドバイザーを担当していたが、第七回は無名の新人が抜擢された。残念ながらその新人の才能のなさがシリーズへの評価を一気に低落させたんだ」

玉村は、加納から調査依頼されたリストを思い出す。三人はあっという間にミステリ作家だと検索できたが四人目の川村美都だけはネット検索に引っ掛からなかった。

「構成者の名もシナリオに載せてあった。映画通の玉村警部補によればそんな風に協力者の名を載せる律儀な脚本家はほとんどいないそうだが、それは本当か？」

「あたしはミステリ的なプロットや特殊なトリックには興味がないの。だからそこに生き甲斐を感じて、協力してくれる方の名を載せるのは相手へのリスペクトなのよ」

「そこまでリスペクトした新人アドバイザー、川村美都のレベルが低かったことは、今、どんな風に感じているのかな」

「まあ、長いシリーズではそんなこともあるかな、と諦めるしかないよね」

尾藤が歯切れ悪く言うと黙り込んだ。とうの昔に記憶の隅に埋もれた作品について、加納がそこまで執着していることに、玉村は違和感を覚える。

「あたしは素晴らしいと思ったから採用したけど、後から一部の評論家に物理的に成立しないトリックだと指摘されちゃったのよ」

「ふむ、やはりアドバイザーの質の低さが悪評につながったわけだな」

するとと部屋の隅から、意外な人物が声を上げた。

「それは全然違います。前作——第七作のトリックは優れた構成で、他の作品の追随を許さないものだと思います」

Wヒロインの新顔、樫村愛菜だった。加納警視正は樫村を見つめた。

「だが結果は違う。樫村嬢がそんな意見だとすると、ミステリファンという看板は眉唾に思えてくるな。なあ、タマ、お前も同じ意見だったよな？」

突然話を振られ、条件反射的にうなずいた玉村は、あわてて言い添える。

「私はこのシリーズが大好きなので、比較しながら見たことは一度もありません」

加納警視正は眼を細め、玉村を凝視した。

「うまく逃げたな。そんな風にあちこちに気遣いしていると心労で長生きできんぞ」

警視正に振り回されなければ心労も半減します、と反論しようとして、かろうじて寸前で止めた玉村だった。そこへ再び、樫村愛菜が言う。

「そこまでおっしゃるなら第七作のどこが悪いのか、具体的に指摘してみてください」

「おやすい御用だ。まず警察捜査の基本的な仕組みが理解できていないし組織の枠組みも間違いだらけ。だが、ミステリ的に問題なのはトリックと動機が乖離している点だろうな。これでは目の肥えたファンを納得させられなかったに違いない。そこへ持ってきて、物理的にトリックが成立していないとなれば、もはや致命傷だっただろう」

「警察捜査の仕組みに対する理解の甘さは他作も変わりません。それよりトリックと動機の連動性はシリーズでピカ一です。トリックも物理的に成立しています。作品の評判が落ちたのは、トリックを批判された時に適切に応対しなかったせいです」

「ほう、樫村嬢は、前作の内情に妙に詳しいように見えるが……」

樫村愛菜は挑みかかるように加納を見る。加納は視線を脚本家の尾藤に向けた。

「主観的評価には異論はあって当然だ。さて最新作は意外性のある凶器消失トリックといい、真犯人の意外性といい、列車運行と連動し生じたタイムリミットものの緊迫感に満ちた舞台設定といい、前作とは比較にならない素晴らしい出来だが、尾藤氏にとっても自信作だろうな」

「もちろんよ。当然でしょ」

「ミステリ音痴を自認する尾藤氏が、素晴らしいトリックを思いついたのは奇跡だ。前作と比べてひと味もふた味も違うというプロデューサーの評価には俺も同意する」

「そう。それはありがたいね」

尾藤は蓼科プロデューサーをちらりと見て、歯切れ悪く言う。

「前作と今回が同じ脚本家の作とは信じがたい。俺は文学の造詣は深くないが、そんな俺でもわかる。雲泥の差というのは、前回と今回の脚本の違いを指すんだろう」

玉村は、加納に似合わない、評論家的な発言のしつこさに辟易(へきえき)する。ふだん玉村がこんなことを言おうものなら、「ムダ口を叩くな、タマ」と一喝されそうな冗長さだ。

「前回の出来の悪さを帳消しにするような素晴らしい出来だから、次回は足を引っ張ったアドバイザーも堂々とリストラできるし、道明寺組もめでたしめでたし、だ」

加納が熱狂的な口調で続けると、困惑した口調で、尾藤がおずおずと言う。

「まあ、誰にでも失敗はあるけど、大切なのはリカバリーで、特に今回は……」

「いい加減なこと言わないで」

尾藤の答えの語尾を遮り震える声はまっしぐらに、加納に向けられていた。

みんなの顔が一斉に声の主を見た。樫村愛菜の青ざめた顔に視線が集中した。

「刑事さんはシナリオやミステリがわかるんですか？　見当違いもいいところです」

「ミステリ好きのお嬢さまには、現場たたき上げの大人の評価は理解できないだろう。俺は文学的素養には乏しいが、シナリオの読解力は相当だ。何しろ前回と今回のシナリオの違いが一発で読み取れたんだからな。その違いはこれから興行収入の差で現れる。世の中、結果がすべてだ」と加納はへらりと笑う。

「作品の質と売れ行きは別モノよ」

「いかにも世間知らずのお嬢ちゃんがのたまいそうな、青臭い観念論だな。そんなあんただって、女優として生きていくんだろうから、自分の価値判断に固執せず、今のうちに大人の価値判断を身につけるように日々研鑽を……」と朗々と語る加納警視正を、上目遣いに睨んでいた樫村愛菜の赤い唇から、思わぬ言葉が飛び出した。

「刑事さんは作品の善し悪しなんて全然わかっていないわ。今回のシナリオを絶賛しているけど、前作だって同じ作者のプロットなんだから」

場が静まり返る。玉村警部補が、あっけにとられて樫村愛菜の顔を見た。目を見開いた尾藤は、自分を睨み付けている樫村愛菜と目が合うと、うつむいた。

加納警視正が言う。

「今回のトリックにもアドバイザーがいて、その上シナリオまでゴーストライターに書いてもらったのか？　なのにクレジットにその名がないのはどうしてかな」

尾藤はぎょっとして加納警視正を見た。そして力なく首を振る。

「そんなことないわ。今回はあたしが本当に……」

「どうしてウソをつくんですか。尾藤さんは、プロットの発案者を尊重してゴースト扱いせず、必ずクレジットを載せてくれるって、叔母さんは感謝していたのに」

加納は腕組みをほどき、先ほどから酷評していた前回のシナリオを取り上げた。

「今回の作品にもアドバイザーとシナリオライターがいた。失敗作とされた前回と同じ川村美都だ。しかも彼女は今回のヒロイン、樫村愛菜嬢の親族だったわけだ」

視線の集中する焦点で、樫村愛菜は怒りの炎で身を包み、佇んでいた。

「どうして今回はアドバイザーをクレジットに載せなかったんだ？」

尾藤は苦しげな表情になる。加納が畳み掛ける。

「協力者をクレジットに載せなくても別に犯罪にはならないから、ここまできたら思い切って白状してしまった方が身のためだぞ。前回が大失敗したから験を担いで同じアドバイザーの名前を載せたくなかったのか？」

尾藤はぽつんと答える。

「違うわ。前作が大コケしてから音信不通だった川村さんが、突然すごいトリックを提案してきた。でもあたしはスランプで脚本が書けなかったから、正直にメールしたら、今度はシナリオが送られてきた。それが今回の『カシオペアの悲劇』よ。完成度が高く即、採用したけど、さすがにクレジットだけでは済まされない。このことがバレたら、あたしはシリーズ脚本家の座を奪われてしまうかもしれない。そんなことを考えていたら、蓼科さんや監督に本当のことを伝える機会をなくしてしまったの」

「人の善意を踏みにじる、卑劣なやり方だな」

「でもメールしても返信がなかったのよ。細かい直しに難渋していたら、樫村さんが、監督から要望されていたシナリオ上の問題点を全部、解決してくれたのよ。演技だけではなくシナリオまで理解できるすごい新人女優だと思ったけれど、叔母さんが書いたシナリオで、誰よりも深く理解していたからできたんでしょうね」

「あんたのメールに返信がなかったのは当然だ。川村美都は二年前に他界したそうだ」

加納警視正は、樫村愛菜から目を逸らさないまま、尾藤に告げる。

「それじゃあ、あたしにメールをくれたのは一体……」

加納の視線は樫村愛菜に向けられたままだ。

やがて彼女は諦めたようにうなずいた。

「私です。母を早くに亡くした私は、叔母に実の子のように可愛がってもらいました。ミステリ作家志望の叔母は、貴婦人探偵シリーズのプロット募集に入選したあの時が絶頂でした。でも叔母が手がけた作品は興行的に大失敗して、叔母は、前作公開の一年後に自殺しました。だから私は叔母の遺志を継ごうと決意したのです」

愕然（がくぜん）とした表情の尾藤に向かって、樫村愛菜は続けた。

「前作が酷評された後、叔母はすぐ次作『カシオペアの悲劇』を書き上げました。でも匿名サイトの酷評に耐えきれなくなり自殺し、私の手元には叔母の遺作が残されました。一周忌が済んだ時、私はこのシナリオを世に出そうと決めました。それが叔母への供養だと思ったんです。そこで叔母の携帯から、尾藤さんにプロットをメールしたんです」

樫村愛菜はちらりと尾藤を見た。

尾藤はうつむいて、その視線を受け止めようとしなかった。

「トリックをお伝えすると、シナリオが書けないと愚痴ってきたので、結局、シナリオも送りました。なのにそれ以降連絡が途絶えたある日、私はテレビで貴婦人探偵の新作製作発表があったことを知りました。叔母の名はどこにもなく愕然としました。

一周忌が済んだのを機に叔父は叔母の携帯電話の契約を解除してしまい、以前のメアドが使えなくなってしまいました。叔母のシナリオを送付したという証拠もなくなってしまったのです。悩んでいたら、Wヒロインの公開オーディションの記事が出た。その時、応募しなさいという叔母の声が聞こえた気がしたんです」

樫村愛菜はそこで言葉を切ると、妙に生っ白い、客車の天井を見上げた。

「……大変な因縁ね」

望月ゆかりが目を閉じ、ぽつりと言うと、加納が応じる。

「この一幕劇の仕掛け人は樫村嬢で、すべては彼女の叔母の仇を討つためだった。その最も効果的なやり方が監督の殺害だったわけか」

樫村愛菜は顔を上げ、加納を睨んだ。

「初めは叔母の脚本が映画になればいい、というただそれだけでした。でもクレジットされないのでは、叔母の作品である証しがなくなってしまう。だから尾藤さんを恨みました。でもどうして私が監督を殺さなければならないんですか」

加納は目を細め、片頬を歪めて笑った。

「仮説の物証はゼロだが、すべて矛盾なく説明できる。反駁できなければ、仮説が真実になる。あとは東京に着いたら科学捜査研究所の鑑識を召喚し、物証を発見すればジ・エンドだ。だから俺を論破するのがあんたに残された、唯一の生き残る道だ」

樫村愛菜は加納警視正から、視線を逸らさず言い返す。

「言われなくてもそうします。こんなことで殺人の濡れ衣を着せられてはたまりません。だいたい私が監督を殺す動機は何ですか？　そんなことをして何の得があるんですか？」

「動機は駄作者のレッテルを貼られた叔母の名誉回復。目的は道明寺組に叔母の脚本を認めさせた上で崩壊させること。これ以上の復讐はないだろうからな」

「私が道明寺組を崩壊させるなんて滅茶苦茶です。この作品は私のデビュー作なんですよ」

「あんたは脚本家の尾藤嬢に恨みを抱いていたが、それ以上に、叔母さんを道明寺監督に殺されたと逆恨みしていたからだ」

「逆恨みじゃないわ」

即座に言い返した樫村愛菜は、はっとしたように口を噤んだ。

やがて、諦めたように言う。

「逆恨みではありません。叔母は道明寺監督の作品に協力したことで、シナリオライターとしての未来をぼろぼろにされ、最後は死を選んだのですから」

加納は片頬を歪めて微笑した。

「これで動機は明らかになったな」

樫村愛菜は、唇を噛んだ。だがすぐにきっぱりと言う。

「でも私が監督を殺したという証明にはならないわ。ここにいる方たちはみんな、大なり小なり監督に恨みを抱いている人たちばかり。もしも私を犯人だというのなら、動機を持っている人はみんな犯人候補になるでしょう？」

「犯人特定は動機ではなく、物理的ロジックでなされる。あとは実行可能な人物が犯人になるわけだ。つまりあんたが犯人だということは、逃れようがない現実だ」

「何を言っているのか、さっぱりわからないわ。もっと納得できるように説明してください」

「おやすい御用だ。それは俺の、いや我々の日常業務だからな」

加納はうなずくと、ぽん、と玉村の肩を叩いた。加納は続ける。

「まず事件の発端である、監督の死体を賀茂嬢が発見し、三人で部屋に確認しに行ったら死体が消えていたというところから始めよう。これは簡単だ。監督が殺されていたら最大の容疑者は賀茂嬢だが、死体は部屋にはなかった。これはどういうことかわかるかな？」

「もしも他殺だというのなら、賀茂ちゃんがどこかに死体を隠すしか他はあり得ないでしょう？」

蓼科プロデューサーが言う。加納は首を振る。

「賀茂嬢にはそんなことをする理由がない。死体があったと知らせておいて、その死体を隠すなんて、自分の発言の信用を落とすだけの行為で何の意味もない。何より物理的に不可能だ」

「それじゃあまさか、強面の刑事さんは、死体が自分の足で歩いた、とでも言いたいのかしら？」

望月ゆかりが呆れ声を出した。それに加納も呆れ声で応じる。

「その通り。監督の巨体はここにいる女性単独では動かせない。まして賀茂嬢が死体を発見して他の人が部屋を訪れるまでの数分間では絶対に不可能だ。他のみんなは一緒の部屋にいて、相互監視状態だったためアリバイもある。だから死体が消えたとしたら、自分で歩いて隠れたと考えるしかない」

唖然としている女性陣に向かって、加納はあっさりと結論を告げる。

「単純なイタズラだ。この時点では監督は生きていて、死んだふりで賀茂嬢を騙しただけだ」

「じゃあ、あたしたちが部屋に行ったとき、監督はどこにいたの？」

蓼科プロデューサーが詰め寄ると、加納はあっさり答える。

「隣の樫村の部屋だ」

みなの視線が一斉に集中した、その焦点には樫村愛菜の戸惑った表情があった。

「そんな……私、部屋には電子ロックを掛けておきました」

「それは事前に暗証番号を教えておけば、わけないだろう」

「私が監督に部屋の暗証番号を教えた、ですって？　そんなバカな。私が監督のお誘いから逃げ回っていたことはみなさんご存じです。私が監督を部屋に誘い入れたりなんて、あり得ないわ」

「表向きは、な。だがその裏であんたは監督を誘っていたんだ。監督があんたに熱を上げていたのはみんな知っている。そんな時、今回の脚本を根底から叩き潰せる物語をお披露目しませんか、とあんたが焚きつけ、監督は、その提案を受け入れたのだろう。その上で部屋の暗証番号を教えたら、後はもう、なすがままさ」

　加納の目が蒼く光った。望月ゆかりは首を振る。

「道明寺は体格いいし力も強いわ。か弱い女性が殺すなんて、無理よ」

「そうした下地を入れて自分の部屋に誘い、隠れている間に一杯やりながら待ってて、なんてメッセージを残せば下心だらけの男ならイチコロだ。大方、その酒に眠剤を入れたんだろう。その後部屋に舞い戻ったのも、誰よりも脚本を知悉している樫村嬢なら調整できた筋書きだ。このやり口の狡猾な点は、途中でバレても打ち上げ用の悪ふざけだと言い訳できる点だ。いつでもジョークにすり替えられるからリスクがまったくない。完璧なシナリオさ」

樫村愛菜が即座に言い返す。

「そのやり方だと、監督が自分の部屋に戻るタイミングを見極めるのは難しいわ。いつ、他の人の目に触れるかわからないんですから」

「ゲートキーパーがいたのさ。監督の部屋を見に行った後、最後に部屋を閉めたのは誰だ?」

「私です。望月さんに言われたんですけど、一番年下ですもの。そんなの当たり前でしょう」

加納は、大きくうなずいて言う。

「つまりあんたは、最後に誰にも見られず扉の前を離れられたわけだ。そしてみんなに追いつく前に自分の部屋の扉をノックすることくらい簡単にできただろう。それを合図に監督は自分の部屋に戻ったんだ」

「まるで見てきたかのように説明するわね、強面刑事さん。確かにここまでは納得できるわ。その後、あたしたちは各自部屋に戻ったから、樫村さんも監督の部屋を訪問できただろうし」

望月ゆかりが言うと、加納警視正はうなずいた。

「その時には、監督はすでに眠剤で眠らされていた。樫村嬢は事前に準備しておいた氷のナイフでその胸を刺して殺害し、氷のナイフを砕いて洗面台に捨てたんだ。こうすれば凶器は完全に隠蔽することができる。釣り竿を置いておけば、映画のトリックも成立するから、自殺へのミスリードも完璧だ。ここから先は詳しく説明しなくてもわかるだろう」

「刑事さんは大切なことを見落としているわ。今の説明は樫村さんが監督を殺害した可能性であって、事実ではないわ。証明には物証が必要よ。東京に到着して鑑識が入る前に、どういう証拠があるか指摘してもらわなければ、今のはひとつの夢物語、誰も納得できないでしょう」

望月ゆかりが樫村愛菜を援護するように言うと、加納はあっさり答える。

「眠剤入りの酒瓶が樫村嬢の部屋にある。ただし中身は洗い流してあるから、眠剤の成分は検出できないだろう。だが列車内に中身を洗った酒瓶が見つかれば証拠隠滅の間接証明になる」

「笑っちゃいますね。仮に私の部屋にそんな空き瓶があったとしても、物証にはならないわ」

樫村愛菜が低い声で言う。もう、加納警視正から目を逸らそうとさえしない。

「おっしゃる通り。だがあんたの部屋から見つかってまずいものが他にもある」

「もったいつけずにさっさと言いなさいよ。どうせまたこじつけなんでしょう？」

加納は片頰を歪めて笑う。

「笑うかどうかは個人の自由だから、とやかく言うつもりはない。東京に着いたとき、あんたの客車から発見されるであろう、あり得べからざる物証、それは道明寺監督の指紋だよ」

加納の説明に聞き入っていたみんなは、一瞬きょとんとした。犯人の指紋ではなく、被害者の指紋が犯罪証明になるとはどういうことだろう、と思ったからだ。

そんな中、ひとり樫村愛菜だけは唇を噛んだ。

何か言い返そうとするが、言葉は出てこない。

加納は淡々と説明を補足した。

「さっきあんたは、自分の口で、道明寺監督を部屋に誘い入れていないと断言していた。するとあんたの部屋に監督の指紋があるのは、あんたの証言とは矛盾する。だが俺の仮説通りに監督が行動したとすれば説明可能だ」

周囲の人間が見つめている樫村愛菜の顔が、みるみるうちに青ざめていく。

それは致命的な一撃だった。

加納警視正は物証を挙げることなく、可能性を指摘するだけで、樫村愛菜を追い詰めていく。

掠れ声でかろうじて、樫村愛菜は反撃する。

「もし指紋が検出されなかったら、どうします？」

「その時は全員拘束し、真相が明らかになるまで取り調べを続けるだけだ」

「卑怯よ、そんなやり方」

「卑怯でもいい。俺たちは殺人犯を捕らえるため、あらゆる手段と権力を行使する。何より今の言葉は、指紋が出たらあんたが犯人だということを認めた発言でもある。だとすればあわてることはない。とりあえず東京に到着するのを待つのが得策だ」

樫村愛菜は、何も言わず、うつむいてしまった。

場が静まり返った。

重苦しい空気に包まれる中、沈黙を破ったのは望月ゆかりだった。

「樫村さん、真実を、今、ここで話してちょうだい。そう、女優らしく華々しく、堂々とね。カメラを回してもらうから」

「誰がそんなバカな誘いに乗るんですか。すべては邪推です」

「でも、あなたは真相を知っているわよね？　あたしが言っているのは、指紋が見つかった時の話よ。あなたがそうして意地を張り続けるのなら、それでも構わないけど」

望月ゆかりの言葉に、樫村愛菜は唇を噛んだ。

「これはあなたのために言っているの。あなたは女優よ。醜態を晒すのなら、誰も見ていない灰色の取り調べ室より、カメラの前でもがいた方がいい。そうしないと、あなたが胸に大切に抱いている何かが壊されてしまうわ」

「私は何も失いません」

「でも叔母さんの傑作は地に落とされてしまうわよ。それでもいいの？」

樫村愛菜は唇を嚙んで、望月ゆかりを見つめた。やがて絞り出すように言う。

「私、どうすればいいんですか……」

「カメラの前ですべてを告白すればいいの。この後、取り調べ室でやることを、今、ここで、あたしたちという観客がいる前でやってのけるの。今のあなたはまだ自由の身よ。そんなあなたが作り上げた物語を、カメラの前で演じたとしても誰も、そう、警察だって手出しはできない。だからあなたはそうすべきなの。あなたは女優なんだから」

それから静かに言う。

「取り調べ室で同じことを言っても、あなたの言葉は人々の耳には届かない。メディアや警察、世間に都合のいいように変形され、群衆の怒号にかき消され、消費されてしまうだけ。でも今、カメラの前であなた自身が語れば、その言葉をあたしたちが世の中に届けてあげる。そしたらあなたは永遠のヒロインになれる。あなたはラストシーンでそんな台詞を無責任な観客たち、あなたの叔母さんを殺した顔のない群衆に叩きつけてやりたかったんでしょう？」

樫村愛菜は、目を細めて望月ゆかりを見た。そして深々と吐息をついた。

「そこまでわかっていらしたんですか」

望月ゆかりはうなずく。

「ええ、あたしにはすべてがわかっている。だから安心してすべてを告白してちょうだい」

樫村愛菜は望月ゆかりを凝視し続けた。やがて、ふっと微笑すると視線を転じて言う。

「わかりました。袋田助監督、私の告白を撮影していただけませんか」

袋田は緊張した表情で樫村愛菜を凝視した。その瞳には敬愛する監督を殺された憎しみと、稀代（きだい）の女優の才能への尊敬がせめぎあっていた。

長い時間が経過した。

列車の走行する振動がモールス信号となり、道明寺監督の遺志を袋田助監督に語りかける。

やがて袋田助監督はうなずくと、テーブルの上に置かれたハンディカメラを構えた。

その姿は、生前の道明寺監督の仕草と瓜（うり）二つだった。

それを見て、立ち上がった樫村愛菜が言う。

「少し時間をください。部屋でメークをしてきます」

そんな樫村愛菜を、加納は引き留めようとはしなかった。

8　午前8時〜9時30分　宇都宮駅〜上野駅

午前八時。列車が宇都宮を出発した時、窓の外には真っ青な冬晴れの空の下、関東平野では珍しい一面の雪景色が広がっていた。その光景を見た加納と玉村は自分たちがどうしてこのカシオペアに乗り込むことになったのか、改めて思い出していた。

コート姿の襟を立てた加納は、明るくなった空を見上げ、ち、と舌打ちをする。一日予定がずれていれば、問題なかったのに、と思っているに違いない。

樫村愛菜の顔に朝日が差しかかる。立ち上がると、加納警視正に一礼した。

「すべては私ひとりでやったことです。でもところどころ、違うところもあるので今から説明します。これは捜査では絶対にわからないことですから」

玉村は一瞬、こんな取り調べを民間人がビデオ撮影するなんて許されるのだろうかと危惧したが、だからといって代案があるわけでもなかった。樫村愛菜は続けた。

「一周忌の後で叔母のシナリオまで送りつけた直後、叔父から日記をもらいました。日記には衝撃の真実が書かれていました。映画の興行が失敗する原因となった物理的なトリックのミスは実はエラーでなく、トリックを成立させるための必須条件を尾藤さんが見落としていたせいでした。しかも改善はたった一行の説明テロップを一場面に入れれば済む話で、叔母はそのことを尾藤さんに何回も伝えたのに、尾藤さんは無視したのです。その頃にはロードショーの打ち切りが決まって、今さら言い訳をしても仕方ない、それなら叔母さんに失敗の責任を全部なすりつけようと考えたのです。そんな仕打ちをしておいて、道明寺監督は叔母にしつこく言い寄った。美しく優しかった叔母は、映画の失敗の責任を押しつけられ、世間から非難されノイローゼで壊れた。日記を読み終えた時、私は、叔母の作品が上映されれば叔母の願いを叶えることになると勘違いしていた自分の浅はかさと、そんな連中に大切なシナリオまで送ってしまった間抜けさ加減に居ても立ってもいられなくなりました。こうして私の願いは叔母の名誉回復に、道明寺組への復讐が加わったんです」

「尾藤さんと監督を恨む気持ちはわかるが、監督を殺すなんてやり過ぎだし、望月さんに対しては、単なる逆恨みでしょう」

蓼科プロデューサーの言葉を耳にした、樫村愛菜の言葉が激しさを増していく。

「望月さんは最大の戦犯です。監督は叔母の才能に惚れ込み、言い寄って断られた後も関係を保とうとした。それを男女の仲と勘違いした望月さんが尾藤さんと監督を煽ったんです。それを叔母の日記を読んで知った私は、どうすれば彼らに報復できるか、考えました。叔母の遺作を読み直し、物語を最後に反転させた『カシオペアの惨劇』という二重底のミステリで復讐劇を完成させられると思いついたんです」

「どういうことだ？」と加納が訊ねると、樫村愛菜は微笑して答える。

「最後に私の真実の暴露というワンシーンを加えて、それまでの中身をひっくり返す。そうしたら道明寺組は滅茶苦茶になる。叔母の名誉回復のため映画はヒットしてほしい。でもそうなると憎い連中がのさばってしまう。だから道明寺監督には死んでもらうしかなかったんです。監督がいなくなれば道明寺組はおしまい。叔母に失敗の責任をなすりつけた尾藤さんは、週刊誌に裏事情を全部流せばおしまいです」

「信じられない。そんな条件をあのオッサンは呑んだの？　あんまりよ」

尾藤の叫び声に樫村愛菜は言い返す。

「それくらい。叔母の心痛に比べれば全然大したことじゃないわ。叔母は、自分の傑作を、あなたの中途半端な仕事のせいで貶められ、失意のうちに死を選んだのよ」

尾藤は黙り込む。代わって袋田助監督が金切り声を上げる。

「この映画で私たちはあなたを、そして望月さんを素晴らしく撮ろうと、ただそれだけを思い続けて頑張っていたのに、そんな風に思っていたなんてひどすぎるわ」

激しながらも構えたカメラは揺れない。一瞬、樫村愛菜は苦しそうな表情になる。

「それは申し訳なく思います。映画の撮影が進み、叔母の復讐をするのが正しいのかどうか、わからなくなってしまいました。でも彼らの浅ましさを思い知らされたのです。初めての撮影で台詞を覚えることに必死で他の文を読む余裕がなかった私にも後は列車での撮影でクランクアップというところまでこぎ着け、ようやく余裕ができて、他のところに目を遣れたのです。真っ先に叔母の名を捜したけれど、どこにもありません。前回のシナリオには名前があったのに。尾藤さんは最後の最後で叔母をゴーストライター扱いにしたのです。これで気持ちは固まりました。帰京列車で部屋に来いと監督に誘われた時、私は自作のシナリオ『カシオペアの惨劇』を渡しラストの一幕劇を説明し、この台本通りにしてくれるのなら一晩ご一緒しますと言ったのです」

「道明寺は、あなたの色仕掛けに陥落してしまったのね」

さみしそうな口調で望月ゆかりが言うと、樫村愛菜は首を振る。

「それは違います。監督もシリーズに限界を感じていて、華々しい幕引きだと喜んでいました。思うところのある監督でしたが、いい作品を作るためには悪魔にだって魂を売ると言った時だけは、私の棘だらけのこころでさえも少し揺さぶられました」

「そのために自分の命を奪ってもいい、とあの人は言ったの？」

樫村愛菜は唇の端を上げて、微笑する。

「私のシナリオを受け容れてくれたということは、結末がどうなっても文句はないということです。でも監督が承諾したかどうかは謎です。新しいシナリオでは殺されるのは脚本家でしたから。願わくは殺されるのが監督自身であったとしても嬉々として撮影してくれたらと思います。映画撮影は夢の世界、夢から覚めたら幻ですから」

「あなたは真実を暴露することで叔母さんの仇を取るつもりだったかもしれないけれど、本当は自分の未来を投げ捨てただけ。あなたの演技は本当に素晴らしかったわ。作品が公開されたらきっとあなたの代表作、ううん、いつまでも観客を魅了し続ける映画になったでしょうね」

樫村愛菜は唇を噛んで、望月ゆかりを睨みつける。

「私のことはどうでもいいんです。叔母の仇を取るために女優になったんですから」

「最初はそうだったかもしれない。でも作品を撮り終えた今はもう、立派な女優よ」

「そんなこと、あなたにだけは言われたくないわ。叔母の気持ちを踏みにじった張本人のクセして」

望月ゆかりは微笑する。

「それは結果論よ。私は必死だった。道明寺を叔母さんに渡したくなかったから全力で闘った。でもそれっていけないこと？　恋愛は全身全霊を傾けて闘う生存競争なの。お気の毒だけど、あなたの叔母さんは弱かっただけ。弱者は周囲の人を苦しめる。現に才能ある女優の未来を食い殺した。叔母さんが自殺したのは、私や道明寺の仕打ちのせいじゃない。自分の弱さのせい。そしてあなたの未来を潰したのは私じゃない。弱かった叔母さんの未練よ」

「違う。叔母はそんなことは望んでいなかった。私がそうしたかっただけ」

「だとしたらあなたも叔母さんと同じね。あなたはこの作品で私の女優生命に引導を渡すこともできた。正々堂々と復讐できたのに全部ドブに捨ててしまった。ほんと、バカな娘ね」

樫村愛菜は唇を震わせた。ふと気がつくと袋田はカメラを回したままだった。

樫村愛菜は悲鳴を上げ、顔を両手で覆った。

「袋田助監督、カメラは止めて」

望月ゆかりは、青ざめた顔で沈黙した樫村愛菜に言い放つ。

「何を言ってもいい。どんなに叫んでも構わない。でも、カメラを止めることだけは絶対に許さない。そんなことをしたら、もうあなたの気持ちは永遠に他人には届かなくなってしまうのだから」

そして、天から響いてくるような声が聞こえた。

「女優の天命はフィルムに刻み込むものなのよ」

☆

玉村警部補とADの賀茂が樫村愛菜を監視することになった。

ラウンジカーに残っていた他の人たちも終点が近づき、降車準備のため、ひとり、またひとりと自室に戻り姿を消していく。

加納警視正と望月ゆかりの二人が残った。望月ゆかりが、ふい、と加納に歩み寄る。

「犯人を暴いてくれてありがとう。これであの人も成仏できるでしょう」

「俺は業務を遂行しただけだ」

「それでも、ありがとうを言わせて」

そう言うとうなだれて、こつん、と加納警視正の胸に額を押し当てる。

「これが職務外なのはわかっているけど、お願い。ちょっとだけ胸を貸して……」

加納は一瞬、黙り込むが、やがて静かにうなずいた。

次の瞬間、加納の胸にしがみついた望月ゆかりは、嫋々(じょうじょう)とすすり泣きの声を上げ始めた。

加納警視正は棒のように突っ立ったまま動かなかった。

そんな二人を朝の光と、雪の照り返しのひかりがやわらかく包み込んでいた。


午前九時三十分。

上野駅のホームにすべり込むと、特別寝台特急カシオペアは、大きな吐息をひとつついて、完全に停車した。乗客たちを包んでいた微細な震動が消えた。

扉が開くといきなり、上野駅らしからぬ一面の雪景色が目に飛び込んできた。

到着ホームは玉村からの事前連絡により封鎖されていた。

もともと貸し切り列車だったので、封鎖しても一般客への影響は少ないと判断したのだ。

ホームで待ち構えていた私服刑事が加納警視正に敬礼をする。そして付き添っていた玉村警部補から、サングラスで顔を隠した樫村愛菜を引き渡されると、彼女を連行していった。

その様子を見送った加納警視正は、ホームに残され佇んでいる望月ゆかりに言う。

「ご協力、感謝する。おかげで殺人事件も解決し、国家の治安に関する重要な会議に欠席せずに済んだ。いずれ改めて正式に礼を伝えさせてもらう」

望月ゆかりは微笑した。そして言う。

「御礼には及びません。市民のために日夜働いてくださっている、警察の方に協力するのは市民の務めですもの。でも、ひとつだけお聞きしたいことがあるんですけど」

「何なりとどうぞ。捜査情報に該当しなければ、何でもお答えしよう」

「刑事さんは、最後の謎解きの場面で、不自然なほどしつこく前作を貶していましたよね。あれは本音ですか？」

加納は片頬を歪めて笑う。

「もちろんウソに決まっている。見ていない作品を酷評するほど、俺の了簡（りょうけん）は狭くない。あれは樫村嬢の反感を導き出すための芝居だ」

「やっぱり。そこだけが不自然だったから、確かめておきたかったの」

「どうでもいい枝葉が気になるんだな、あんたは」

加納が真顔で言うと、望月ゆかりは首を振る。

「枝葉は大切よ。今のひと言で、あたしの中での刑事さんの座標がぴたりと決まったんだもの」

「そういう、禅問答みたいな会話は苦手でね。まあ、どう転んでも俺は俺でしかないから、どんな風に判断しようが、どの座標に置こうが、勝手にしてくれ」

そう告げると加納警視正は、後ろに控えている玉村警部補に尋ねる。

「警察庁までの緊急走行車両の手配は済んでいるんだろうな、タマ」

「アイアイサー」

敬礼する玉村に片頰で笑ってみせると、加納警視正は二度と振り返ることなく、大雪で白く輝く景色の中、大股で姿を消した。

望月ゆかりはスタッフを引き連れ、完全に停車しているカシオペアの車両に戻った。

そこへ到着した映画会社の社員が次々に荷物を運び出していく。

その様子を目で追いながら望月ゆかりが振り返ると、袋田助監督と目が合った。望月ゆかりはバッグの中から小さな箱を取り出した。

「これが道明寺が最後に残した映像よ。技術の進歩ってすごいわね。あれだけ道明寺が苦労して撮影したビデオデータが、この小さな箱に収まってしまうのだから。でも、このままだとただのジャンク・データになってしまう。それにいのちを吹き込んで、作品に仕上げられるのはあなたしかいないのだけれど」

袋田助監督はうつむいていたが、やがて顔を上げる。

「やります。いえ、やらせてください。絶対、傑作にしてみせます。だってそれが真犯人への一番の復讐になるんですから」

「よく言った。あたしからもお願いするわ。脚本のクレジットは川村、樫村さんにしてね」

尾藤の言葉に、袋田はじっとその顔を見た。やがて何も言わずにうなずいた。

蓼科プロデューサーも言う。

「袋田さんはいい作品にすることだけを考えて。フィルムが完成したら、どんなに大変でも絶対上映してみせるから」

蓼科プロデューサーの言葉を耳にした望月ゆかりは、うなずく袋田の手を取った。

「お願い。これは袋田さんにしかできないことなの。そしてこの作品は正真正銘、道明寺組最後の作品にして、袋田監督のデビュー作になるのよ」

大女優のその頬には、一筋の光るものがあった。

9　7月某日　都内某試写室

　玉村警部補が警察庁から出張要請を受けたのは、大雪の中の帰京からちょうど五ケ月後、初夏の空気が爽やかな七月のことだった。指定された時刻に警察庁の指定された部屋に行くと、加納警視正が長々と足を投げ出し、寝そべっていた。

「その後、桜宮科学捜査研究所内では何か新しい問題は起こっていないか？」

「すべては順調で、検挙率も上がりました」

「報告ご苦労だった。これで本日の出張業務は完了だ」

「え？　たったこれだけのためにわざわざ私を呼んだのですか。警視正、こう見えても私も現場の捜査でかなり多忙の身なんですが……」

　言いかけた玉村警部補の口を塞ぐように、一枚のチケットを投げ渡す。

「主演女優から直々の招待状だ。二人ご一緒にどうぞ、だそうだ。タマがそれほど多忙だったとは残念だが、それなら俺一人で行く。先方には俺から謝っておこう」

　それは新作映画のマスコミ試写の葉書で、開始時刻は一時間後だ。

　玉村が半泣きで、警視正、と情けない声を出す。加納は片頬を歪め、にやりと笑う。

「どうだ、タマ、たまには職務を放棄し、俺に付き合うのも悪くないだろ？」

そう言って大股で部屋を出て行く加納の後を、玉村は忠犬のように追った。

試写会は大盛況だった。

『カシオペアの悲劇』は人気シリーズのファイナルであり人気監督の遺作であり、新進気鋭の監督のデビュー作でもあるため、この試写は世間の耳目を集めていた。だが試写会が話題沸騰となった原因は、何と言っても本物の殺人犯が主演しているという事実、そのため映倫が通らない可能性もあり、この試写会が事実上ただ一回の上映になる可能性が高かったからだ。派手なキャッチコピー、「道明寺俊介(しゅんすけ)最後の反抗・映倫なんてぶっつぶせ」はまさにぴったりだった。

ロビーは大勢の人でごった返していた。係員が「余分な席はありませんので、試写会の入場券を持っていらっしゃらない方はお帰りください」と繰り返し叫んでいる。だがメディア関係者は何とか潜り込もうとして周囲をぎらついた目で睨み回していた。試写会の入場制限なんて異例です、と玉村が加納に小声で説明する。そんな熱気の中、加納と玉村が招待状を差し出すと、係員が飛び上がって平身低頭した。

「お二人は特別試写室にご案内するよう言い付かっております。どうぞこちらへ」

人混みを通り抜け、細い階段を上ると、映写機の隣にしつらえられた小部屋に案内された。

扉が開くと、ソファに座っていた貴婦人が二人を見て立ち上がる。

「ありがとう。あとは私が……」

係員は一礼すると姿を消した。

「その節はお世話になりました。おかげさまで無事、完成披露試写にこぎつけました。正真正銘本物の殺人犯がヒロインの映画を公開するなんて、世間に喧嘩(けんか)を売るようなものですが、刑事さんの公式見解としていかがかしら、と事前に伺っておきたくて」

大女優の言葉はオーラをまとっていたが、それをものともせず加納は答える。

「俺たちの捜査対象は法律に抵触する連中だけだ。この映画は何ら法には抵触しない、モラルの問題は管轄外だからノーコメントだ」

「よかった。刑事さんのストップが怖かったの。道明寺はいつも言っていた。エロ画像を撮影すると制限されるのに、文学では黙認される。殺人犯が撮影に関わっていると映画はお蔵入りになるのに、出版界では殺人犯の手記や小説がベストセラーになる。なぜ映倫は表現の自由を阻害する権利があるんだ、というの。答えはわかる？　強面刑事さん？」

加納は首をひねる。

「ふん。第一級の体制不満分子、確定だな。答えは簡単だ。ルールは国家が決める。国民は従う。従わないヤツは犯罪者として警察が検挙する」

「その言葉、天国の道明寺が聞いたら、きっと喜ぶわ」

そう言って望月ゆかりは、微笑してから微修正する。

「あ、天国じゃなくて、地獄かもしれないけど。でも強面刑事さんならきっとそんな風に答えてくれるだろうなと思ってた。やっぱりこの試写会は道明寺の弔い合戦ね」

ブザーが鳴り、部屋の灯りが落ちる中、舞台に蓼科プロデューサーが姿を現す。

「本日はご多忙の中、『貴婦人探偵シリーズ』最終作『カシオペアの悲劇』試写会にようこそお越しくださいました。ご存じのように本作は道明寺俊介監督の遺作にして袋田彰子監督のデビュー作となりますが、映倫審査に引っ掛かっており現在、劇場公開の目処はたっておりません。ご鑑賞後、感想やご意見を発信していただけると幸いです。本作品の上映時間は一時間五十五分です。では今から上映を開始します」

部屋は暗闇に沈み込み、明るい高原を駆け抜けていく、幸薄きうたかたのヒロインの笑顔がオープニング・スクリーンいっぱいに広がった。

映画が半ばを過ぎた頃だった。

加納が、「なるほど、そういうことか」と呟いた。

その呟きを捉えて、隣で画面に見入っていた望月ゆかりが小声で尋ねる。

「どうかしまして？」

「この作品は、リアルとフィクションをないまぜにした、告白映画にするつもりだな」

「なぜそのことを……」

呆然とする望月ゆかりに、加納警視正は片頬を歪めて微笑する。

「捜査資料として押収された、『カシオペアの悲劇』の脚本を読んだ。上演時間は二時間だがちょうど半分のここまでで本来のシナリオの三割がカットされている。ということはあの脚本だと一時間半しかもたない計算だ。では残り三十分はどうするか。例の告白映像を組み込むしかないだろう」

「強面刑事さん、あなたはこの業界でもやっていけるわ。素晴らしいスクリプター（記録係）になるわよ」

「樫村嬢の狙い通りになったわけだ——。この作品は樫村嬢の告白も内包している。だから映画のタイトルは、『カシオペアの悲劇』でなく『カシオペアの惨劇』にすべきだな」

「何もかもお見通しね。おっしゃる通り、ここからが本番。袋田監督のデビュー作にして、一世一代の傑作誕生の瞬間にお二人と一緒に立ち会えるなんて光栄ね」

暗闇の中、加納の目が光った。その視線はまっすぐに望月ゆかりに向けられていた。

「そういうことなら、俺もあんたに言わなければならないことがある。この事件の真相だ。本当の黒幕はあんただろ」

「まあ、驚いた」

望月ゆかりの見開かれた目はしかし、言葉とうらはらに驚いてはいなかった。

隣に座っていた玉村警部補が小声で注意する。

「警視正、いくらなんでも滅茶苦茶です。今回の真犯人の樫村さんは自白もして起訴済みです。何より彼女を検挙したのは他ならぬ警視正ご自身ではないですか」

「そもそも今回の犯罪は危うい均衡の上に成り立っている。その要所要所で不自然なほど常に、露見が防がれる方向の選択がされている。そしてポイントにはいつもこの女性がいた」

加納に指差され、望月ゆかりは微笑する。加納は続けた。

「最初、ＡＤの賀茂嬢が道明寺監督の死体を見つけて駆け込んできた時、部屋に死体がないことを確認したあんたは、様子を見るようにと言い場を収めた。あそこは大騒ぎして監督を捜してもいい場面だ。まずあれが不自然な対応に思われた」

「監督の、いつものイタズラだと思ったからですわ」

「それにしてもあんたは落ち着きすぎていた。そこで浮かんだのが、ひょっとしてあんたは、この流れを事前に、監督から直接聞いていたんじゃないかという推測だ」

「素敵。ほんとにこっちにこない？　スクリプターどころか脚本家に推薦してあげる」

加納はむっとした表情になって、答えた。

「戯れ言は時間のムダだ。女優としての演技に限界を感じ、愛人は新人女優にうつつをぬかしているのに、あんたは余裕綽々だ。そんな風に現実を許容できるのは、すべて打ち明けられていたからだ、と考えるとつじつまが合う。嫉妬の炎は暗闇の中では赤々と燃えさかるが、真実を知れば弱まるものだからな」

「ふふ、説得力はあるわね。あたしと道明寺が、切っても切れない腐れ縁だということは業界人なら誰でも知っている。そんな風に説明されれば、たいていの人は刑事さんの説明を鵜呑みにしてしまうわね」

「あんたは樫村嬢がサプライズ・ストーリーを道明寺に提案したと知った。だからその流れがスムーズに展開するよう、要所要所で協力した。もちろん当の樫村嬢には気付かれないように用心しながら、な。あんたが共犯者として裏に控えていたと考えれば、すべてが異常なまでにスムーズに行ったことも納得できる。ただしそれは直接な共犯関係ではなく、被害者と加害者の共犯関係、その上に被害者と第三者の共犯関係という、きわめて特異な例だったわけだが」

望月ゆかりは微笑する。そして低い声で言う。

「でもあたしが道明寺を愛していたのは本当よ。その道明寺が殺された後も樫村さんに協力し続けるなんて、納得し難いわね」

「おそらく監督が殺された瞬間、あんたの気持ちは切り替わったんだ。普通は愛人を殺されたらすぐスイッチの切り替えなんてできない。だが縁が切れればあっさり新しい世界に足を踏み出せるのが腐れ縁だ。しかも目の前に立っていた憎むべき相手は、あんたから大切なペアを奪い取っただけでは飽きたらず、スクリーン上でのあんたの居場所まで奪い取ろうとしている新進気鋭の女優だ。だからあんたは自分の身を守りつつ、相手を奈落の底に突き落とそうと考えた。二人の主演女優が稀代のミステリ愛好家だったという特殊な状況がこうした目論見（もくろみ）を可能にしたわけだ」

「刑事さんのおっしゃる通りだとしたら、さっさと刑事さんに告発すれば相手は簡単に破滅したはずよ。あたしってずいぶん回りくどいことをしているおばかさんみたい」

「その理由を説明しようか？」

「ええ、是非」

スクリーンでは本来のシナリオから外れた新しい物語、ハンディカメラによる粗い画像による、殺人犯の告白場面が展開し、客席からざわめきが起こる。

「あの場であんたが真犯人を告発したら、この映画は完成しなかっただろう。あんたはあの場で樫村嬢の秘密を暴き、仮面を剝（は）がし、彼女への袋田助監督たちの反感を集め、何が何でも映画を作り上げてやるという意欲に転化させたのさ。まったく大した女優だよ、あんたは」

加納はスクリーンで展開している、若いヒロインの告白場面を見遣る。

横目で二人の様子を見ていた玉村警部補の目には、望月ゆかりがかすかにうなずいたように見えた。

「とっても興味深い仮説だわ。それで、刑事さんの仮説通りだとしたら、あたしは逮捕されるの？」

「それを俺の口から語らせるというのも見事だな。あんたが考えている通り、すべては推測で物証はなく、仮に物証があったとしても殺人教唆の罪には問えない。事件の概要を知りつつ傍観していただけでは、犯罪にならないからな」

「それを聞いて安心したわ。でも刑事さんの仮説をすべて受け容れた上であたしは、今の刑事さんの物語は否定します」

そして静かに言った。

「まったくの的外れよ」

加納警視正は、スクリーンから視線を望月ゆかりに移した。

「天下の大女優の、この往生際の悪さを若きヒロインも見習うべきだったな。確かにあんたは罪に問えない。だが、そんな風に半ばホールドアップしている俺に、そこまで用心するほどの小心者だとは思わなかったから、その答えは意外だ」

望月ゆかりは微笑する。

「誤解しないで。的外れと言ったのは刑事さんの推理が中途半端で終わっているせいよ。方向は正しくても距離が足りなければカップインはできないでしょう？」

　加納警視正が不思議そうな表情で首を傾げる。

　望月ゆかりはスクリーンに目を遣った。

「見て、いよいよクライマックス、あの娘の告白のシーンよ」

　うっとりした表情で画面の樫村愛菜の表情を見つめる望月ゆかりが呟くように言う。

「こんな印象的な表情が一瞬の記憶の中だけで失われてしまうなんて許し難い罪よ。同じ一瞬でも、映画を観た大勢の人のこころの一瞬として記憶されるべきなのよ」

　望月ゆかりの目が、闇夜のように暗い試写室できらりと光る。

「強面刑事さんのおっしゃる通り、あたしは道明寺からすべてを打ち明けられていた。『カシオペアの悲劇』を『カシオペアの惨劇』という二重底のシナリオに変更したいという話を持ち込まれていたことも、その入れ替えはラストに五分の告白シーンを入れれば簡単に成立するから、帰途の打ち上げ列車内で撮影すれば済むということも、その仕掛けを作り上げたのが目の前の新人だということも、ね。あたしがその企てに協力したのは、久し振りに目を輝かせて、コイツは大傑作になる、とわくわくしていた道明寺の顔をずっと見ていたかったからよ」

　何か言おうと口を開きかけた玉村を片手を上げて制した加納は、視線で望月ゆかりの言葉をうながした。望月ゆかりはうなずいて、続けた。

「でも途中でシナリオが変わり、道明寺が殺されて途方に暮れた。もちろん犯人はすぐにわかったけれど、道明寺の仇を取りたいとは思わなかった。それよりも道明寺の気持ちをムダにしたくなかった。だからあの娘のお芝居に最後まで付き合おうと決めたの。道明寺の死体を見た瞬間、主役の月野ひかりは姿を消し、監督・望月ゆかりが生まれたというわけね」

加納は暗闇の中、望月ゆかりの顔を見つめた。

「それであんたの告白はすべてか」

「もちろん、ですわ」

「大ウソつきの女狐め。俺が、そんなたわ言に騙されるとでも思ったのか」

加納は背広の内ポケットから、ぱさり、と小冊子を投げ出した。台本の形をしているが、表紙にタイトルはない。

暗闇の中、望月ゆかりが息を呑んだ。

「押収した台本の中身までは読まないだろうと油断したか。あるいは危険な証拠は雨ざらしにした方が却って見つかりにくいと考えたか。どっちにしても残念だったな」

望月ゆかりは、ちらりと揺れた動揺を隠し、微笑した。スクリーンでは悲劇のヒロインの告白が淡々と進み、試写会場は寂として声もなかった。

スクリーンの残照に、望月ゆかりの横顔が照らし出される。その姿は、月光が降り注ぐ神殿を守り抜こうとしている、大理石の女神像に見えた。

「どういうことですか、警視正」

沈黙にいたたまれなくなった玉村が尋ねると、加納は答えた。

「これは押収資料に埋もれていた樫村愛菜が道明寺に持ち込んだ『カシオペアの惨劇』の、本物のシナリオだ。今回と同様の告白シーンがあり、それを追加撮影し『悲劇』を『惨劇』にすり替えるのが樫村嬢のシナリオだ。ラストシーンではヒロインは言い逃れに成功し、晴れて自由の身になり、ラストではヒロインの微笑が画面に広がる。だが実際の結末は……」

望月ゆかりが呟くように言った。

「正反対に、ヒロインは自白させられ自由を失ってしまった、のよね」

「そんな風に正反対の結末に書き換えたのは、誰だ？」

白磁の面がスクリーンの光に映し出される。

望月ゆかりはアルカイックな微笑を浮かべた。

「川村美都の『カシオペアの悲劇』を樫村愛菜が『カシオペアの惨劇』にすり替えた。だがそれでは終わらなかった。最後は大女優にして新人監督としてデビューしようとする望月ゆかりの手によって、さらに別の作品に書き換えられた。これぞまさしく大どんでん返しだ。完成した作品は『カシオペアの散華』とでも名付けたらどうだ」

加納は画面に目を遣った。

「この自白場面を画面に収めるため、あんたは誘導し続けた。結果、多くの人間がこの場面を目にすることになった。映画を復讐の手段に使おうとした傲慢な女神カシオペアは海神ポセイドンの怒りに触れ、大切な娘、つまり叔母さんの遺作と自分自身が演じた映画の主役の座を、生け贄として差し出さなければならなくなったわけだ」

大きく息を吐くと、加納は座席から立ち上がる。

「すべては憶測だ。その上、裏付けが取れても罪に問えない。残念だがお手上げだ。法律という網に引っ掛かる小魚ではなく、法の網を破り大海に泳ぎ出そうという巨鯨に対し我々にできることは、尻尾を巻いて退散することしかないようだ」

望月ゆかりは、歯ぎしりをしそうなほど苛立った表情の加納を見上げて微笑する。

「あわてて逃げなくてもいいわ。もう少しで映画は終わる。世紀のラストシーンを見ないなんて〝最大限の情報を最小限の労力で取得し、最短距離で真実に殺到する〟がモットーの刑事さんらしくないわ」

加納警視正は憮然として望月ゆかりを見下ろした。

やがて、どすん、と荒々しい音を立てて、ソファに腰を下ろす。エンディングのオーケストラと共に、樫村愛菜の微笑がスクリーンいっぱいに広がった。

泣き笑いの表情が、ヒロインの孤高の哀しみを切々と観客に訴えかけてくる。

壮大で悲しげなメロディの中、エンドロールが流れていく。

「新ヒロイン誕生、か。微笑は最強のメッセージだな」

加納の呟きを受け、望月ゆかりが静かに言う。

「女優という人種は、本気で演技しているうちに、それが演技か本気かわからなくなってしまう。そこまでいかないと本物ではない。あの娘は強大な敵になる。私はいつか、あの娘に打ち倒されてしまうでしょう。でも、今はまだその時じゃない」

その言葉に呼応して、脚本のクレジットに美しい叔母と姪の名前が並んで流れる。

エンドロールの最後には、道明寺監督と袋田新監督の名前が並んで映し出された。

二人の名前を確認した加納が立ち上がろうとした瞬間、画面がうっすらと光った。

そこに広がったのはこの映画の真の主人公、貴婦人探偵・月野ひかりの笑顔だった。

よく見ると一人ではない。彼女の隣に、照れくさそうに微笑している、在りし日の道明寺監督の姿が添えられていた。

それは、道明寺監督と女優・望月ゆかりのプライベート・ショットだった。

最後の最後に銀幕に二人の寄り添う写真を載せたのは、望月ゆかりの女優としての、そして女としての執念だろう。そうすることによって映画の主役の座と、ひとりの男への思慕をスクリーン上に鮮やかに映し出し、真のヒロインが誰かを思い知らせ、その座を死守してみせたのだ。

初めは静かに、やがて遠い海鳴りのように、拍手が会場に溢れていく。

万雷の拍手の中、ひとりの女優が立ち上がる。そして誰一人振り返ることのない、孤高の特別試写室から、観客に向かって優雅にカーテンコールのお辞儀をしてみせる。そして座席に沈み込んだ猟犬に一瞥(いちべつ)を投げ、しずしずと部屋を出て行った。

スクリーン上には、艶然と微笑む巨悪の美貌と、隣に佇む創作者の泣き笑いの表情のアップがいつまでも映し出されていた。

興奮した観客が熱心に語る感想の奔流から逃れるようにして、加納と玉村は明るい陽差しの下に出て、ようやく一息ついた。

毒気に当てられたように黙り込んで歩く加納に、いつもの覇気はない。

玉村はそんな加納におそるおそる尋ねる。

「警視正、こんな時に何ですが、ひとつわからないことがありまして。教えていただけないでしょうか」

加納は、池に嵌まってびしょ濡れになった挙げ句、土砂降りの雨に遭遇したような、情けない表情で玉村に言う。

「何だ。今日は敗戦記念日の大サービスだから、何でも教えてやるぞ」

「ではお言葉に甘えて。警視正はどうして樫村愛菜さんが川村美都さんの親族だとおわかりになったのでしょう？」

途端に生気を取り戻したように、加納の目が爛々と輝き出した。

「何だ、そんなこともわからなかったのか。まったく、その目は節穴か？　簡単な話だ。証拠として写メに撮った写真を送るから、よく見てみるんだな」

次の瞬間、シャリーン、とメールの着信音がした。ポケットから携帯を取り出すと、着信メールがちかちか点滅していた。

急いでメールを開くと、添付写真があった。

それは撮影アルバムの中の一枚、加納が凝視していた集合写真だった。

前作の『滝に消えた貴婦人』の打ち上げの集合写真を、目を皿のようにして見ていた玉村の視線が、細面の女性の顔の上で止まる。そして「そういうことでしたか」と呟いた。写真の真ん中には、監督と大女優に挟まれ、背後に脚本家を従えた佳人の笑顔が写っていた。その女性に、今は冷たい牢獄に捕らえられているヒロインの面影を重ねて、玉村はすべてを理解した。

この悲劇の物語の最初の一行と最後のピリオドを打つことになった女性は、この後に自分に襲いかかる運命も知らずに、無邪気に満面の笑みを浮かべていた。

終幕

試写を見終わり霞が関の居室に戻った加納警視正は、長々と椅子に寝そべった。酷く疲れている。こんな時はクラシックでも聞くかと思い、手にしたCDを掛けると、華やかなピアノの旋律が流れ出す。ケースを見て「多岐川玲、か」とピアニストの名前を口にする。音は華やかで、芸術音痴の加納にも響くものがある。玉村なら蘊蓄を偉そうに語るかもな、と思いつつ目を閉じる。

あの事件は東京がブリザードに襲われたすぐあとのことだったな、と思う。あの日、多くの都民が雪の都心で遭難したという話を耳にした。

そういえば小惑星が衝突する、なんて話もあった。ここ数年は災難続き、天変地異が立て続けに起こっている。来年は東京オリンピックで都内の警備は大変だ。タマにはお堀の警備でもやらせるかと考え、加納はくくっと笑う。だがこれだけ天変地異が続くのは、現在の安保政権の悪行三昧に対し天帝がお怒りなのかもしれない。案外、富士山が大噴火して五輪が中止になるかも、などと加納は縁起でもないことを考えた。

まさか目に見えない、極小の凶暴な侵略者によって自分の予感が的中することになるとは、さすがの加納もその時は夢にも思っていなかったのだった。

〈解説〉

贅沢を増量——大賞受賞作家たちの〝らしさ〟と共鳴を堪能しよう！

村上貴史（書評家）

■贅沢な四人

なんとも贅沢(ぜいたく)な短篇集である。

「どんでん返しの帝王」として知られるベストセラー作家の中山七里、二〇一〇年に朝日時代小説大賞と『このミステリーがすごい！』大賞の大賞という二つの賞を受賞してデビューした乾緑郎、デビュー作を含むパニックサスペンス小説が初期の三作品だけでも合計一三〇万部を超すヒットを記録した安生正、そして『チーム・バチスタの栄光』をはじめとする数々の作品が映像化されたことでも知られる海堂尊。

こんな四人の作家が、この本のために書き下ろした短篇を集めたアンソロジーなのだ。

ちなみにこの四人の作家は、『このミステリーがすごい！』大賞の大賞受賞者という点が共通している。受賞順に並べると、海堂尊が『チーム・バチスタの栄光』で第四回、中山七里が『さよならドビュッシー』で第八回、乾緑郎が『完全なる首長竜の日』で第九回、安生正が『生存者ゼロ』で第一一回である。振り返ってみると、『このミステリーがすごい！』

大賞は、これまでの一八年の歴史のなかで、こんなにも有力な作家たちが誕生してきたのだ（その他、直木賞を受賞した東山彰良や日本推理作家協会賞を受賞した柚月裕子などもいるが、紙幅の関係で今回は残念ながら割合する）。そんな歴史の重みが、本書『不連続な四つの謎「このミステリーがすごい！」大賞作家　傑作アンソロジー』には、しっかりと現れている。なんと、

しかも、である。今回の文庫化に際して、さらに〝贅沢〟がトッピングされた。親本に対して、三つの「幕間」と一つの「終幕」が追加されたのだ。

これが何を意味するかといえば、かつては四つの全く独立した短篇であったものが、全体として緩やかにつながりを持ったということである。親本の『このミステリーがすごい！四つの謎』というタイトルが今回の文庫化で〝不連続〟を含むものに改められたこととは些か矛盾するが、この加筆により全体を連続する流れで読めることとなったのだ。謎としては不連続でも、である。結果として読みやすさは増したし、さらにいえば、それぞれの書き手たちが〝いかに後付けで各篇をつなげたか〟〝全体の終止符を打ったか〟という手腕も愉しめることとなった。この幕間と終幕は直前の短篇の作者の手によるものとのことなので、そこにも着目して愉しめる。今回の文庫化によって、読者の嬉しさは増大したのである。

ちなみに親本は、ドラマ化を前提として企画された。書籍の刊行は二〇一四年一二月五日、TBSのドラマ版が放送されたのは、同月の二九日だった。藤原紀香や川口春奈、吉田栄作やAKIRAなどの贅沢な役者が出演し、金子修介をはじめとする四人の贅沢な映画監督の手によって制作された映像作品だった。現在でも配信で見られるので興味のある方はどうぞ。

小説版とはまた異なる愉しみを味わえるだろう。

映像化前提で誕生したアンソロジーだが、著者の四人は、その前提に縮こまることなく、のびのびと小説を書いている（特に安生正）。それらの収録作を順に眺めてみよう。

■四人の個性

第一話が中山七里の「残されたセンリッツ」だ。著名なピアニストがコンサートのアンコールでリストの〈超絶技巧練習曲第四番　マゼッパ〉を弾き終えた直後に、青酸カリで変死した事件を扱った一篇だが、実に見事に作られていて惚れ惚れする。まず、謎がスッキリと整理されて提示されていて、読者を混乱させない。具体的には、自殺が疑われる一方で、動機がないことから他殺の目もあることが示される。さらに、他殺の場合は、機会という点では、マネージャー、調律師、主催者、そして娘に可能性がありそうで、動機から考えるならば、音楽評論家が怪しいことが示される（彼は東京におり、事件が起こった岐阜との間には相当の距離がある）。手掛かりとなるのはパソコンに残されていた〝遺書〟と、ダイイングメッセージと解釈できないこともない死者の仕草。とまあこうした道具立てを、中山七里は手際よく読者に示し、そのうえで、ロジカルに犯人を特定していく。しかも、ページ数に限りのあるなかで、「どんでん返しの帝王」らしさも披露しているのだ。いやはやお見事。動機の掘り下げもきっちりと行われており、その心境が読み手の胸に響く仕上がりとなっている。トータルでまさにプロの仕事。これを読んで失望する方はまず皆無だろう。

中山七里は、本作同様に音楽を題材としたミステリ『さよならドビュッシー』でデビューし、今年、作家生活一〇周年を迎える。それを記念して開催されているのが、単行本の一二ヶ月連続刊行という企画である。とんでもない執筆スピードが要求される企画だ。一九八〇年代に北方謙三(きたかたけんぞう)が「月刊北方」と呼ばれるペースで作品を発表していた時期があったが、御本人によれば、注文を嫌といわずに受けていた結果、気付いたらそのペースで本を出していたとのこと。中山七里は、意図的にこのペースに挑んでいるわけで、よりチャレンジングな取り組みといえよう。ついでにいえば、この一二作以外に文庫化も七作を予定しているというから超人的だ（ちなみに本書はその数に含まれていない）。しかしながら、思い返せば『さよならドビュッシー』で大賞を受賞した際、最終選考には、もう一つの中山七里作品であるサイコ・スリラー『災厄の季節』も残っていたのである。全くタイプの異なる二作品を新人賞に投じて、いずれも最終候補に残るという離れ業を成し遂げたうえでのデビューだったのだ。執筆のスピードとクオリティはその当時から尋常ではなかったわけで、一二ヶ月連続刊行という企画も、ついつい普通のことと受け止めてしまう。全く普通ではないのだが。

作家生活一〇年に筆を割きすぎた。乾緑郎の手による第二話「黒いパンテル」の紹介に移るとしよう。こちらは第一話とは全く異なるテイストの短篇である。

須藤(すどう)はかつて、子供向けのヒーロードラマ『ブラック・パンテル』で主役のパンテルを演じていた。だが、撮影現場で死傷者が出るほどの火災事故が起き、ドラマは打ち切りとなり、須藤も役者の道を諦めることとした。それから三〇年、現在は地方の工事現場で現場監督を務めている。そんな彼の生活に、なぜかまたパンテルが入り込んできた。パンテルのマスクやスーツ、グローブなど一揃いを、妻が自宅で見つけたのだ。須藤も妻もそんなものを保存しておいた記憶はないのだが……。と、ここから乾緑郎の〝らしさ〟が全開する。小惑星が地球に激突しそうになる危機を背景に、現在の日常に三〇年前のパンテルと火災事故の時間が溶け込んでくる。そしてそのあわいにおいて、火災事故の際の須藤の判断の是非——恩のある先輩を救うか、思いを寄せている女性を救うか——が問い直されることとなる。さらに須藤の娘の危機も重なり……という次第で、先は全く読めないし読み手の緊張感は持続する。大賞受賞作『完全なる首長竜の日』のテイストが好きな読者が嬉しくなるであろう一篇であり、なおかつ、舞台劇の演出家及び脚本家としての経験も有する乾緑郎の顔も垣間見える一篇だ。

なお乾緑郎は、朝日時代小説大賞を受賞した『忍び外伝』や大藪春彦賞候補となった『忍び秘伝』、SFとしてもミステリとしても高評価された『機巧のイヴ』、もう一つの仕事である鍼灸師の経験を活かした《鷹野鍼灸院の事件簿》シリーズなど、多様な作品を発表している。本作をきっかけに、その世界に飛び込んでみるのもよかろう。

続く安生正の「ダイヤモンドダスト」は、新宿を中心とする数百メートル圏内におけるわずか一夜の出来事を描いた短篇である。空間的にも時間的にもページ数的にも、小さな作品なのだ。その小さな世界で安生正が描いたのは、二人の会社員である。新宿のオフィスで仕事を終えて帰宅しようとした彼等は、爆弾低気圧による大雪に襲われ、新宿駅で足止めされてしまった。同じく帰宅難民となった多くの人々とともに地下道に居場所を求める彼等を、暴風雪が容赦なく襲い、異常なほどの低温が襲う。そのシンプルな構図のなかで、安生正は、彼等の判断を問う。同期入社でありながら、今は上司と部下の関係にあるという微妙な二人の男を通じて、進むべきか止まるべきか、救うべきか見限るべきかなどの判断を迫るのだ。シンプルだが深い。小さくとも読み応えは抜群だ。

ちなみに安生正は京都大学大学院工学研究科を卒業し、建設会社に勤務する人物である。そんな著者であるからして、新宿のビル街を爆弾低気圧が襲った際の暴風雪の怖ろしさの説明は丁寧で、抜群に説得力がある。結果として、自然の怖ろしさが大迫力で読者を包み込むのだ。読み手さえもが命の危機を感じるほどに。そんななかで、読者も判断の是非を問われることになる。比喩ではあるが、命懸けで読んでいただきたい短篇だ。

最後に置かれたのが、海堂尊の「カシオペアのエンドロール」だ。これは第一話同様、謎解きを中心に据えた一篇である。舞台となるのは、寝台特急カシオペア。車内での映画撮影のために特別編成で札幌から東京に向かって走行中のカシオペアで、殺人事件が発生した。たまたま乗り合わせていた加納警視正と玉村警部補がその謎に挑む……。ミステリファンであれば、設定だけで嬉しくなる一篇である。走行中の列車という、容疑者も機会も限定される閉鎖空間がまずワクワクさせるし、終着駅に着くまでに解決すべきというタイムリミットも刺激的だ。そこにさらに映画撮影という、演技とシナリオに支配された題材が加えられている。そう、カシオペアに虚実が詰め込まれ、さらに加納と玉村という異物（読者にとってはおなじみの二人）が詰め込まれ、列車の振動によってシェイクされ――美味なるカクテルがここに誕生したのだ。その味わいはといえば、〝誰が犯人か〟という面で愉しませてくれるだけでなく、愛や憎しみ、あるいは悪意といった感情の衝突でも酔わせてくれる。それも心理的な逆転劇とともに、だ。医学ミステリの書き手として知られつつも、医学面に着目されがちな海堂尊の、ミステリ作家としての凄味（すごみ）を味わえる一篇である。たっぷりと堪能（たんのう）しよう。

■個性の共鳴

さてこの四篇、どこかしら書き手たちの共鳴が感じられる点も魅力的だ。海堂尊といえば、『死因不明社会』という著書もあり解剖率と死因究明についての考察を重ねてきた医学博士であるが、中山七里も「残されたセンリツ」で解剖とそのコストについて登場人物たちに語らせた。また、「黒いパンテル」と「カシオペアのエンドロール」は、TVドラマと映画撮影が重なるだけでなく、列車内での異常な出来事という点でも共通項が見出せる。「黒いパンテル」の小惑星地球衝突予測と「ダイヤモンドダスト」の暴風雪は、いずれも天災による命の危機だ。そしてそうした危機は、新たに書き加えられた最後の最後のページの最後の最後の段落とも共鳴しているのである。四人とも『このミステリーがすごい！』大賞の出身者であり、受賞パーティーの際などに会話の機会があるせいかどうかは判らないが、こうした〝同窓生達の共鳴〟を読めるのも本書の魅力といえよう。よい一冊なのである。

（二〇二〇年四月）

本書は、2014年12月に小社より刊行した単行本『このミステリーがすごい！　四つの謎』を改訂・改題し、書き下ろしの幕間と終幕を加えて文庫化したものです。
この物語はフィクションです。作中に同一の名称があった場合でも、実在する人物・団体等とは一切関係ありません。

宝島社
文庫

不連続な四つの謎
『このミステリーがすごい！』大賞作家　傑作アンソロジー
（ふれんぞくなよっつのなぞ　『このみすてりーがすごい！』たいしょうさっか　けっさくあんそろじー）

2020年6月18日　第1刷発行
2024年1月2日　第4刷発行

著　者　海堂 尊　中山七里　乾 緑郎　安生 正
発行人　蓮見清一
発行所　株式会社 宝島社
〒102-8388　東京都千代田区一番町25番地
電話：営業 03(3234)4621／編集 03(3239)0599
https://tkj.jp
印刷・製本　中央精版印刷株式会社

Printed in Japan
First published in 2014 by Takarajimasha, Inc.
ISBN 978-4-299-00587-8